KB103893

마루가 꺼진 은신처

마루가 꺼진 은신처

일러두기

- 이 소설의 제목은 어어부 프로젝트의 앨범 수록곡 「마루가 꺼진 은신처」에서 따온 것임을 밝힌다. 어어부 프로젝트의 양해 및 허락이 있었다. 소설의 모티프와 이미지 그리고 배경 역시 이 곡에서 영감을 얻었다. 한마디로 이 노래에 대한 오마주이다.

차례

불화(不和)의 소멸

버스정류장이다. 지금 버스는 보이지 않지만, 그것이 버스정류장이라는 것은, 등받이도 없는 스테인리스 봉으로 만든 벤치나 버스의 번호와 정차하는 곳이 적혀 있는 낡은 푯말이나 로또, 음료수, 담배라고 쓰여 있는 회색 간이 부스를 보면 알 수 있다. 날은 대체로 흐리다. 하늘도 흐리고, 대기도 흐릿하다. 반대로 사물들은, 지금, 버스도 보이지 않는 버스정류장 주변에 배치된 사물들은 매우 선명하다. 당장 버스는 보이지 않지만, 사람은 보인다. 버스를 기다리고 있는 것일 수도 있고, 그렇지 않을 수도 있다. 바닥에는 은행잎이 깔려 있다. 그것들은 더 이상 노랗지 않다. 더러는 탈색된 것처럼 허옇고, 더러는 까맣다.

지금 벤치 위에는 여자가 한 명 앉아 있을 뿐이다.

아니, 그전부터 남자 하나가 걷고 있었다. 남자의 옆모습이 보였다. 짙은 회색에 검은 테를 두른 중절모를 눈썹까지 눌러썼다. 남자는 조금 전부터, 혹은 아주 오래전부터 걷고 있었다. 두 손을 검정 바바리 주머니에 찔러 넣은 채 상체는 거의 움직이지 않으면서, 남자는 커다란 보폭으로 성큼성큼 걷고 있다. 아니, 잠시 고개를 이쪽으로, 차도를 가운데 두고 마주보는 인도 쪽으로, 잠시 고개를 돌렸던 것 같기도 하다. 매우, 허나 그것은 매우 순간적인 것이어서, 무언가를 의식하고 그랬던 것인지, 아무 의미 없는 잠깐의 발작 같은 것이었는지 알 길은 없다. 세워진 바바리 깃에 가려 남자의 입은, 지금 보이지 않는다.

앉아 있던 여자가 일어났다. 여자는 부스에서 신문을 하나 사서 다시 벤치로 돌아와 앉았다. 그사이 몇 대의 버스가 정류장 앞에 섰다가 떠나갔다. 아무도, 내리지 또 타지 않았다. 벤치에 앉아 있던 여자는 펴지도 않은 신문을 무릎 위에 올려놓고 방심한 표정으로 정면을 그저 멍하니 응시하고 있다. 확실히 젊다고는 할 수 없는 얼굴이다, 여자는. 여자의 발치에는, 초록색 보따리가 놓여 있다. 그것만으로는 아무것도 알 수 없다. 바람은 조금 전부터 혹은 아주 오래전부터 불고 있었고, 바닥의 은행잎들은 간혹 날린다. 여자는 두꺼워 보이는 천으로 지은 자주색 바지를 입고 있고, 위에는 연한 노란색 스웨터를 입고 있다. 여자의 왼쪽 가슴에는 은빛 광택이 나는 딱정벌레 모양의 브로치가 달려 있다. 더 이상 아무것도, 혹은 아직까지는 아무것도, 결정적일 수 없다.

걷고 있던 남자는, 두 손을 바바리에 찔러 넣고 걷고 있던 남자는, 어느새 한 손에 무언가를 들고 있다. 그것은…… 종이봉투다. 백화점에서 상품을 구매하면 넣어주는, 그런 종이봉투. 남자는 검은색 가죽

장갑을 꼈고, 발걸음은 더욱 빨라진다.

버스정류장 근처에는 지하철역이, 지하철 개찰구와 플랫폼으로 이어질 것이 틀림없는 기다란 계단이 입을 쩍 벌리고 있다 인간이 존재하기 이전에 살았다는 거대어(巨大魚)를 연상케 하는 입구. 여자가 앉아 있는 벤치에서 지하철역 아가리까지는 한 10미터, 아니, 20미터, 그 정도다. 드물게 사람들은 그곳으로 사라졌고, 다시 그곳에서 나타났다. 이제 여자는 신문을 들고 서 있다. 신문을 펴고 그중 어딘가를 읽고 있는 것처럼 보인다. 보따리는 아직 발치에서 그대로다.

반대로, 걷고 있는 남자의 주위에는 많은 사람들이 있다. 그들 혹은 그녀들은 남자와 같은 방향으로 혹은 반대방향으로 때로는 가로지르는 방향으로, 무언가에 사로잡힌 것처럼 열심히 걷고 있다. 걸으면서, 걸으면서 자꾸 남자를 가렸다. 하지만 남자는 키가 크기 때문에, 또 눈에 잘 띄는 중절모를 쓰고 있기 때문에, 멀리서도 잘 보인다. 어쩌면 잘 보인다는 바로 그 사실만이, 그가 모르고 있는 사실일지도 모른다. 남자는 여전히, 아니 점점 더 빠르다, 그리고 그가 들고 있는 종이봉투는 흰색이고 중앙에는 두꺼운 고딕체로 C.A.라고 쓰여 있다. 현재로써는 거기에는 아무런 의미도 없다. 아마도 영원히.

따로따로, 두 곳 다, 날은 흐렸고 사물들은 선명했으며, 남자는 걷고 있었고 여자는 신문을 펼치고 서 있었으며, 종이봉투는 아무것도 말해 주지 않았고 은행잎은 검게 말라버렸는데…… 어느새 계속해서 걷고 있던 남자가, 정류장 앞에 신문을 들고 서 있던 여자와 가까워져 버렸다…… 어느새. 한 점이 부동이고, 다른 한 점이 부동의 점을 향해 지속적으로 다가간다면, 두 점은 충돌하게 된다. 다행히 충돌하는 대신, 다행히 남자가 여자를 스쳐 지나간다, 스쳐 지나가려 한다, 그렇게 보였는데, 그냥 그렇게 지나갈 것처럼 보였는데, 어느새 남자의 왼손에는 검은 물체가 들려져 있고, 그 끝은…… 여자의 관자놀이를 향했다. 모든 것이 신속했고, 바람이 손가락을 빠져나가는 것처럼 자연스러웠다. 소리 또한 그랬다. 푸슝 혹은 피융. 시끄럽지도 귀에 거슬리지도 않는 소리. 그것은 총 같았다. 소리와 동시에, 인지할 수 없는 짧은 시간을 황급히 뒤로 넘기며, 남자가 총으로 여겨지는 검은 물체를 겨누었던 그 관자놀이의 짝이 되는 맞은편 여자의 관자놀이가, 빗방울이 덜 마른 진흙탕 위로 떨어질 때 진흙탕을 형성하고 있던 것들이 풀썩 튀어 오르듯, 관자놀이가, 관자놀이 주변이, 관자놀이를 형성하고 있던 것들이 문득, 튀어, 뿜어, 터져 나와버렸다. 제자리를 지키지 못하고 터져 나가버린 관자놀이를 형성하고 있던 것들이 공중으로 날아올랐다 채 바닥으로 떨어지기도 전에, 여자의 지워져 버린 관자놀이가 쿵 하며 보도에 부딪쳤다. 여자가 쓰러졌다. 옆으로. 단 한 번의 반동도 없이. 땅바닥이 너무 딱딱했거나, 여자가 너무 무거웠다. 지금 하늘을 향하고 있는, 처음 남자의 총이 닿았던 여자의 관자놀이에는 구멍이 생겼다. 거기에서는 빨간 물이 샘처럼 솟아나고 있었다. 그래서 구멍은 빨간 구멍이 되고 말았다. 그럼에도 아무도 호응하지 않았다. 소리를 지르지도 않았고, 넘어진 여자를 일으켜 세우려 하지도 않았고, 동정을 표하지도 않았다. 그러는 동안 은색 딱정벌레는 여자의 가슴에서 떨어져 나왔다. 누워 있는 여자는 아직 눈을 뜨고 있었는데, 땅바닥에 내동댕이쳐진 딱정벌레를 똑바로 바라보고 있는 것만 같았다. 차츰 빨간 구멍에서 나온 빨간 물이 여자의 머리카락을, 파운데이션이 침식해 버린 뺨을, 백색에 가까운 연노랑 스웨터를 물들인다. 신문지는 여러 장으로 나누어진 채 지금 누워 있는 여자의 후경(後景)을, 바람과 함께 기어간다. 여자와 딱정벌레 사이, 어느새 좁고 빨갛고 구불구불한 피의 길이 놓여졌다.

남자는 걷는다, 태연스럽게. 태연스럽게, 중절모와 여자의 머리에 구멍을 뚫어놓았던 권총을 종이봉투에 집어넣으면서, 지하철 계단으로 내려간다.

마침, 지하철 계단을 올라오고 있던 한 여자가 있었다. 그녀도 종이봉투를 들고 있다. 분홍색 종이봉투.

이제 모자를 쓰고 있지 않은, 권총도 들고 있지 않은, 단지 C.A.라고 쓰인 종이봉투만을 들고 있는 남자는 계단을 내려가다가, 계단을 올라오고 있던 한 여자를 만나 종이봉투를 바꿔치기 한다. 순식간이었다. 남자와 여자는 그 교환을 위해 멈춰 서지도 않았다. 마치 계주에서 앞주자가 뒷주자에게 바통을 넘겨주듯이 그렇게 자연스럽게, 마치 사전에 연습이라도 한 것처럼 그렇게 부드럽게, 종이봉투를 교환하고는 남자는 아래로 여자는 위로. 둘은 교차되었고, 이번에는 아무도 쓰러지지 않았다.

이제 분홍색 종이봉투를 들고 있는 남자는 계속해서 계단을 내려가고 있다. 내려가면서 서둘러 입고 있던 바바리를 벗는다. 계단을 다 내려왔다. 복도는 길고, 지나가는 사람들은 별로 없다. 남자는 이제 바바리를 다 벗었다. 남자는 계속 빠른 걸음으로 걷고 있다. 한 손에는 분홍색 종이봉투, 다른 손에는 바바리. 남자의 조급한 발소리가 복도를 두드린다.

복도에서 개찰구 앞 홀로 이어지기 직전에 불쑥 거지가 하나 앉아 있다. 거지의 등 뒤 벽에는 여자의 얼굴이 들어 있는 커다란 광고판이 있다. 여자는 한 손에 자신의 입술 색깔과 비슷한 색깔의 사과를 들고 그것을 곁눈질로 바라보고 있다, 헤아릴 수 없이 아주 오래전부터 주욱.

남자는, 계속 걷고 있던 남자는 거지를 쳐다보지도 않고 지나친다. 지나치기 직전, 남자는 바바리를 거지에게 던진다. 바바리는 먼지를 일으키며 거지 앞에 떨어졌고, 남자는 계속 걷는다, 돌아보지도 않고. 역시 아무도 쓰러지지 않았다. 그리고 남자는 지금껏 한 번도 돌아보지 않았다.

남자가 개찰구를 통과했다. 플랫폼으로 향한 계단을 내려가면서 남자는 종이봉투에서 또 다른 모자를 꺼내 쓴다. 미국에 있다는 야구팀의 로고가 박혀 있는 모자. 이제 바바리와 중절모를 벗어버린, 챙이 있는 야구모자를 쓴, 계속해서 걷고 있는 남자는 한결 젊어 보인다. 남자가 플랫폼에 도착했고, 남자는 기다릴 필요가 없었다. 지하철이 바로 도착했고 문이 열렸다. 남자는 열린 문 안으로 들어간다. 타자마자 다음 칸으로 옮겨간 후, 문이 닫히기 전에 다시 나와 버렸다.

남자는 계속 걷는다. 걸으면서 종이봉투에서 이번에는 학생들이 멜 법한 색을 꺼내 한쪽 어깨에 멘다. 또 밤색이 도는 선글라스를 꺼내 쓴다. 그러고는, 처음으로 계단을 올라가기 시작한다. 하지만, 그 계단은 그가 이 플랫폼으로 내려왔던 그 계단이 아니다. 색은 검은색 단색이고, 거죽에 Peace and Conquer라는 하얀 글씨가 붙어 있다. 역시, 아직, 거기에서는 아무런 의미도 캐낼 수 없다. 대체로 의미란 것은 어느 특별한 순간, 그렇게 문득 사물의 표면에 내려앉는 것이니까.

색을 멘 남자는 계단을 올라와 계속 걷는다. 처음 보는 복도에서 한 남자를 만났다. 그 남자는 연한 파란색 유니폼을 입고 있다. 역에서 일하는 사람처럼 보인다. 둘은 아무 말도 하지 않았다. 잠시 같이 걷다가 앞장을 서던 유니폼의 남자가 복도 벽에 있던, 눈에 잘 띄지 않는 문을 열쇠로 열었다, 그리고 함께 그곳으로 사라졌다. 둘은 내내 한 번도 말을 하지 않았다. 둘이 사라진 문 위에는 조그맣게 '관계자 외 출입금지'라고 쓰여 있다.

그리고 조금 있다가, 조금 많이 있다가…… 문이 열리기 시작한다.

소멸 직전 I

나는 막 이곳, 공항에 도착했다. 기다란 소시지 모양의 비행기는 나를 포함한 수백 명의 사람들을 이 낯선 도시에 쏟아놓고는 다시 어디론가 굴러가 버렸다. 날씨는 화창했고, 공항은 유리창을 통과해 내 머리를 콕콕 찌르는 햇살만큼이나 깨끗했다. 입국수속실에 앉아 있던 공항관리는 4월은 이 도시를 여행하기에 가장 좋은 때라면서 웃는 얼굴로 내게 비자와 여권을 돌려주었다. 대번에 나는 이 도시가 맘에 들었다.

입국수속과 세관검사를 마친 사람들은 피곤해 보이는 기색도 없이 마치 큰일이라도 해치운 사람들처럼 의기양양해 보였다. 몇몇 사람들은 커다란 짐이 잔뜩 실린 카트를 경쟁이라도 하는 것처럼 바삐 밀면서 아슬아슬 매끄러운 바닥을 질주하고 있었다. 한편, 나는 느긋했다. 내게는 기내 출입이 허용된 작은 여행가방 하나를 제외하면 특별히 짐도 없었고, 기다리는 사람이 있는 것도 아니었다.

마지막 관문을 빠져나오자 많은 사람들이 철책에 기대어 입국 수속을 마치고 나오는 사람들을 기다리고 있었다. 어떤 사람들은 커다란 이름이 쓰인 팻말을 머리 위 높이 처들고 있었다. 추측건대, 그들은 오늘 이곳 공항에서 처음으로 만나게 될 사람을 기다리고 있는 것이었다. 하지만 나는 이 도시에 나를 기다리고 있는 사람이 없다는 걸 잘 알고 있었다. 있다면, 모든 계획을 포기하고 다음 비행기편으로 이 도시를 떠야 했다.

묘하게 들떠 있는 분위기가 공항 전체에 전염돼 있었고, 나는 잠시, 내가 결코 이곳에 섞여 들어갈 수 없을 것이라는, 일종의 위화감을 느꼈다. 하지만 그마저도 이미 익숙해져 버린 풍경이었다.

나는 비행기 여행을 그다지 좋아하지 않는다. 어쩔 수 없이 비행기를 타야 할 경우가 많기는 하지만, 여전히 나는 비행기 여행을 좋아할 수 없다. 비행기 여행은 자주 사람들에게 터무니없는 소속감이나 동질감 같은 걸 부여한다. 나를 이 공항에 내려놓은 비행기 안에서 내 옆자리에 앉게 된 남자는 무슨 일로 이 도시에 가는 거냐고 묻기까지 했다. 버스나 기차 안에서라면 그런 질문을 하는 사람은 거의 없을 테고, 있다 해도 가볍게 무시하면 그만이지만 비행기 안에서는 다르다. 자신을 수의사라고 소개한 남자는, 묻지도 않았는데 밑도 끝도 없이 비행기 안에서는 거의 잠을 이룰 수가 없다고 했다. 겨우 잠이 들어도 계속해서 꿈만 꿀 뿐, 푹 잘 수가 없다고 했다. 다행히 나는 꽤 오래전부터 꿈을 꾸지 않는다. 비행기 안이라고 해서 다를 건 없다.

직업상, 나는 다른 사람들의 기억 속에 강하게 남지 않으려고 늘 노력해 왔다. 변장이란 도구가 있기는 하지만, 특별한 경우를 제외하면 기억에 남는다는 건 극히 위험한 일이다. 만에 하나 일이 잘못 꼬여 경찰이 나를 목격한 사람을 심문하는 경우가 발생한다고 해도, '잘 모르겠어요. 워낙 별 특징이 없는 사람이라. 그러고 보니 참 이상한 일이군요. 분명 한참 동안 얘기를 하긴 했는데 마치 투명인간과 대화를 한 것처럼 아무것도 기억이 나지 않아요.'와 같은 대답이 나와야 한다. 즉, 사람들의 관심에서—그것이 호의적인 것이건, 악의적이건 간에—멀어져야 한다. 당연히 외모나 말투나 옷차림이나 행동거지에서 타인의 주의를 끌 만한 요소를 배제해야 한다. 방금 내린 비행기 안에서 만난 수의사의 경우도 마찬가지였다. 물론 나는 그런 멍청한 인상의 남자와 말을 섞고 싶은 마음이 눈곱만큼도 없었지만, 야멸 차게 대화를 진행할 의사가 없다는 걸 밝히는 대신, 적당히 응하다가 적당한 기회를 틈타 대화를 끝내야 했다. 나는 신경이 예민한 그 수의사에게 다음과 같은 인상을 주고 싶었다; '예의가 바른 사람이긴 하지만 무척 피곤해 보이는군. 이쯤에서 그만 두지 않으면 낯선 사람에게 결례가 될 수도 있겠어.' 사실 기분대로 행동한다면, 결코 이 직업을 오래 유지해 갈 수가 없다. 출처도 알 수 없는 싸구려 격언이기는 하지만, 그대로 옮겨도 좋을 듯한 얘기가 하나 있다. '사소한 실수 하나가 인생을 바꾸

어 놓을 수도 있는 것이다.'

같은 직업을 갖고 있던 남자 하나는 알바니아인가 어디에서 여권을 넣어둔 서류가방을 렌터카 안에 둔 채 패스트푸드점에서 햄버거 하나와 커피 한 잔을 입 안에 황급히 처넣고 밖으로 나왔는데, 누군가 차문을 뜯고 가방을 가져가 버린 후였다. 신고를 할 수도 없는 노릇이라, 남자는 급하게 위조 여권을 하나 구입한 후 예정대로 일을 진행하려 했는데, 멍청한 차털이가 같은 짓을 같은 자리에서 반복하다 경찰에 붙잡히고 말았던 것이었다. 경찰은 장물을 조사하다 여권을 분실했음에도 신고를 하지 않은 수상쩍은 분실 여권의 주인을 은밀히 추적하기 시작했고, 그 남자는 그림같이 목덜미가 낚아채였다. 재수가 더럽게 없었다고 치고 넘어갈 수도 있겠지만, 그 남자는 풋내기가 아니었고, 풋내기가 아니라면 그런 불의의 사고 역시 항상 계산 속에 넣어두지 않으면 안 된다. 신이나 하늘에게 불평하는 것은 바보들의 몫이다. 그리고 경찰은, TV나 영화에서 나오는 것처럼 바보가 아니다. 그들은 결코 신이나 하늘을 찾지 않는다. 나는 가끔, 오히려 경찰 쪽에서 범죄자들을 방심시키기 위해 그런 영화나 TV 프로그램이 계속 양산되도록 은밀히 지원을 하고 있는 건 아닌가 하고 의심하고는 한다.

도시의 지도 한 장을 안내소에서 얻었다. 안내소에 앉아 있던 여자는 빨간 호박 모양의 모자를 쓰고 있었다. 일부러 더듬더듬 지도 한 장을 얻고 싶다고 하자, 펼치면 신문만 한 크기가 되는 여러 번 접힌 두툼한 관광지도 한 장을 내주었다. 대체로 미리 준비해 온 것과 비슷했다. 지하철 노선표도 확인했는데, 바뀐 데는 없는 듯했다. 호텔에 도착하면 지도 두 장을 펴놓고 다시 한 번 동선을 꼼꼼히 점검하기로 했다. 거듭 말하지만 실수는 좋지 않다. 실수를 피하기 위해서는, 느긋한 마음과 건강한 육체가 필요충분조건이고, 운 좋게도 그 두 가지 기질은 내게는 매우 자연스러운 형질이었다. 99.99퍼센트의 콩이 자라면서 둥그런 모양이 되는 것처럼, 99.99퍼센트의 신생아가 눈을 두 개 가지고 태어나는 것처럼. 나는 그 두 가지 기질을, 이를테면 입에 물고 태어났다. 그리고 아직 뱉어내지 않았다.

지도상에서는, 공항에서 A 호텔까지의 거리가 약 10킬로미터였다. 그리고 다시, A 호텔에서 T 호텔까지의 거리는 약 13킬로미터였다. 택시 기사는 나이를 짐작하기 힘든 남자였는데, 나는 서투른 말투로 A 호텔의 이름을 댔고, 나를 이 나라의 언어에 익숙하지 않은 외국인으로 생각했는지 그는 더 이상 내게 말을 붙이지 않았다.

차창 밖으로 펼쳐지는 도시의 풍경은 책에서 보았던 것보다 훨씬 더 작고 또 훨씬 더 깨끗해 보였다. 햇빛이 너무 강렬해서 그렇게 보이는 건지도 몰랐다. 건물들은 무슨 특별한 법령이 있는지 대부분 옅은 오렌지색이었다. 환한 날씨와 오렌지색 건물은 자그마한 성냥갑 같은 택시 안에 갇혀 있는 여행자에게—내게—이곳이 지극히 더운 도시라는, 마치 사막 한가운데 건설된 도시 같다는 인상을 주었다. 하지만 그건 사실이 아니었다. 직접 행동으로 옮기지는 않았지만, 손잡이를 돌려 차창을 내리자마자 기분 좋은 시원한 바람이 얼굴을 간지럽힐 것이란 사실을 나는 잘 알고 있었다. 좋은 도시였다. 열대의 풍광과 온대 지방의 날씨가 조화롭게 공존하는 곳은, 수많은 여행을 거친 내게도 그다지 기억에 많이 남아 있지 않다.

A 호텔까지 정확히 20분이 걸렸다. 손을 흔들어 잔돈을 가지라는 의사를 밝히고는 호텔 정문 앞에서 내렸다. 무뚝뚝한 표정의 택시 기사는 문을 닫자마자 급히 속도를 올리면서 호텔 정문을 빠져나갔다. 오후 4시였다. 4시였지만, 아직 그림자는 내 발치에서 서성이고 있었다. 다행히 전혀 덥지도 습하지도 않았다. 택시가 시야에서 사라진 것을 확인한 후, 호텔 로비로 들어갔다. A 호텔은 이 도시에서 가장 큰 호텔 중의 하나였다. 로비는 마치 프랑스에 있는 유서 깊은 역의 대합실처럼 커다랗고 또 화려했다. 내가 노린 것도 바로 그 점이었다. 이 정도의 호텔이라면 시간과 관계없이 로비는 항상 북적대기 마련이고, 급사나 벨보이가 로비로 들어온 손님들을 일일이 챙길 수가 없다. 신문을 하나 집어들고 로비에 있는 소파에 앉아 한 10분 정도를 보냈다. 그리고 다시 밖으로 나왔다. 한 손에는 신문을 들고, 다른 손으로는 여행가방을 끌면서.

택시 승강장 앞에서 급사 몇 명이 가방을 들어주기 위해 대기하고 있었다. 나는 급사에게 짐이 적어 괜찮다는 몸짓을 했다. 다행히 그들은 고객의 뜻을 거슬러 가며 과잉 친절을 베푸는 무모함을 보이지는 않았다. 택시 기사에게 T 호텔로 가자고 했다.

T 호텔까지는 30분 정도 걸렸는데, 그동안 택시 기사는 내게 한

마디도 걸어오지 않았다. 어쩌면 무뚝뚝함은 이 도시의 택시 기사들이 가지고 있는 공통적인 특성인지도 몰랐다. 무거운 입만큼이나 기억력도 형편없었으면, 하고 나는 속으로 바랐다.

T 호텔은 도심에서 그다지 멀리 떨어지지 않은 곳에 있는 작은 호텔이었다. 이런 호텔에서는 결코 여권이나 비자를 보여달라고 하지 않는다. 숙박비를 선불로 낼 용의만 있다면, 화성에서 온 외계인이건, 적성국에서 온 스파이이건 신경 쓰지 않는다. 그것이 내가 T 호텔에 묵기로 한 이유였다.

택시는 A 호텔과는 비교도 되지 않는 작고 허름한 건물 앞에 나를 내려놓고 떠났다. T 호텔이었다. 해는 아직 머리 꼭대기에 떠 있었다. 혹시 시간을 잘못 알고 있는 건 아닌지 다시 한 번 손목시계를 보았다. 5시 10분 전이었다. 모든 것이 계획대로였다.

첫 번째 시도

버스정류장이다. 지금 버스는 보이지 않지만, 그것이 버스정류장이라는 것은, 등받이도 없는 스테인리스 봉으로 만든 벤치나 버스의 번호와 정차하는 곳이 적혀 있는 낡은 푯말이나 로또, 음료수, 담배라고 쓰여 있는 회색 간이 부스를 보면 알 수 있다. 날은 흐리고, 대기는 잿빛이다. 하지만, 지금 빗방울이 듣고 있는 건 아니다. 포석도 물에 젖은 흔적은 없다. 물 대신, 바닥은 죽어버린 은행잎들로 수북하다.

지금 벤치 위에는 중년의 여자가 한 명 앉아 있다.

아니, 그전부터 남자 하나가 걷고 있었다. 남자의 옆모습이 보였다. 남자는 무릎까지 내려오는 바바리코트를 입고 있다. 남자는 조금 전부터, 혹은 아주 오래전부터 걷고 있었다, 두 손을 검정 바바리 주머니에 찔러 넣은 채로. 남자의 얼굴은 깊게 눌러 쓴 중절모와 바바리 깃에 가려 단지 그 일부분만이 보일 따름이다. 예를 들어 홀쭉하고 거칠어 보이는 뺨, 윤기 없는, 탱탱하게 잡아당겨진 것처럼 보이는 뺨. 쌍꺼풀이 없는 작고 가느다란 눈. 얼굴은, 반쯤 가려진 얼굴은 아무것도 말해주지 않는다. 그저 거기 있거나, 조금 움직일 뿐.

앉아 있던 여자가 일어나서는 부스에서 신문을 하나 사서 다시 벤치로 돌아와 앉았다. 벤치에 앉아 있던 여자는 펴지도 않은 신문을 무릎 위에 올려놓고 방심한 표정으로 정면을 그저 멍하니 응시하고 있다. 여자의 발치에는, 초록색 보따리가 놓여 있다. 여자는 간혹 팔목을 움직여 시계를 들여다본다. 팔목에서 잠시 번쩍이던 금속띠가 여자가 얼굴을 찡그리며 팔목을 무릎에 내려놓자마자 다시 연한 노란색 스웨터의 소매 속으로 숨어든다. 여자는 버스를 기다리고 있는 것이 아니라, 어쩌면 사람을 기다리고 있는 것인지도 모른다.

걷고 있던 남자는, 두 손을 바바리에 찔러 넣고 걷고 있던 남자는, 어느새 한 손에 무언가를 들고 있다. 그것은…… 종이봉투다. 그것은 하얀색이고 중앙에는 C.A.라고 커다랗게 쓰여 있다. 그 밖에는 아무런 무늬도 없는 종이봉투.

버스정류장 근처에는 지하철역이, 지하철 개찰구와 플랫폼으로 이어질 것이 틀림없는 기다란 계단이 입을 쩍 벌리고 있다. 그 속은, 일정한 경사를 가지고 아래로 푹 꺼진 입구의 안쪽은, 아래로 내려갈수록 점점 더 어두워지다가, 결국에는 과장된 어둠의 농도가 사물들의 윤곽을 비워버린다. 한 번도, 여자는 지하철역 입구 쪽으로 시선을 돌리지 않았다.

한편, 걷고 있던 남자는, 계속해서 걷고 있다. 사람들의 바다 속에서, 사람들 사이에 나 있는 미세한 틈을 정교하게 헤집고, 미끄러지듯 걷고 있다. 누구도 그에게 말을 걸지 않았고, 누구도 그를 주시하지 않았다.

갑작스러운 일이었다. 갑작스럽게, 마치 투명한 필름 두 장이 겹쳐지듯, 걷고 있던 남자와, 서서 신문을 보고 있던, 간혹 시계를 들여다보던 여자가 급하게 겹쳐졌다. 잠시 겹쳐졌고, 겹쳐졌다가는 아무 일도 없었다는 듯이 다시 풀려 나갔다. 남자는 계속 걸어갔고, 서 있던 여자는 쓰러졌고, 여자의 손에서 자유로워진 신문지들은 낱장으로 흩어져 공중에서 잠시 꿈틀대다가 땅바닥으로 서서히 가라앉았다. 사이, 검은색 물체가 잠시 보였고, 금속끼리 부딪치는 듯한 소리가 들렸다가 금세 지워져 버렸다.

하지만, 정말로 아무 일도 없었던 것은 아니었다. 여자가 쓰러졌다, 일직선으로 보이던 몸이, 꼿꼿하게, 그대로, 옆으로 한 번 기우뚱하는가 싶더니, 여자의 한쪽 귀가 쿵 하며 포도와 부딪쳤다. 여자가 쓰러졌다. 단 한 번의 반동도 없이. 땅바닥이 너무 딱딱했거나, 여자가 너무 무거웠다. 지금 하늘을 향하고 있는, 처음 남자의 총이 닿았던 여자의 관자놀이에는 구멍이 생겼다. 거기에서는 피가 샘처럼 솟아나고 있고, 그래서 구멍은 빨간 구멍이 되고 말았다. 피는 마치 점성(粘性)을 가진 액체처럼 느릿느릿, 중력이 미치는 방향으로 느릿느릿, 하지만 끈질기게, 또 힘들게 자신의 궤적을 끌고 간다. 그렇다. 피는 점성을 가진 액체니까. 피는 그 밖의 어떤 존재가 될 수 없으니까. 귀를 메우고, 머리카락을 적시고, 뺨을 가로지르고, 코를 넘고, 뜨여 있는 눈을 벌겋게 물들이고, 다물어진 입술 가운데 시뻘건 직선을 남기고, 목을 타고…… 마침내 첫 번째 방울이 여자의 턱에서 포도로 떨어졌다, 이어 금세, 그 다음 방울, 그리고 다음 방울…… 점점 간격이 빨라지다가 하나의 줄기가, 핏줄기가 되었다. 하지만 아무도 호응하지 않았다. 소리를 지르지도 않았고, 넘어진 여자를 일으켜 세우려 하지도 않았고, 동정을 표하지도 않았다.

잠시 서 있던 여자와 겹쳐졌다가 떨어져 나간 남자는 지금 걷고 있다, 태연스럽게. 태연스럽게, 쓰고 있던 중절모와 여자의 머리에 피의 구멍을 뚫어놓았던 검은 물체를 종이봉투에 황급히 집어넣으며, 지하철 계단으로 내려간다.

마침, 지하철 계단을 올라오고 있던 한 여자가 있었다. 그녀도 종이봉투를 들고 있다. 분홍색 종이봉투.

이제 모자를 쓰고 있지 않은, 권총도 들고 있지 않은, 단지 C.A.라고 쓰인 종이봉투만을 들고 있는 남자는 계단을 내려가다가, 계단을 올라오고 있던 한 여자를 만나 종이봉투를 바꿔치기 한다. 하지만 아무도 호응하지 않았다. 소리치지도 않았고, 종이봉투가 바뀌었다는 사실을 지적하지도 않았다. 종이봉투를 교환하고는 남자는 아래로 여자는 위로. 아주 간단히 그렇게 둘은 교차되었고, 이번에는 아무도 쓰러지지 않았다.

정말로 선글라스가 말한 그대로였다. 여자는 남자를 발견하고 흠칫 놀랐다. 바로 그 남자란 걸, 여자는 한눈에 알아볼 수 있었다.

검정 바바리, 그리고 하얀 종이봉투. 남자는 계단을 따라 내려오고 있었다. 얼핏 보았을 뿐이지만, 그녀는 확신할 수 있었다. 선글라스가 여자에게 보여준 사진 속의 그 남자였다. 여자는 시간을 확인했다. 틀림없었다.

이천만 원. 여자는 벌써 선글라스에게서 천만 원을 받았다. 처음 그에게서 이 수상쩍어 보이는 제안을 받아들일 때, 오백, 그리고 어제 종이봉투를 넘겨받고 다시 오백. 그리고 오늘, 여자가 일을 완전히 마치면 다시 천만 원을 받기로 돼 있었다. 이천만 원짜리 일이었다. 반나절 남짓 동안에 이천만 원. 여자는 사회에 진출한 이후로, 아니 학교에서 그리고 집에서 쫓겨난 이후로, 돈을 벌기 위해 남자와 술을 먹거나 남자에게 다리를 벌려야 했다. 다리를 벌리는 쪽이 돈이 더 많았다. 그렇다고 해도 이천만 원이라면, 백 번도 넘게 다리를 벌려야 하는 액수였다. 거기에 비하면 오늘 일은 쉬웠다. 그래 보였다.

남자와 스쳐 지나가는 순간, 여자는 엉겁결에 눈을 감았다. 남자의 손은 서늘했다. 어쩌면 장갑을 낀 건지도 몰랐다. 그것이 다였다. 눈을 뜨자, 남자는 없었다. 대신, 여자의 손에는 하얀 종이봉투가 들려 있었다. 한결 묵직한 하얀 종이봉투. 눈을 감기 전, 여자는 선글라스가 건네준 분홍색 종이봉투를 들고 지하철 계단을 오르고 있었고 사진 속의 남자는 하얀 종이봉투를 들고 계단을 내려오고 있었다. 그랬었다. 그랬었는데, 이제 더 이상 아니었다. 여자가 들고 있는 것은 하얀 종이봉투였고, 이제는 여자의 시선에서 사라져

버린 손이 차가웠던 남자의 손에는 아마도, 분홍색 종이봉투가 들려 있을 것이었다.

하지만, 그것은 일의 시작에 불과했다. 선글라스가 여자에게 부탁한 일은 이천만 원이라는 대가치고는 터무니없이 간단해 보였지만, 그러나 종이봉투를 한 번 바꾸는 일로 끝나는, 그렇게 단순한 일만은 아니었다. 여자는 알고 있었다, 세상 누구도 그녀에게 공짜로 돈을 주지 않는다는 걸, 모든 돈에는 표면에 찍혀 있는 일련번호처럼 이유가 있다는 걸. 하지만, 확실히 여자에게 이천만 원은 작은 돈이 아니었다. 선글라스를 만난 것이 과연, 생각했던 것처럼 내게 행운일 걸까? 여자는 그런 생각을 하며, 저도 모르게 한숨을 내쉬었다.

여자는 어느새 지상 위로 올라와 있었다. 여자는 걸었다. 눈가리개를 씌운 경주마처럼, 앞만 보면서 바삐 걸었다. 가로수나, 건물들이나, 사람들의 웅성거림이 휙휙 뒤로 지나갔다. 하늘을 바라보며, 여자는 바삐 걸었다. 금방이라도 비가 쏟아질 듯 하늘은 회색이었고, 걷는 방향 쪽으로 비스듬히 보라색 구름 한 뭉텅이가 연기처럼 풀어지고 있었다. 갑자기 너무 어두워진 것 같다고 여자는 느꼈다.

여자는 택시 승차장에 도착했다. 라디오 소리가 매우 시끄러웠다. 청취자가 전화를 걸어 노래를 부르는 코너였는데, 택시 기사는 연신 혀를 끌끌대거나 혼잣말을 중얼대며 방송에 푹 빠져 있었다. 여자에게는 그 편이 좋았다. 뒷자리에서 슬쩍 여자는 종이봉투 안을 들여다보았다. 중절모가 보였다. 선글라스의 말대로라면 권총도 들어 있어야 했는데, 그건 중절모에 가려 보이지 않았다. 가방 안에서 이상한 냄새가 났다. 택시 안에서 여자는 손으로 중절모를 치우고 권총을 확인할 엄두가 나지 않았다. 마치 병원 수술실에라도 들어온 것처럼 택시 안은 매우 밝았고, 택시 기사는 가성으로 라디오에서 어느 여자 청취자가 부르는 매가리 없는 노래를 따라 부르고 있었다. 여자는 다시 한 번 물었다. 그것이 과연 내게 행운이었을까?

선글라스는 처음, 친구라는 남자 한 명과 함께 여자가 나가던 술집으로 찾아왔다. 둘 다 매우 조용했고, 춤을 추자고 강요하지도, 몸을 더듬으려고 하지도 않았다. 선글라스를 끼지만 않았더라면, 특별히 며칠씩 기억에 남을 만한 손님들은 아니었다. 여자는 선글라스를 왜 벗지 않느냐고 물었고, 그는 그저 그냥이라고 대답했다. 연예인은 아닌 것 같았지만, 평범한 사람 같지도 않았다. 여자는 더 캐묻지 않았다. 어쨌든 그는 손님이었다. 한 일이 주 후에, 이번에는 혼자였다. 누가 여자를 지명했다고 해서 룸으로 들어가 보니, 선글라스가 혼자 앉아 있었다. 여자는 그를 알아봤다. 한 시간 정도 별 얘기 없이 그냥 밍숭맹숭 술만 홀짝이다가, 남자가 비로소 돈 얘기를 했다. 일 얘기를 꺼냈다.

선글라스의 말은 허황되게 들렸다. 하지만 그의 표정과 말투에는 허황된 얘기를 늘어놓는 사람에게서 흔히 볼 수 있는 그런 들뜬 기색이 없었다. 그저 담담했다. 오히려 자신의 말에 대해 스스로도 믿음이 안 간다는 투였다. 누군가를 설득한다기보다는 믿고 싶으면 믿고 말고 싶으면 말라는, 그런 투였다. 아주 오래전부터 여자는 누군가가 그녀를 설득하려 할 때마다, 딱히 별 이유도 없이, 그 내용과는 아무 상관도 없이, 단지 설득당하지 않기 위해 반발하고는 했다. 확실히 세상살이에 도움이 되는 성격은 아니었다. 어쨌건, 이번에는 달랐다. 선글라스는 여자를 구태여 설득하려고 하는 것 같지 않았고, 그래서 이번에는 반대로 여자 쪽에서 오히려 적극적으로 제안을 받아들이고 싶어졌다. 여자가 하겠다고 하자, 선글라스는 여자의 전화번호를 받아 적고는 술집 근처 호텔방에서 오백만 원을 주었다. 다리를 벌리라고는 하지 않았다. 오백만 원이면 그래도 괜찮은데, 선글라스는 그러지 않았다. 다음 약속 시간과 장소를 선글라스가 알려주었다. 여자는 불쑥 돈을 가지고 어디로 숨어버릴까 하는 생각을 했지만, 그러기에는 너무 작은 액수였다. 하지만 이천만 원을 다 받으면…….

이천만 원을 다 받으면, 당분간은 술집에 나갈 필요는 없을 것 같았다. 최소한 일 년 정도는 술집 말고 뭐 편의점 아르바이트 같은 걸 하면서라도 버틸 수 있을 것 같았다. 그러면서 뭐라도, 미용이나, 메이크업이나, 아니면 컴퓨터 애니메이션이라도 배울 수 있을 것 같았다. 내키지 않는 남자들에게 다리를 벌려 가며 밥을 벌지 않아도 될 것 같았다.

날은 어느새 완전히 어두워졌다. 백화점 앞이었다. 처음 와보는 곳이었다. 여자는 도시의 중심가에서 벗어난 이런 외딴 곳에 백화점이 있다는 사실을 까맣게 모르고 있었다. 백화점은 화려한 네온

사인과 커다란 간판으로 치장하고 있었지만, 백화점 앞 광장에는 인적이 드물었다. 여자는 잠시 자신이 잘못 찾아온 건 아닌지 하는 걱정이 들었다. 얼마 지나지 않아 여자는 건물의 남쪽 후미진 곳에서 회전문을 발견할 수 있었다.

백화점은 여느 백화점과 전혀 다르지 않았다. 바닥은 깨끗했고, 사람들은 진열대마다 순한 양처럼 일렬로 줄을 서 있었고, 조명은 적당히 따뜻했고, 점원의 표정은 한결같이 밝았다. 한편으로 매우 소란스러웠는데, 너무나 많은 사람들의 목소리가 동시에 섞여서 그런지, 그 소란스러움은 음성의 조합이라기보다는 기차의 덜컹거림처럼 들렸다.

선글라스가 말해 준 보관함은 1층 놀이방 뒤에 있었다. 보관함으로 가기 위해서는 어쩔 수 없이 놀이방을 지나가야 했는데, 놀이방 안에는 수십 명의 아이들이 저마다 색색의 풍선을 들고 있었다. 토끼나 사자, 소 같은 동물 모양의 풍선이었다. 여자는 아이들도 싫었고, 풍선도 싫었다. 다행히, 아이들은 여자의 길을 방해하지 않고 순순히 길을 터주었다. 그래도 여자는 아이들을 좋아할 수가 없었다. 여자는 아이건 아이들이건 다 싫었고, 남들처럼 언젠가 자신의 아이를 낳는다 해도, 좋아할 수 있을지 자신이 없었다.

열쇠는 17번이었다. 여자는 자신이 마지막으로 학교를 다니던 해에, 자신의 번호가 17번이었다는 사실을 갑자기 기억했다. 여자는 학교에서, 이름 대신에 17번이라고 불렸다. 17번은 왜 숙제를 안 했나? 17번, 그 다음부터 읽어보도록. 17번, 앞으로 나와 3번 문제 풀어봐. 17번, 도대체 넌 커서 뭐가 될라고 그래? 그때 여자에게는 커서 뭐가 되어야 하겠다는 생각 따위는 전혀 없었다. 여자는 이미 육체적으로나 정신적으로 다 커 있었고, 되고 싶은 것들은 물론 몇 가지가 있었지만, 예를 들어 연예인이 되고 싶다는 생각을 안 해본 건 아니지만, 그런 것들은 대부분 허황된 것들이었고, 여자도 그걸 잘 알고 있었다. 대신, 하기 싫은 일들은 너무도 많았다. 집에 들어가는 거, 학교에 가서 수업을 듣는 거, 시험 보는 거, 체육시간에 뜀틀을 넘으라고 강요받는 거, 새아버지의 술주정을 듣는 거, 짙게 화장한 어머니의 모습을 보는 거. 요컨대, 여자에게는 무엇이 되어야겠다는 생각을 할 여유가 없었다.

선글라스가 건네준 열쇠로 17번 보관함을 열었다. 거기에는 할아버지들이 약수터에 갈 때나 쓰면 딱 좋을 것 같은, 낡아빠진, 아무런 무늬도 없는 색 하나가 들어 있었다. 선글라스가 말해 준 그대로였다. 도미노처럼, 모든 것이 순서대로 딱딱 맞아 넘어져 갔다. 여자는 종이봉투를 17번 보관함에 집어넣고는, 남들이 보지 못하도록 문을 반쯤 닫은 상태에서 종이봉투 안에서 총을 꺼내, 낡아빠진 색으로 옮겨 담았다. 색의 지퍼를 올린 다음에 색을 꺼내고, 지하철에서 바바리의 남자와 바꿔치기 한 종이봉투는 보관함에 그대로 둔 채로 다시 보관함의 문을 닫고, 500원을 집어넣고 열쇠를 180도 돌린 후에 빼냈다. 그렇게 해서, 여자가 남자에게서 받았던 중절모가 들어 있는 종이봉투는 백화점 1층 17번 보관함 안에 남게 되었고, 그리고 권총이 들어 있는 색 하나와 17번 보관함 열쇠는 여자의 손에 떨어졌다.

지시대로 여자는 보관함에서 꺼낸 색을 멘 채로 에스컬레이터를 타고 4층 여성복 코너로 갔다. 점점 더 여자는 이 일이 재미있어졌다.

'Chuchu'라는 이름의 여성복 매장에서 여자는 옷을 고르는 척했다. 선글라스가 말했던 모피코트는 그 매장에 단 하나밖에 없었다. 87만 원짜리였다. 여자는 모피코트를 입고 거울에 자신의 모습을 비춰 보았다. 귀여운 얼굴이라고 여자는 생각했다. 코가 좀 짧았고 주근깨가 있었지만, 어디 가도 빠지는 얼굴은 아니라고 여자는 생각했다. 여자는 안주머니가 있는지 확인하는 척하며, 손 안에 있던 17번 보관함 열쇠를 모피코트의 안주머니에 집어넣었다. 그리고, 열쇠가 떨어지지 않도록 조심해서 옷을 벗고 제자리에 다시 걸어두었다. 점원은 여자에게 90도로 인사를 하며, 둘러보고 오시라는 말을 잊지 않았다.

4층 화장실로 가기 위해서는 한 번 더 놀이방을 가로질러 가야 했다. 층마다 놀이방이 있다니, 여자는 짜증이 났다. 하지만, 4층 놀이방은 1층 놀이방과 달리, 아이들이 거의 없었다. 아니, 한 명도 없었다. 커다란 디즈니 캐릭터를 오려 붙인 벽에 할머니 한 분이 기대앉아 꾸벅꾸벅 졸고 있을 뿐이었다. 여자는 할머니를 깨우지 않도록 조심하며 놀이방을 가로질렀다.

여자 화장실 안에는 다시 세 개의 문이 있었다. 모두 비어 있었다. 가운데 칸으로 여자는 들어갔다. 여자가 자신의 이름 대신 17번으로 불리던 시절, 여자는 화장실에 숨어서 가끔 담배를 피웠다. 한 번은 여자가 담배를 피우고 있는데, 선생 한 명이 노크도 없이 문을 확 열어젖혔다. 깜박 잊고 문을 잠그지 않았던 건지, 아니면 문고리가 고장이 났던 건지는 잘 기억나지 않았다. 물고 있던 담배를 변기에 던져버릴 틈도 주지 않고, 선생은 여자에게 뭘 하냐고 물었고, 여자는 엉겁결에 담배를 피우고 있다고 대답했다. 그리고 여자는 정학을 맞았다.

색을 열고 권총을 꺼냈다. 진짜 총은 처음이었다. 아무런 근거도 없이 여자는 왠지 그게 진짜 총일 것 같았다. 방아쇠를 당겨보면 알 터였지만, 여자는 총 쏘는 법을 몰랐다. 총신이 매우 길었고, 여자가 한 손으로 잡기에는 벅찰 만큼 무거웠다. 진짜 총이라면 합법적인 일은 아닐 터였다. 하지만, 여자에게는 상관없었다. 여자에게는 하기 싫은 일에서 잠시 벗어나게 해줄 돈이 필요했다. 이천만 원. 여자는 색에서 비닐봉지와 테이프를 발견했다. 모든 것이 한 치의 오차도 없이 계획대로였다. 하긴 이천만 원짜리 일이었다. 허술한 구석은 전혀 없었다.

여자는 권총을 봉지에 집어넣고 몇 번 감은 후에 입구를 테이프로 봉했다. 변기의 물탱크 뚜껑을 바닥에 내려놓고, 권총이 든 봉지를 물탱크 속에 집어넣었다. 잠시 물방울들이 올라오다가 멈췄다. 여자는 물탱크 뚜껑을 다시 제자리로 옮겼다. 그렇게 권총을 처리하고 나자 여자는 약간 긴장이 풀렸다.

색에서 여학생 교복을 꺼냈다. 여자는 입고 있던 치마와 티를 벗어서 양변기 뚜껑 위에 올려놓고, 색에서 꺼낸 교복으로 갈아입었다. 허리가 약간 헐렁헐렁한 듯했지만, 선글라스가 준비해 준 교복은 여자에게 그럭저럭 잘 맞았다. 위험한 단계는 지난 듯했다. 여자는 자신의 이름 대신 17번이라고 불리던 시절처럼 화장실에서 담배를 한 대 피우고 싶어졌다. 이제 문을 열고 무엇을 하냐고 물어볼 선생은 없어졌다. 하지만 여자에게는 담배가 없었다. 여자는 세면대 앞에서 교복을 입은 자신의 모습을 비춰 보았다. 여자의 볼에 눈물이 흐르고 있었다. 휴지로 얼굴과 손을 닦아내고 밖으로 나갔다.

백화점 1층에서, 이제 교복을 입은 여자는, 회전문 앞에 늘어선 사람들의 줄을 보았다. 경찰 둘이 있었다. 한 명은 줄을 서 있는 사람들을 차례차례 검문하고 있는 것처럼 보였고, 다른 한 명은 약간 떨어져 서서는 밤색 곤봉을 손바닥에 딱딱 소리가 나게 두드리고 있었다. 딱히 검문을 피해야 할 필요는 없어 보였다. 다른 출구를 찾아 허둥지둥하다가는 더 큰 의심을 살 수도 있다고 여자는 생각했다.

도대체 내가 무엇에 대해 의심을 받아야 하는 거지? 여자는 다만, 종이봉투를 바꿔치기 했을 뿐이었고, 보관함 열쇠를 모피코트 안주머니에 집어넣었을 뿐이었고, 총을 비닐봉지에 넣고 변기 물탱크에 빠뜨렸을 뿐이었고, 학생도 아니면서 교복을 입었을 뿐이었다. 결정적으로 여자는 자신이 무엇을 한 건지 전혀 모르고 있었다. 여자가 알고 있는 건 일을 마치면 천만 원을 더 받기로 되어 있다는 거였다.

경찰은 교복을 입은 여자를 그저 한 번 위아래로 쓱 훑어봤을 뿐이었다. 백화점 앞 광장의 바람은 매우 거셌다. 몇 명의 폭주족이 색색의 조명으로 치장한 오토바이를 난폭하게 몰고 있었다. 여자는 이제 집으로 돌아가기만 하면 됐다. 여자는 처음부터 끝까지 선글라스가 지시한 것을 완벽하게 해냈다. 집으로 돌아가기만 하면 됐다, 교복을 입고, 색을 메고. 교복을 입고, 색을 메고.

갑자기 오토바이 한 대가 굉음을 내며 여자 옆을 스쳐 지나갔다. 눈 깜짝할 새였다. 무언가가 여자의 어깨에 부딪쳤는가 했는데, 어깨가 가벼워졌다, 메고 있던 색이 없어졌다. 멋진 솜씨였다. 망연히 서 있는 여자를 두고 오토바이는 커다란 호를 그리며 백화점 뒤편으로 유유히 사라졌다.

경찰에 신고할 일은 아니라고 여자는 생각했다. 잃어버린 것은 여자가 입고 있던 싸구려 옷가지와, 처음에는 그녀의 것이 아니었던 낡은 색이 다였다. 이천만 원에 비하면 말 그대로 새발의 피였다. 어쨌건 여자는 집으로 돌아가기로 했다.

택시 기사는 코가 길고 눈이 가는 남자였다. 기분 나쁜 인상이었다. 눈썹이 거의 없었다. 과연 남은 돈 천만 원을 제대로 받을 수 있는 걸까? 택시 앞좌석에서 여자는 궁금했다. 여자는 모든 일을 지시받은 대로 끝냈다. 그런데 돌아가다가 색 하나를 잃었다. 그 색에 대해서는 아무것도 확실한 게 없었다. 선글라스가 뭐라고 했었지? 교복을 메고 색을 입고, 아니야, 색을 메고 교복을 입고, 집으로 돌아가라, 그게 선글라스의 지시였어. 그랬었지. 그랬다. 모호했다, 색에 대해서만큼은. 선글라스는 과연 내게 돈을 줄까? 과연 그랬다. 여자 쪽에서 선글라스에게 연락을 할 방법은 없었다. 여자는 그저 기다려야 했다. 모든 걸 선글라스의 처분에 맡겨야 했다.

택시가 섰다. 합승을 하겠다는 남자가 있었다. 뒷자리에 탔다. 다시 출발했다. 여자는 여전히 선글라스가 자신에게 돈을 줄 것인지, 그리고 자신이 저지른 실수가 얼마나 치명적인 것이었는지에 대해 곰곰이 생각하고 있었다. 그러다가, 갑자기 정신이 들었다. 택시가 합승을 하려고 손을 흔들던 남자 앞에 서기 직전, 헤드라이트에 남자의 얼굴이 잠시 드러났었다. 여자는 오싹했다. 똑같은 얼굴이었다. 눈썹이 거의 없고, 코가 긴, 피부가 약간 얽은 얼굴, 택시 기사였다. 똑같았다. 여자는 반사적으로 뒷좌석으로 고개를 돌렸다. 돌리려고 했는데, 돌리는 도중에, 채 다 돌리기 전에, 여자는 정신을 잃고 말았다. 확인할 틈은 주어지지 않았다.

눈을 떴을 때, 여자는 자신이 다리를 벌리고 있다는 사실을 알았다. 그 안으로 무언가 쑤시고 들어오고 있었다. 다시 눈을 감았다. 이대로, 다시 전으로, 정신이 들기 전으로 돌아가고 싶었다. 여자는 소리를 내지 않으려고 노력했다. 남자는 두 명이었다, 똑같은 얼굴의 두 명. 눈썹이 없는 남자. 택시 운전사와 합승 손님, 그것은 허울이었다, 여자를 위해 꾸며진 허울. 다리 사이가 너무 아팠다. 드릴 같은 것으로 상처를 후벼 파내는 것 같았다. 한 명은 벌리고 있는 여자의 다리 사이에 성기를 난폭하게 집어넣었다 뺐다 하기를 반복하고 있었고, 다른 한 남자는 바로 옆에 서서 지켜보고 서 있었다. 여자는 자신이 어디에 있는 건지 궁금했다. 공장 같았다. 낡은, 철거되기 직전의 공장. 여자는 정신을 잃고 싶었다, 필사적으로.

남자가 다른 남자에게 말한다. "어떻게 할 거야? 얘는." 여자 하나가 더 있다. 여자는 아무것도 입지 않은 채로 책상 같은 곳에 누워 있다. 입에는 재갈이, 팔에는 결박이. "어떻게 하긴?" 다른 남자는 한참 여자의 다리 사이에 자신의 성기를 집어넣고 있다, 필사적으로. "죽인 다음에 데리고 갈 거야? 아니면, 데려가서 죽일 거야?" 여자는 아무런 반응이 없다. 평온한 표정. "결국 똑같은 얘기 아냐? 닭이 먼저냐 달걀이 먼저냐, 그 얘기하고 똑같잖아?" 다른 남자는 헐떡거리고 있다. 다른 남자는 바지를 벗고 있고, 바지를 벗고 있었기 때문에, 남자와 구분이 됐다. 그 외에는 모든 것이 완벽하게 서로 똑같아 보인다. "그렇긴 하지. 그렇긴 하지만……빨리 끝내기나 해, 길게 끈다고 다 좋은 건 아니니깐." 누워 있는 여자는 주먹을 꼭 쥐고 있다. 여자의 오른손 엄지손가락과 집게손가락 사이에는 반달 모양의 불에 덴 자국이 있다.

· ·

백화점 여인은 딸아이를 생각하고 있었다. 손님이 붐비지 않는 시간이었다. 여자가 맡고 있는 매장에는 손님이 아무도 없었다. 그 여자는 아직 오지 않았다. 오기로 되어 있는 여자의 사진. 백화점 여인은 유니폼 주머니에서 폴라로이드 사진을 꺼냈다. 사진 속 여자는 지하철역 앞에 서 있었다. 정면을 바라보는 것이 아닌, 아주 약간 초점이 벗어난 다소 멍해 보이는 눈길. 사진 속은 밤이었다. 사진 속 여자는 백화점 여인의 딸아이와 많이 닮아 있었다. 어디가 어떻게 다른지, 백화점 여인은 정확하게 집어낼 수 없었다. 딸아이와는 다르게, 사악해 보였다, 그렇게밖에 말할 수 없었다. 딸아이는 선했다, 백화점 여인은 그렇게 생각하려 했다.

사진을 다시 주머니에 집어넣고 일회용 종이컵으로 정수기 물을 받아 입에 털어넣다가, 백화점 여인은 매장으로 들어오고 있는 그 여자를 발견했다. 여자는 색을 메고 있었다. 실제로 보니, 딸아이와 더더욱 흡사해 보였다. 키가 좀 더 컸고, 안색이 좀 더 어두웠고, 자세가 좀 더 구부정했다. 그랬다. 그랬지만, 세부에서는 그랬지만, 전체적으로는 매우 닮았다. 백화점 여인은 하마터면 딸아이 이름을 부르며 다가갈 뻔했다.

잠시 눈이 마주쳤는데, 그 여자는 백화점 여인을 피하는 것 같았다. 확실히 딸아이의 눈은 아니었다. 흰자위가 잘 보이지 않을 만큼 커다란 눈동자는 딸아이와 비슷했지만, 그 여자의 눈은 차갑고 몰(沒)표정했다. 반면에 딸아이의 눈은 말갰고 늘 웃음이 떠돌았다.

물건은 살 생각 없이 그저 구경하러 온 손님들은 대부분 백화점 여인을 피했다. 교육받은 대로라면, 백화점 여인은 그 여자에게 다가가서 그녀의 관심이 어디 있는지, 그녀의 주머니 사정이 어떤지를 알아낸 후, 적당한 옷을 추천하고, 입에 발린 것처럼 들리지 않도록, 하지만 최대한 상냥하게 추천한 옷이 그녀에게 잘 어울린다는 환상을 심어주어야 했다. 하지만 그럴 수 없었다. 그럴 필요가 없었다. 백화점 여인은 이미 돈을 받았다.

돼지 엄마는 단골손님이었다. 몇 번 백화점 지하 식당에서 같이 점심을 먹은 적도 있었다. 남편과 함께 부동산업을 한다고 했다. 백화점 여인은 자신이 젊었을 때 남편이 죽었다는, 그래서 하나뿐인 딸을 혼자 키우고 있다는 얘기를 했고, 돼지 엄마 역시 지금 남편은 두 번째 남편이고, 자신의 첫 번째 남편은 교통사고로 죽었다고 얘기했다. 백화점 여인은 그 말을 액면 그대로 믿지는 않았지만 돼지 엄마는 늘 빳빳한 현금으로 계산을 치르는 확실한 손님이었고, 그것으로 좋았다. 오백을 줄 때도 현금이었다. 문제 없이 일을 마치면 오백을 더 줄게. 그럼 천만 원이었다. 백화점 여인은 이미 오백을 받았고, 다시 오백을 더 받기로 되어 있었고, 그 천만 원어치의 일 안에는 사진 속 여자가 자신이 일하는 매장으로 찾아올 경우, 어떤 방해도 하지 말라는 항목도 포함되어 있었다.

돼지 엄마가 말한 대로, 그 여자는 모피코트를 입었다가 벗었다. 백화점 여인은 내내 모른 체하고 있었다. 여자가 황급히 매장을 떠나려 할 때, 백화점 여인은 돌아보고 또 오시라는 인사를 했다. 백화점 여인은 여자의 목소리가 듣고 싶었다. 하지만 여자는 입을 열지 않았다. 백화점 여인은 그 여자가 결코 돌아오지 않으리라는 것을 똑똑히 알고 있었다.

모피코트 안주머니에 열쇠가 들어 있었다. 17번. 인턴사원인 미스 진은 10분 후에 돌아오도록 되어 있었다. 미스 진이 돌아오면 백화점 여인은 화장실을 핑계 대고 자리를 뜰 예정이었다, 17번 열쇠를 들고.

딸아이는 올해 대학에 들어갔다. 사범대 국어교육학과였다. 백화점 여인은 딸아이가 미래의 직업으로 교직을 택한 것에 대해 적이 만족스러웠다. 15년째 홀몸으로 키우고 있었지만, 한 번도 딸아이는 말썽을 부리거나 걱정을 끼친 적이 없었다. 백화점 여인의 고민은 과거나 현재형이 아니라 미래형이었으며, 딸아이가 아니라 딸아이가 부대끼게 될지도 모르는 남자와 관련된 것이었다. 올 초에 돼지 엄마를 따라 간 점집에서 점쟁이는 남자를 조심하라고 했다. 남자 하나가 딸애 평생 팔자를 들어 망칠 수 있어. 그전에, 돼지 엄마도 비슷한 소리를 했다. 아빠 없이 큰 여자애들이 커서 남자들한테 쉽게 빠져, 자기도 조심해, 우리 애도 사내놈 하나 때문에 얼마나 큰 욕을 봤는데. 백화점 여인은 딸아이가 여대에 지원하기를 고집했지만, 딸아이와 담임선생의 반대를 꺾지는 못했다.

미스 진이 돌아왔다. 화장실에 다녀오겠다고 말하고, 여자는 엘리베이터를 타고 1층으로 내려갔다. 17번 보관함 안에는 종이봉투 하나가 들어 있었다. 백화점 여인이 근무하는 백화점의 종이봉투는 아니었다. 하얀 바탕에 C.A.라고 쓰여 있었다. 안에는 중절모 하나가 들어 있었다. 백화점 여인은 돼지 엄마가 별로 꼼꼼한 편은 아니라고 생각하고 있었지만, 예상 외로 일은 톱니바퀴처럼 정교하게 물려 돌아가고 있었다.

오늘 아침, 백화점 여인의 딸아이는 MT를 간다고 했다. 오늘 저녁에는 돌아오지 않을 거라고 했다. 어디로 가는데, 라고 물었을 때, 딸아이는 어디라고 얘기하면 알아, 라고 되물었다. 너 요즘 왜 그러니. 그렇게 말하고 나서 백화점 여자는 울음이 터져 나올 것 같아 이를 악물었다. 고개를 돌려버렸다. 뭐가. 딸아이는 차려놓은 아침도 먹지 않고 휑하니 나가버렸다. 여자는 남은 음식물들을 남김없이 음식물 쓰레기 처리기에 버렸다.

백화점 여인은 딸아이에게 자신이 뭘 잘못 했는지 생각해 보았지만, 알 수 없었다. 그녀가 잘못한 것은 아무것도 없어 보였다. 여대를 보냈어야 돼, 돼지 엄마는 그렇게 말했다. 그랬어야 했는지도 몰랐다. 하지만, 딸아이와 담임선생은 남녀공학인 A 대를 고집했고, 백화점 여인은 자신이 여대를 고집하는 이유를 그들에게 설명할 수가 없었다.

딸아이는 변했다. 그래도 모피코트를 입어보던 사진 속 여자와는 달랐다. 딸아이가 그 여자일 수는 없었다. 그렇게 무관심한 표정을 백화점 여인은 딸아이의 눈 속에서 본 적이 없었다. 하긴 딸아이의 눈을 본 것도 꽤 오래전 일이었다. 요즘 들어 딸아이는 백화점 여인을 피했다. 자주 술 냄새를 풍기며 늦게 들어왔고, 방문을 걸어 잠그고 백화점 여인을 방으로 들어오지 못하게 했다. 하지만, 딸아이가 그 여자는 아니었다. 엄마를 보고 모른 체할 수 있다고는 상상할 수 없었다.

3층 신사복 코너에서 백화점 여인은 '나나'라는 이름의 매장을 발견했다. 점원은 백화점 여인도 안면이 있는, 최근에 이혼을 했다는 젊은 여자였는데, 부인과 동행한 중년 남자의 치수를 재느라 정신이 없어 보였다. 식은 죽 먹기였다. 여자는 종이봉투 안에 들어 있던 중절모를 꺼내, 유행이 지난 염가 처리용의 모자 수십 개가 들어 있는 커다란 철제 바구니 안에 집어넣었다. 백화점 여인의 손을 떠난 모자는 다른 모자들 속에, 모자의 더미 속에 금세 파묻혔다. 백화점 여인은 아무도 보지 못했을 것이라고 생각했다. 보았다 해도, 대수롭게 생각할 사람은 없을 터였다.

간단한 일이었다. 천만 원이면 최소한 딸아이 일 년치 학비였다. 모자 하나를 다른 수십 개의 모자가 들어 있는 바구니 안에 던져넣었을 뿐이었다. 죄책감을 느낄 이유가 없었다. 그녀가 잘못한 것은 아무것도 없어 보였다.

매장으로 돌아오자 실장님이 급하게 찾았다고 미스 진이 전했다. 미스 진도 그 용건이 뭔지는 몰랐다. 실장이 급하게 찾는 경우는 대부분 나쁜 일이 많았다. 하지만 그녀가 잘못한 것은 아무것도 없어 보였다. 백화점 여인은 종이봉투를 쓰레기통에 쑤셔 넣었다.

실장실은 10층이었는데, 엘리베이터가 고장이었다. 백화점 여인은 10층까지 계단으로 올라가기로 했다.

계단은 매우 어두웠다. 엘리베이터만 고장인 것이 아니라, 건물 전체가 정전이 된 듯했다. 계단에 매달려 있는 형광등들이 모두 꺼져 있었다. 백화점 여인의 기억에 백화점 전체가 정전이 된 적은 한 번도 없었다. 환기 장치도 멎어서 그런지, 공기는 후덥지근하고, 때로 고등어 비린내 같은 냄새가 났다. 다행히 층계참마다 커다란 유리창이 나 있어, 거기서 들어온 빛이 부족하나마 계단을 간신히 밝혀주고 있었다.

딸아이는 고등어를 별로 좋아하지 않았다. 고등학교 때까지는 술도 별로 좋아하지 않았다, 그렇게 백화점 여인은 알고 있었다. 백화점 여인은 딸아이를 잘 알고 있다고 생각했다, 어떤 음식을 싫어하고, 어떤 스타일의 옷을 좋아하고, 어떤 계절을 좋아하고, 어떤 선생님을 싫어하는지. 그런데 갑자기 변했다. 어느 날 변해 버렸다. 점쟁이 말처럼 남자가 생긴 건지도 몰랐다. 부적을 사두는 건데. 돼지 엄마의 성화에도 불구하고 백화점 여인은 점쟁이가 권하는 부적을 사지 않았다. 부적을 사두는 건데.

백화점 여인은 다시 폴라로이드 사진을 꺼냈다. 희미했다. 눈을 비벼보았지만, 여전히 희미했다. 좀 더 밝은 곳을 찾아 백화점 여인은 유리창 근처로 갔다.

유리창 밖은 구름인지 안개인지, 정체도 규모도 가늠할 수 없는 수증기 뭉치가 시야를 완전히 차단하고 있었다. 그렇지만 어둡지는 않았다. 마치 수증기가 빛을 내는 것처럼 환했다. 하지만 사진은 여전히 희미했다. 이제 백화점 여인은 그 사진 속 여자가 자신의 딸아이가 절대 아니라는 확신을 가질 수 없을 것 같은 느낌이 들었다.

백화점 여인은 폴라로이드 사진을 구겨서, 가까이에 있는 쓰레기통 속에 던져버렸다. 쓰레기통 바닥에 고여 있던 더러운 까만 물 속에 사진은 완전히 잠겨버렸다. 이제 백화점 여인 자신도, 사진을 주었던 돼지 엄마도, 사진 속 여자도, 세상 그 누구도 찾을 수 없는 곳으로 사진은 사라졌다, 그렇게 백화점 여인은 생각했다. 이제 그 사진 속의 여자가 자신의 딸아이인지 아닌지 고민할 필요가 사라졌다, 그렇게 백화점 여인은 생각했다. 그렇게 생각했지만, 백화점 여인은 왠지 마음을 놓을 수가 없었다. 실장은 왜 또 날 찾는 걸까?

계단은 한도 끝도 없이 길었고, 채 몇 층 오르지 못해 백화점 여인은 완전히 지쳐버렸지만, 그만둘 수 없는 노릇이었다. 무슨 일일까, 도대체? 정전이 된 것과, 실장이 나를 호출한 것 사이에 무슨 관련이 있는 걸까?

올라갈수록 계단이 점점 좁아지는 것 같다고 백화점 여인은 느꼈다. 9층에서 10층으로 오르는 마지막 계단에서는 백화점 여인이 양팔을 펼치자 벽과 맞은편 계단 손잡이가 동시에 양손에 잡혔다. 점점 더 이해할 수 없는 일들이 늘어나고 있었는데, 백화점 여인은 그것이 자기 자신에 대한 벌처럼 느껴졌다. 그러한데 무엇에 대한 벌이란 말인가?

문득 자신이 한 일을 실장이 알고 있을지도 모른다는 생각이 들었다. 백화점 안에 천 개가 넘는 감시카메라가 설치되어 있다는 소문도 있었다. 백화점 여인은 모피코트에서 열쇠를 꺼냈고, 보관함에서 종이봉투를 꺼냈고, 종이봉투에서 모자를 꺼냈고, 그 모자를 모자 진열대 속에 던져넣었다. 무엇이 잘못이었을까? 백화점 여인은 돼지 엄마에게서 돈을 받았고, 또 받기로 되어 있었지만, 그 돈이 딸아이를 예전의 딸아이로 돌려놓을 수는 없을 것 같았다. 무엇이 해서는 안 되는 일이었을까?

10층 복도에는 아무도 없었다. 백화점 여인은 지칠 대로 지쳐 있었다. 복도는 좁고, 바닥에는 더러운 붉은 양탄자가 깔려 있었다. 공기가 너무 건조해 백화점 여인의 입안이 깔깔했다. 백화점 여인은 연신 침을 삼키면서 실장실을 찾았다. 실장실은 막다른 골목에 있었다. 나무로 된 문 중간에는 공책만 한 크기의 유리창이 나 있었지만, 간유리였기 때문에 실내를 볼 수는 없었다.

미닫이 문이었다. 문을 그저 슬쩍 건드렸을 뿐이었는데, 아무 소리도 없이 스르르 문이 열렸다. 백화점 여인은 안으로 들어갔다. 정면으로 낡은 목재 책상 하나와 꽤 푹신푹신해 보이는 의자가 백화점 여인을 마주보고 있었다. 결코 좋은 인상이라고 말할 수 없는 늙은 남자의 얼굴이 액자에 갇힌 채 책상 뒤편 벽 위에 매달려 있었다. 모르는 남자의 얼굴이었다. 의자 위에는 아무도 앉아 있지 않았다. 대신, 창문 쪽에 두 명의 남자가 서 있었다. 스스로 빛을 내는 구름 혹은 안개가 가득한 창문을 배경으로, 두 남자의 실루엣이 불확실하게 흔들렸다. 키가 똑같았다, 마치 분지러뜨리지 않은 두 개의 성냥개비처럼.

남자가 다른 남자에게 말한다. "어떻게 데려갈까?" 두 남자는 건물의 복도에 서 있다. "어떻게라니, 뭘 어떻게?" 다른 남자가 또 그렇게 대답했다. 그들의 발치에는 양탄자가 깔려 있고, 중년의 여자 하나가 양팔을 위로 쭉 뻗은 채, 마치 만세를 부르는 자세로 엎드려 누워 있다. "여기서 옷을 벗긴 다음에 마루가 꺼진 은신처로 데려갈까?" 복도는 좁다. 둘밖에 없지만, 꽉 차 있는 것처럼 보인다. "벗기면 옷은 어디다 숨기려고?" 다른 남자는 대답을 하면서 한쪽 발로 누워 있는 여자의 배를 툭 찼다. 하지만, 여자는 반응이 없다. "숨겨야 되나, 꼭? 여기다 그냥 두고 가지." 여자는 고개를 왼쪽으로 튼 채 누워 있는데, 입에서 나온 액체가 양탄자를 적시고 있다. 붉은 양탄자 위에서 그 액체는 그저 검어 보인다. "남아 있으면 지저분해."

• •

화장실 아줌마에게, 4층 서쪽 여자화장실은 오늘의 마지막 화장실이었다. 백화점에서 화장실 아줌마가 맡은 화장실은 모두 스무 개였다. 1층부터 5층까지가 화장실 아줌마의 구역이었고, 6층부터 10층까지는 성씨가 특이해 모두에게 표씨 아줌마라고 불리는 이의 몫이었다. 4 곱하기 5는 20. 한 층마다 네 개의 화장실이 있었다. 동쪽에 남자화장실 하나 여자화장실 하나, 서쪽에 남자화장실 하나 여자화장실 하나. 4 곱하기 5는 20.

화장실 아줌마는 일 주일에 7일, 아침 8시부터 저녁 8시까지 백화점에서 일을 하고 주급 사십삼만 육천팔백 원을 목요일 오후 8시에 노무자 대기실에서 조장으로부터 받았다. 거기다 점심과 저녁이 무료로 식당에서 제공되었다. 셈이 밝은 표씨 아줌마는 시간당 5,200원이라며, 우리 나이에 이 정도 쳐주는 데는 찾기 힘들다고 했다. 신문에서 떠드는 시간당 최저임금 같은 건 딴나라 이야기니까 신경 쓰지 말라고 했다. 일하기 시작한 달로부터 처음 두 달을 결근 없이 근속할 경우, 그 다음 달부터는 한 달에 한 번은 정식 유급휴가를 쓸 수도 있었다. 정식 유급휴가는 원래 완전히 하루를 놀아야 하는 것으로 되어 있었지만, 조장에게 잘만 얘기하면, 이틀로 나누어 하루는 오전에 쉬고, 다음 날은 오후에 쉴 수도 있었다. 표씨 아줌마의 말마따나 나쁜 조건은 아니라고 화장실 아줌마는 생각했다.

오늘이 바로 오전만 일하기로 한 날이었다. 화장실 아줌마는 4층 서쪽 화장실 청소를 마친 뒤 퇴근하기로 조장과 미리 얘기해 놓았다.

7시 40분에 출근해 백화점 문을 열기 전까지 바닥 청소를 한 다음, 스무 개의 화장실을 화장실 아줌마는 돌아야 했다. 화장실 아줌마에게는 경험에서 우러나온 최단 동선이 있었는데, 가령 1층 서쪽 화장실에서 시작해서, 다음에 2층 서쪽, 그 다음에는 3층…… 그렇게 해서, 5층 서쪽을 마치고 나면 5층 동쪽으로 이동해서 청소를 마치고, 다시 아래로, 4층 동쪽, 3층 동쪽…… 그러다 1층 동쪽 화장실에서 마무리를 짓는 방식이었다. 단면을 보면 시계방향으로 길쭉한 원을 그리는 것 같은 동선이었다. 몇 층 어느 화장실에서부터 시작할 것이냐는 하루하루 그날의 상황이나 기분에 따라 달랐지만, 화장실 아줌마는 별 뜻도 없이, 언제나 시계방향을 고집했다. 오늘은 4층 동쪽 화장실에서 시작했다. 그래서, 4층 서쪽 화장실이 오늘의 마지막 화장실이었다.

화장실 아줌마는 일 주일 내내, 오전 8시부터 1층 바닥 청소를 하고, 그 다음으로 스무 개의 화장실을 돌며 청소를 했다. 청소가 끝나고 점심시간 전까지는, 사원들의 유니폼을 9층 세탁장에서 빨고 건조장에 말리는 일을 했다. 점심을 먹고 나서는, 각층 매장의 쓰레기통을 비우고, 그 작업이 끝나면, 다시 한 번 스무 개의 화장실을 돌아야 했다. 마지막 일은 계단 청소와 11층, 12층 직원사무동 청소였다. 그러고 나면 8시였다. 그 후 저녁밥이었다. 화장실 아줌마는 주급으로 사십삼만 육천팔백 원을 받았고, 그녀는 나쁘지 않은 조건이라고 늘 생각하고 있었다.

화장실 아줌마는 4층 서쪽 여자화장실 문을 열었다. 어디나 다 똑같은 구조였다. 세면대 두 개, 거울 두 개, 문 세 개, 양변기 세 개, 쓰레기통 네 개. 화장실 아줌마는 가운데 칸으로 들어가야 했다. 셈은 흐렸지만, 화장실 아줌마의 기억력은 그래도 아직 오락가락하지 않았다. 화장실 아줌마는 벌써 이백을 받았다. 화장실 아줌마는 가운데 칸에서 해야 할 일이 있었다.

4층 서쪽 여자화장실에는, 화장실 아줌마 말고는 아무도 없었다. 이상했다. 바닥에 물이 고여 있었다. 화장실 아줌마가 들고 있는 마대자루로 닦아낼 수 있는 정도의 양이 아니었다. 물은 화장실 아줌마가 신고 있던 낡은 운동화의 밑창 위에까지 올라왔다. 금세 신발과 양말이 젖어버렸다.

수도꼭지는 잠겨 있었다. 수돗물은 아닌 것 같았다. 아주 약간이기는 했지만 끈적거리는 기미가 있었다. 화장실 아줌마는 화장실 바닥에 고여 있는 물을 손으로 만져보았다. 따뜻했고, 부드러웠고, 물렁물렁했다. 잘 닦아지지 않아 물 묻은 손을 소맷자락에 문질렀는데, 콩을 볶은 기름 냄새 같은 것이 났다. 화장실 아줌마는 어리둥절했다.

화장실 아줌마는 당황했다. 화장실 아줌마가 주급 사십삼만 육천팔백 원을 받고 해야 하는 일 중의 하나가 화장실의 청결 유지였다. 그런데 4층 서쪽 여자화장실은 물바다였다. 한편으로 화장실 아줌마는 이미 이백을 받았고, 다시 이백을 받도록 되어 있었다. 합이 사백이었다. 사백이 이십보다 크다는 것은 더 말할 나위가 없었다.

화장실 아줌마는 철벅거리면서 가운데 칸으로 들어갔다. 신발이 벗겨지지 않도록 조심해야 했다. 양변기 물탱크의 뚜껑을 변기 위로 들어 내렸다. 화장실 아줌마는 하마터면 물탱크 뚜껑을 든 채로 물 칠갑인 바닥에 미끄러질 뻔했다. 과연, 물탱크 안에 있었다. 화장실 아줌마는 물을 털고 테이프를 뜯고 비닐봉지 속에 있던 물건을 꺼냈다. 총이었다. 화장실 아줌마는 총과는 영 인연이 없었지만, 한눈에 알아볼 수 있었다. 총을 허리에 찬 전대 안에 집어넣고 지퍼를 닫았다.

계획대로라면, 노무자 대기실에서 옷을 갈아입고 총을 가지고 바로 퇴근을 해야 했다. 총을 가지고 J 빌딩 12층으로 가서 한 손에 의수를 한 남자를 만나 총을 전해 주어야 했다. 화장실 바닥을 뒤덮은 이 정체불명의 물과 씨름을 하고 있을 시간이 없었다. 원주댁이 떠올랐다. 원주댁이라면 기꺼이 그녀 대신 화장실을 치워줄 것 같았다. 화장실 아줌마는 마음이 급했다.

7층 파견근로자 대기실 안에는 아무도 없었다. 평상 위에는 초록색 담요와 화투패들이 어지럽게 널려 있었고, 바닥에는 슬리퍼 한 짝이 뒤집어져 있었다. 다들 어디로 갔을까? 긴급 호출이라도 있었던 거겠지, 화장실 아줌마는 바닥에 물 발자국을 어지럽게 남기면서 그렇게 생각했다.

이번에는 엘리베이터가 고장이었다. 신발이 미끄러워 화장실 아줌마는 몇 번이나 계단에서 넘어질 뻔했다. 화장실 아줌마는 마음이 급했다.

다시 4층 서쪽 여자화장실에 도착한 것은 꽤 시간이 지난 뒤였다. 문 앞에는 '사용금지'라는 푯말이 붙어 있었다. 누가 붙였을까? 화장실 아줌마는 궁금했다. 문을 열었다. 놀랍게도 화장실 바닥에는 물이 없었다. 사라졌다. 바닥은 마른 걸레로 닦아놓은 듯, 뽀송뽀송했다. 물기라고는 찾을 수 없었다. 물이 다 어디로 간 거지? 화장실 아줌마는 의아했다. 하지만 의아해하고만 있을 수는 없었다. 화장실 아줌마는 이미 4층 서쪽 여자화장실을 포함한 스무 개의 화장실을 다 처리했고, J 빌딩 12층에서 한 손에 의수를 한 남자를 만나기로 한 시간은 이제부터 움직인다 해도 시간이 빠듯했다.

화장실 아줌마는 버스정류장에서 버스를 기다리고 있었다. 때 이르게 날이 어두워지고 있었다, 마치 개기일식이라도 일어난 것처럼. 자꾸 총이 들어 있는 전대에 신경이 갔다.

화장실 아줌마는 J 빌딩으로 가는 길을 잘 몰랐기 때문에, 버스 앞쪽 전면 유리창 근처에 자리를 잡고 앉았다. 버스 안에는 사람들이 많지 않았다. 버스 기사는 쾌활한 인상의 젊은 남자였는데, 라디오를 큰소리로 틀어놓고 있었다. 왠지 버스 기사나 하고 있을 인상은 아니라고 화장실 아줌마는 생각했다. 청취자가 전화를 걸어 노래를 부르는 코너였는데, 버스 기사는 청취자의 노래에 맞춰 작은 소리로 콧노래를 흥얼거리고 있었다. 하지만 화장실 아줌마에게는 핸드폰이 없었다. 그래서 방송국으로 전화를 걸어 노래를 부를 수가 없었다. 화장실 아줌마는 버스에 탄 사람들을 둘러보았는데, 모두 핸드폰을 귀에 대고 누군가와 대화를 나누고 있었다. 그들의 말소리는 잘 들리지 않았지만, 아름다운 광경이라고 화장실 아줌마는 생각했다.

바깥은 점점 더 어두워지고 있었고, 하지만 하늘에 별은 보이지 않았다. 버스는 정류장에 서는 법도 없이 쏜살같이 달리고 있었다. 화장실 아줌마는 시간에 맞게 댈 수 있을 것 같아 안심이 되었다. 이백만 원이 달려 있는 일이었다. 화장실 아줌마는 이백을 더 받으면 고향을 찾아가는 계획도 계획이지만, 핸드폰을 하나 꼭 사야겠다고 마음먹었다.

책을 들고 서 있는 남자의 동상이 보이는 대로 한복판에서 갑자기 버스가 멈춰 섰다. 화장실 아줌마가 타고 있는 버스 앞으로 다섯 대인가 여섯 대의 승용차가 역시 꼼짝도 않고 서 있었고, 바로 그 앞에 노란 헬멧을 쓴 남자 몇 명이 분주하게 불빛이 번쩍거리는 막대기를 휘두르고 있었다. 버스 기사가 앞문으로 내렸다. 버스 기사가 노란 헬멧을 쓴 남자와 대화를 나누는 모습이 보였다. 두 남자의 얼굴은 심각해 보였다. 화장실 아줌마는 불안해지기 시작했다. 책을 들고 서 있는 남자의 동상 바로 너머로 J 빌딩이 보였다. 화장실 아줌마는 답답했다. 하지만, 버스에 탄 사람들은 여전히 핸드폰을 귀에 붙인 채, 이 뜻하지 않은 사고에는 전혀 관심이 없는 듯 보였다.

잠시 후 기사가 버스로 돌아왔다. 버스 기사가 마이크를 들고, 갑작스러운 홍수 때문에 잠시 정차를 하게 되었으며 교통위원들에 의하면 앞으로 10분 내로 모든 문제가 해결될 것이라고 말했다. 화장실 아줌마는 문제가 해결된다는 것이 무슨 뜻인지 궁금했다.

마침내 화장실 아줌마는 이대로 10분을 기다리느니, 걸어가는 편이 낫겠다고 마음먹었다. 교통위원들의 말대로 과연 10분 안에 정체가 풀릴지도 의문이었다. 화장실 아줌마는 버스 기사에게 내리게 해달라고 했지만, 뜻밖에 젊은 버스 기사는 안전상의 문제 때문에 그럴 수 없다고 했다. 화장실 아줌마도 쉬이 물러서지 않고 몇 차례 더 문을 열어달라고 했지만, 버스 기사는 규칙이라면서 완강했다. 하지만 이백만 원이 달려 있는 일이었다.

버스 기사가 라디오 주파수를 잡는 데에 신경이 팔린 틈을 타, 화장실 아줌마는 미리 열어놓았던 차창 밖으로 뛰어내렸다. 바닥에 엉덩방아를 찧기는 했지만, 크게 아픈 데는 없었다. 허리에 찬 전대를 한 손으로 붙잡고 화장실 아줌마는 앞으로 달렸다.

문제가 있었다. 차 안에 있을 때는 몰랐는데, 화장실 아줌마가 타고 있던 버스와 그 앞에 서 있던 대여섯 대의 차가 멈춰 선 차의 전부가 아니었다. 동서남북, 마치 사방연속무늬처럼, 셀 수 없을 만큼 많은 차가 대로 위를 까맣게 메우고 있었다. 게다가 차들은 전후좌우로 너무 바짝 붙어서 있어서 차들 사이로 지나가는 것 역시 매우 힘들고 또 위험해 보였다. 어떤 차는 옆 차와 주먹 하나가 간신히 들어갈 틈을 두고 서 있기도 했다.

채 몇 미터 앞으로 전진하지 못하고, 화장실 아줌마는 오른쪽으로 진로를 수정해야 했고, 차 두 대를 지나 좀 더 넓은 공간을 발견하고 다시 앞으로 전진했는데, 이번에는 커다란 불자동차에 가로막혀 다시 왼쪽으로 꺾어야만 했다. 화장실 아줌마는 점점 다급해졌다. 숨이 가빠 왔다.

한 스무 번 정도 방향을 바꿨을까, 어디가 앞인지도 가물가물해지려는 차에 거짓말처럼 화장실 아줌마는 차의 숲에서 벗어날 수 있었다. 차와 물 사이의 경계선에 화장실 아줌마가 서 있었다. 장관이었다. 차로 만든 해안선 같았다. 홍수라고 부르기에는 너무나 큰 규모의 물이었다. 도심 한복판에 커다란 저수지가 생긴 것 같았다. 그 물웅덩이의 반대쪽 끝이 어딘지 화장실 아줌마는 좀처럼 가늠할 수가 없었다. 또 매우 깊어 보였다. 차로 만든 해안선에서 불과 40,50미터 정도 떨어져 있는 빌딩들의 1층은 물에 완전히 잠겨 있었다. 노란 우비에 노란 헬멧을 쓴 수많은 교통위원들이 분주하게 돌아다니고 있었지만, 화장실 아줌마는 그들이 무엇을 하고 있는 건지 잘 알 수 없었다. 화장실 아줌마의 눈에는 마치 물장난을 나온 유치원생들처럼 보였다.

버스에서 내려오길 잘했어. 화장실 아줌마는 더 기다릴 수가 없었다. 이백만 원이 달린 일이었다. 화장실 아줌마는 수영이라면 자신 있었다. 화장실 아줌마의 고향은 어촌이었다.

옷이 젖어버렸지만, 물이 따뜻해서 수영하기는 좋았다. 20년 전인가 고향을 떠나고 처음으로 해보는 수영이었는데, 그다지 힘에 부치지 않았다. 지극히 자연스러웠다, 마치 걷는 것처럼, 또 숨을 쉬는 것처럼. 물로 뛰어들기 전, 화장실 아줌마의 이름을 부르는 듯한 소리가 뒤에서 났지만, 화장실 아줌마는 무시했다. 누굴까, 여기서 내 이름을 아는 사람이?

곧, 화장실 아줌마는 아래층이 물에 잠긴 J 빌딩 근처에 도달했다. 이런 홍수에 아직도 한 손에 의수를 한 남자가 J 빌딩 12층에 남아 자신을 기다리고 있을지 좀 의심스럽기는 했지만, 왠지 그럴 것만 같았다. 이백만 원이 달린 일이었다.

화장실 아줌마는 숨을 한 번 크게 들이쉬고 잠수를 했다. J 빌딩은 3층까지 물에 잠겨 있었기 때문에 입구까지 가려면 자맥질을 해서 적어도 5,6미터는 내려가야 했다. 다행히 물속은 어둡지 않았다. 서너 길 아래쯤 점점이 박힌 가로등이 물속에서 뿌옇게 빛을 발하고 있었다. 색색의 플라스틱 의자들이 물속에서 떠다니고 있었다. 화장실 아줌마는 능숙하게 의자들 사이를 헤엄쳐 아래로 아래로 내려갔다.

J 빌딩의 입구 근처까지 내려와서는, 화장실 아줌마는 물 위로 떠오르지 않도록 물속에서 춤을 추고 있는 가로수 위쪽 가지를 하나 부여잡고 잠시 숨을 돌렸다. 내게 아가미라도 생긴 걸까? 물속에서 화장실 아줌마는 전혀 괴롭지 않았다. 숨을 참고 있는 것이 괴롭지 않은 건지, 아니면 물속에서 숨을 쉬는 일이 괴롭지 않은 건지 화장실 아줌마는 헷갈렸다.

J 빌딩의 1층 로비는 환했다. 우려했던 정전 사태는 없었다. 화장실 아줌마가 근무하는 백화점처럼 벽과 바닥은 얼룩이나 흠이 없는 백색 대리석으로 되어 있었다. 백화점에서는, 얼룩이나 흠이 있다면, 화장실 아줌마 같은 여자들이 지워야 했다. 가끔 화장실 아줌마는 자신들이 백화점 대리석의 흠이나 얼룩을 지우는 존재가 아니라, 백화점 안의 흠이나 얼룩 그 자체인 것처럼 느껴졌다. 지워도 지워도 지울 수 없는 흠이나 얼룩. 하지만 그게 백화점의 잘못이라고 얘기할 수는 없었다. 잘못이 있다면 응당 흠이나 얼룩에게 있을 것만 같았다.

로비의 중앙, 위층으로 향하는 기다란 계단 앞에서 화장실 아줌마는 커다란 물고기 한 마리를 만났다. 처음, 화장실 아줌마는 그게 대형 장식용 조각품인 줄 알았다. 하지만 아니었다. 만져볼 엄두는 나지 않았지만, 확실히 그건 진짜 물고기였다. 화장실 아줌마가 나고, 자라고, 다시 누군가들을 낳고, 또 길렀던, 근 40년을 보낸 어촌에서도 그렇게 큰 물고기는 본 적이 없었다. 고래나 상어 같은 종류는 아닌 듯했다. 등 푸른 물고기, 가령 고등어 같은. 물고기의 등 쪽 얼룩은 선명했고, 또 징그러웠다. 호랑이나 표범 같은 육식동물의 얼룩무늬를 연상케 했다. 물고기는 꼼짝도 않고 계단 앞을 가로막고 서 있었다. 아니 떠 있었다, 지느러미가 흔들거리는 기미도 없이. 하지만 화장실 아줌마는 올라가야 했다. 올라가서, 12층으로 올라가서 한 손에 의수를 한 남자에게 권총을 전해야 했다.

화장실 아줌마는 쉽사리 다가가지 못했다. 살아 있다는 증거는 전혀 없었다. 하지만, 죽은 물고기는 배를 내놓고 물 위로 떠오르는 법이다, 적어도 화장실 아줌마의 고향 바다에 살고 있던 물고기들은 그랬다. 화장실 아줌마의 주먹보다 더 커 보이는 물고기의 눈은 선해 보였다. 하지만 선한 것은 눈뿐일 수도 있다고 화장실 아줌마는 생각했다. 억세 보이는 턱이나, 그 속에 숨겨져 있을 이빨들이 선할지 아니면 무자비할지는 겪기 전까지는 알 수 없는 문제였다.

갑자기 난폭한 조류가 밀려와 화장실 아줌마는 물고기에서 멀어지게 되었다. 내친 김에 화장실 아줌마는 위층으로 올라가는 다른 통로를 찾기로 했다.

쉽지 않은 일이었다. 홀을 제외하고는 대체로 조명이 잘 되어 있지 않아 어두웠다. 화장실 아줌마는 어두운 곳에서는 물이 옅게 초록색으로 빛난다는 사실을 발견했다. 하지만 그런 건 길을 찾는 데 아무 도움도 되지 않았다. 무엇보다도 한 손에 의수를 한 남자에게 권총을 전해야 했다. 화장실 아줌마는 조급해졌다. 목이 꽉 메어오는 것 같았다. 아무래도 더 이상 물속에서 숨을 참는 것은, 혹은 물속에서 숨을 쉬는 것은 힘들 것 같았다. 화장실 아줌마는 계단이 필요했다.

1층 사우나에서, 이제 탕 안뿐만 아니라 전체가 물로 가득한 사우나 실내에서, 화장실 아줌마는 생각지도 않게 계단을 발견했다. 화장실 아줌마는 물고기처럼 양 팔을 몸에 딱 붙이고, 계단을 거슬러 헤엄쳐 갔다.

화장실 아줌마는 비로소 계단을 두 발로 딛게 되었다. 몸에서 바닥으로 물이 쉴 새 없이 흘렀다. 갑자기 물을 담고 있던 풍선이 터져버린 것처럼 화장실 아줌마의 몸과 옷에서 물이 쏟아져 내렸다.

화장실 아줌마는 4층에서 5층으로 올라가는 계단 앞에서 남자 한 명을 만났다. 반가웠다. 하지만 두 손이 다 있었다. 남자는 사복 차림이었다. 친절하게도, 6층부터는 계단으로는 접근이 불가능하다고 알려주었다. 대신 4층 위로는 엘리베이터가 가동된다고 했다. 자기도 올라가는 길이라며, 같이 엘리베이터를 타자고 했다. 화장실 아줌마는 그 편이 좋을 것 같았다. 오늘 하루 동안 얼마나 자주, 또 얼마나 급하게 계단을 오르락내리락 했던가?

남자의 목소리는, 시시한 읽기 숙제를 하고 있는 초등학교 학생마냥 전혀 억양이 없었다. 엘리베이터 안에서 남자는 12층을 눌렀다. 화장실 아줌마는 남자에게 12층으로 간다고 말한 기억이 없었다. 그냥, 화장실 아줌마는 우연의 일치라고만 생각했다. 이상한 데가 없는 건 아니었지만 뭍으로 막 상륙한 화장실 아줌마에게는 입을 뗄 기운이 남아 있지 않았다. 엘리베이터 안에서 줄곧, 남자는 화장실 아줌마에게 갑작스러운 홍수에 대해 이야기하고 있었다, 또 물고기의 기이한 산란 습성에 대해서도. 화장실 아줌마는 피곤했다. 남자의 목소리는 전혀 억양의 변화가 없는데다가 또 자꾸 모깃소리처럼 기어만 들어갔다. 눈도 작았다. 아니, 거의 보이지 않았다. 화장실 아줌마는 졸렸다. 남자의 눈두덩은 물에 불은 것처럼 부어 있었고, 그 무게에 눈이 짜부라진 것 같아 보였다.

눈두덩 위에는 눈썹이 없었다, 마치 화장을 지워버린, 눈썹을 밀어버린 여자처럼.

엘리베이터가 7층에서 섰다. 한 남자가 더 탔다. 7층에서 엘리베이터를 탄 남자는 바깥에서 보았던 교통위원의 복장을 하고 있었다. 놀고만 있는 건 아니구나, 하고 화장실 아줌마는 속으로 생각했다. 교통위원은 얼굴을 돌리고 서 있었다. 다시, 엘리베이터 문자판의 숫자가 올라가기 시작했다. 거의 끝나 간다고 화장실 아줌마는 생각했다. 7, 8, 9…… 그리고 마침내 10. 10을, 그리고 10 다음의 숫자들을 화장실 아줌마는 볼 수 없었다.

모터를 단 고무보트 한 척이 까만 물 위를 빠른 속도로 헤쳐 나간다. 뱃머리 쪽에 두 명의 남자가 앉아 있다. 같은 복장이다. 노란 헬멧에 노란 우비. 한 남자는 얼굴을 뒤로 돌리고 있다. 배 옆면에는 119라는 숫자와 함께 뭉툭한 빨간색 십자가가 그려져 있다. 한 남자는 큼직한 랜턴을 들고 있다. 랜턴을 들고 있지 않은 남자가 랜턴을 들고 있는 남자에게 말한다. "선장님, 어디로 갈까요?" 고무보트 안에는 양쪽에 봉이 박혀 있는 들것이 하나 있다, 그리고 그 위에는 여자가 하나 누워 있다. 여자는 이마에 커다란 붕대를 둘렀다. 여자의 얼굴 아래쪽은 얇은 이불에 덮여 있다. 붕대를 삐져나온 머리카락은 미역 줄기처럼 젖었다. 붕대 위로 피가 비쳤다. "마루가 꺼진 은신처로." 크큭, 짧은 웃음소리가 들렸다. 여자는 눈을 감고 있다.

· ·

아리랑치기 소년은 한눈에 소녀를 알아봤다. 벌써 30분째 백화점 앞 광장에서 애꿎은 뺑뺑이만 돌고 있었다. 걸리적거리는 놈이 한 명 있었다. 초록색으로 염색한 머리를 하늘로 바짝 치켜세운 놈이 다가와서 어디서 굴러먹다 온 개뼈다귀냐고 했고, 아리랑치기 소년은 기다리는 사람이 있어서 그러니 10분 정도만 타고 가겠다고 했다. 고개를 돌려 바닥에 침을 탁 뱉은 후에 초록색 머리는 10분이 넘으면 오토바이를 부숴버리겠다고 했고, 아리랑치기 소년은 약속을 지키겠다고 했다. 아리랑치기 소년으로서는 대단한 인내심이었다. 침이 오토바이에 닿지 않은 게 다행이라면 다행이라고 아리랑치기 소년은 생각했다.

깔치 선배가 알려준 그대로였다. 사진에서보다 소녀는 예뻤다. 단지 색이 잘 어울리지 않을 뿐이었다. 좀 허둥대는 것 같았다. 학원 버스라도 놓쳤나 부지. 예뻤지만, 한편으로는 역겨웠다. 평범한 것들, 부모가 기다리고 있는 집으로 돌아가야 할 것들, 책상과 침대가 있는 자신의 공부방을 가지고 있는 것들, 학교를 가지 않으면 큰일이라도 나는 줄 알고 있는 것들, 부모가 없다면 제 입에 밥 숟가락 하나 들이밀지 못할 것들. 하지만 소녀의 잘못이 아니란 걸 아리랑치기 소년도 잘 알고 있었다. 그저, 예뻤고 또 동시에 미웠다. 치마에 침을 뱉어주고 싶었고, 억지로 담배를 입에 물려 빨게 한 다음에 담배 냄새 나는 입술을 물어뜯고 싶었고, 강간이라도 해버리고 싶었다.

하지만 아리랑치기 소년은 오백을 받았고, 다시 천을 받기로 되어 있었다. 아쉽게도 색만이었다, 키스도 강간도 손모가지나 다리몽둥이 한 대를 부러뜨리는 일도 아니고, 단지 색 하나에 천오백이라니. 이상하기는 했지만, 천오백은 적은 돈이 아니었다. 내 오토바이를 쓰고 싶지는 않은데…… 형 오토바이를 써도 돼? 아리랑치기 소년은 평소 깔치 선배를 별로 믿지 않았지만, 오백은 적은 돈이 아니었다. 깔치 선배는 그러라고 했다. 자신의 오토바이를 몰고 아리랑치기를 한다는 건 좀 꺼림칙했다. 함정일 수도 있었다. 아리랑치기 소년은 늘, 자기가 그렇게 호락호락한 놈은 아니라고 생각하고 있었다.

간단한 일이었다. 50도 정도로 오토바이를 기울여 기다란 포물선을 그리면서 옆으로 몸을 뺐다. 속도는 70킬로미터 정도였다. 그 이상이면 표적에 대한 정확성이 떨어지기 쉬웠고, 그 이하면 충격에 나자빠질 수도 있었다. 간단한 일이었다, 마치 옷걸이에 걸려 있는 옷을 벗겨내는 것처럼.

죄책감은 없었다. 어쩌면 소녀도 좋아할지 모르리라. 소녀는 낡아빠진 색을 바꾸고 싶었는데, 꼰대가 허락을 안 했다, 절약 정신이니 뭐니 하는 쓰잘데기 없는 소리를 늘어놓으면서. 그러던 차에 아리랑치기 소년이 나타나 낡아빠진 색에게서 소녀를 해방시켜 준다. 가능했다, 가능한 얘기였다. 가방은 가벼웠다. 아리랑치기 소년은 연달아 두 개의 건널목 신호를 무시했다. 마음도 가벼웠다. 오토바이를 몰면서 소녀에게서 빼앗은 색을 어깨에 멨다. 바람이 찼다. 바람에 나부낄 죄책감 같은 건 어디에도 없었다.

깔치 선배는 헬멧을 꼭 쓰라고 했다. 장사 한두 번 하는 것도 아니고, 그 정도로 풋내기는 아니요, 라고 아리랑치기 소년은 심드렁하게 대꾸했다. 바람은 헬멧 유리창에 부딪친 뒤 양쪽으로 쪼개져 뒤로 날아가고 있었다.

북부순환대로로 접어들었다. 거기서부터는 신호등이 드문드문했다. 차들도 몇 대 없었다. 그리고 돌아오는 길에 제발 장난은 치지 마. '장난'이란 건 고급 승용차를 살짝 놀래주는, 일종의 놀이 같은 거였다, 말 그대로 위험하지도 심각하지도 않은. 갑자기 앞으로 끼어들어 급정거를 한다거나, 문짝을 발로 차준다거나, 가장 평범하게는 쇠파이프로 문짝을 긁고 지나간다거나 하는 그런 시시껄렁한 놀이들이었다. 내가 중딩이오? 아직도 그런 데 취미 붙이고 있게.

가끔은 했다. 하지만, 오늘은 아니었다. 아리랑치기 소년은 오백을 받았고, 다시 천을 더 받아야 했다. 천을 위해서라면, 당장 하고 싶은 짓 한두 개쯤 하지 않는다 해도 큰 지장이 있는 건 아니었다.

속도에 대해서는 깔치 선배도 별말이 없었다. 카메라가 자주 번쩍거리는 게 신경에 거슬리기는 했지만, 어차피 아리랑치기 소년의 오토바이도 아니었다. 180을 넘으면 단속 카메라가 감지를 못한다는 얘기도 있었다. 속도계가 150을 막 넘어가고 있었다. 완전히 길이 들지는 않아서 250까지 올리는 건 무리일 거라고 아리랑치기 소년은 생각했다. 아리랑치기 소년은 몸을 수그려 온몸을 오토바이에 밀착시켰다. 굉장한 소리가 아리랑치기 소년을 사정없이 난타했고, 배 밑으로는 엔진이 아우성치고 있었고, 소매 사이로 기어든 바람이 온몸에 소름을 틔웠다. 생각지 않게 바람은 차가웠다.

아리랑치기 소년은 학교로 가야 했다. 3학년 5반. 이름이 뭐였지? 민혜인지, 혜민인지 뭐 그랬다. 나중에 지갑을 열고 확인해 볼 수 있었다. 230이었다. 이제부터 속도계를 쳐다보느라 잠시 한눈을 파는 것도 극히 위험할 수 있었다. 풍경들이 정신없이 뒤로 내뺐다. 아무리 원경(遠景)을 잡는다 해도, 한 포인트에 집중을 하고 몇 초간 눈길을 고정시키는 것은 지옥행 특급열차에 발을 올려놓는 것과 다를 바 없는 행위였다. 아니, 그러는 것 자체가 거의 불가능해졌다. 그러기에는 풍경이 너무 빨랐다. 모든 것이 한데 섞여서 뒤로 날아가버렸다, 시선이 달라붙을 틈도 없이. 오직 시야의 정면에만, 고정되어 있는 풍경이, 아직 액상으로 녹아버리지 않은 그다지 크지 않은 둥그런 풍경이 있었다. 그 바깥은 미친 듯이 서로 섞여, 옆으로, 마치 별똥별처럼 날아갔다. 속도가 빨라지면서, 움직이지 않는 풍경의 크기는 점점 줄어들었다. 350을 넘으면, 점처럼 된다는 얘기도 있었다. 아리랑치기 소년의 기록은 260이었다. 그 이상은 아리랑치기 소년의 오토바이로는 불가능했다. 260에서 풍경은 주먹만 해졌다. 속도계를 쳐다본 것은 10분의 1초도 안 되는 짧은 시간이었다. 엉겁결에 아리랑치기 소년은 브레이크를 잡았었다.

아리랑치기 소년은 속도를 늦추었다. 학교가 보였다. 학교는 4차선 도로를 벗어나 흙먼지 날리는 산길을 따라 500미터 정도 올라가야 했다. 학교는 숲에 숨어 있었다. 아리랑치기 소년은 오토바이를 교문에서 멀찌감치 세워놓고 걸어가기로 했다.

확실히 학교라기에는 좀 특이한 건물이었다. 큼직큼직한 회색 벽돌로 지어진 건물에는 창이 몇 개 없었다. 전혀 모르는 사람이 본다면, 학교라기보다 다른 용도의 건물, 이를테면 병원이나 박물관 등으로 오해하기 십상이겠다고 아리랑치기 소년은 생각했다. 그런데 여기가 어딜까?

파란색 컨테이너 박스를 개조해서 만든 수위실, 콘크리트로 되어 있는, 그리고 그 위에 모래가 좀 깔려 있는 운동장, 뛰노는 애들이 없는 운동장, 게다가 나무 한 그루도 없는 운동장, 하지만 학교의 바깥쪽, 울타리를 빽빽이 둘러싼 키가 큰 나무들, 교정 한가운데 연단 위에 세워져 있는 정체불명의 깃발들, 바람이 없는 하늘, 구름이 없는 호수, 그 모든 것들이 아리랑치기 소년의 눈에 일단 익숙한 풍경으로 비춰졌지만, 동시에 한없이 낯설게 느껴지기도 했다. 그런데 여기가 어디일까, 아니 어디였을까? 아리랑치기 소년은 매우 혼란스러웠다. 심지어는 자신이 다녔던 학교였는지 아닌지도 잘 생각나지 않았다. 다녔던 학교라면 언제 다녔던 곳인지, 자신이 다녔던 첫 번째 학교였는지, 두 번째 학교였는지, 아니면 세 번째 학교였는지도 역시 아리송했다. 하지만, 그것만은 틀림없었다, 혜민이라는 이름의 여자애, 오늘 아리랑치기 소년이 색을 전해 주어야 하는 여자애는 이 학교를 다니고 있다, 그리고 지금 햇빛이 잘 들어오지 않는 3학년 5반 컴컴한 교실에 처박혀 있을 것이었다. 그것으로 충분했다.

아리랑치기 소년은 어두컴컴한 복도에 서 있었다. 창문이 있어야 할 벽에는 다양한 모습의 입상(立像)들이 띄엄띄엄 세워져 있었다. 벌거벗은 놈들도, 옷을 챙겨 입고 있는 놈들도 있었다. 수업 중인 듯했다. 수업 중인 교실로 여자애를 찾아간다는 것은 별로 좋은 생각이 아닌 것 같았다.

아리랑치기 소년은 2학년 8반이라는 명패가 달려 있는 교실의 뒷문을 열고 안으로 들어갔다. 한 이삼십 명 남짓한 학생들이 책상 위에 고개를 수그리고 있었다. 아무도 돌아보지 않았다. 시험을 치르고 있는 광경처럼 보였다. 칠판 앞에는 기다란 작대기를 든 키가 큰 남자가 서 있었다. 선생이군, 재수없게. 선생은 집게손가락을 세워 입술 앞에 갖다 대면서 조용히 하라는 신호를 했다. 턱짓으로 책상 하나를 가리켰다. 자리가 비어 있었다. 아리랑치기 소년은 그것이 자신에게 지정된 자리라는 뜻으로 알아들었다.

의자와 책상은 아리랑치기 소년에게 딱 맞았다. 책상 위에는 신문지를 반으로 접은 크기의 시험지 한 장과, 연필, 그리고 지우개가 있었다. 참으로 오랜만에 보는 시험이군. 아리랑치기 소년은 연필을 들었다. 하지만, 그에게 중요한 것은 3학년 5반의 혜민이라는 기집애를 만나 색을 전하는 일이었다. 시험은 아무래도 좋았다.

예상 외로 시험 문제는 쉬웠다. 죄 객관식인 총 서른세 개의 문제 중에 두 문제를 빼고는 문제를 슥 한 번 훑자마자 대번 답이 머리에 떠올랐다. 그 남은 두 문제는 약간의 사고를 요하는 문제였는데, 잠깐의 고민 끝에 아리랑치기 소년은 정답을 확신할 수 있게 되었다. 다 합쳐 담배 한두 대 꺾는 정도의 시간이었다. 아리랑치기 소년은 자신이 문제를 끝까지 푸는 데 별로, 아니 거의 시간이 걸리지 않았다는 사실이 놀랍기만 했다. 하지만 선생은 아리랑치기 소년이 시험지를 제출하고 먼저 교실을 떠나는 것을 허락하지 않았다. 아리랑치기 소년은 이미 학생이 아니었다. 학생이라면, 다 무시하고 선생이 뭐라 하건 밖으로 나갈 수도 있었겠지만, 아리랑치기 소년은 이미 학생이 아니었다. 아리랑치기 소년은 학생들이 부러워졌다. 아리랑치기 소년은 마음이 급했지만, 별 도리가 없었다.

시간이 남아서 아리랑치기 소년은 자신이 푼 문제들을 다시 검토했다. 첫 번째 문제를 검토하다가, 아리랑치기 소년은 자신이 뻔히 보이는 속임수에 넘어갔다는 사실을 발견했다. 답은 다른 데 있었고, 아리랑치기 소년이 처음 문제를 풀 때 정답으로 간주했던 문항은 출제자에 의해 준비된 일종의 함정 같은 거였다. 아리랑치기 소년은 답을 고쳤다. 두 번째 문제에서도 그랬다. 이번에는 더 노골적인 속임수였는데, 아리랑치기 소년은 이번에도 여지없이 걸려들었다는 사실이 불쾌했다. 세 번째 문제, 네 번째 문제…… 아니 거의 전부가 그랬다. 아리랑치기 소년은 검토를 마쳤다. 처음 문제를 풀 때 약간 아리송했던 두 문제, 그 두 문제만 빼고는 모두 답을 고쳐야 했다. 속임수가 난무하는군. 그보다는 시험 자체가 하나의 커다란 함정 같다는 생각이 들었다. 아리랑치기 소년은 평소 자신이 남들에게 잘 속아넘어가지 않는다고 자부해 왔기 때문에, 그 결과를 받아들이기 힘들었다.

시험 시간은 아직 끝나지 않았다. 아이들은 여전히 머리를 책상에 닿아라 처박고 있었다. 시간이 남아서 아리랑치기 소년은 다시 한 번 문제를 검토하기로 했다.

이번에는 더욱 만만치 않았다. 아리랑치기 소년이 처음에 골랐던 답, 그러니까 첫 번째 검토에서 속임수라고 단정 지었던 답이 의외로 정답에 가까운 것처럼 보였다. 모든 문제에서 그랬다. 함정이라고 생각했던 문항과, 숨겨져 있던 답이라고 생각했던 문항 중에서 답을 골라내는 일은 점점 더 어려워졌다. 어떤 문제는 속임수를 내포한 문제 같았고, 또 다른 문제는 당연한 답을 요구하는 평이한 문제 같았다. 연필을 쥔 아리랑치기 소년의 손바닥이 축축해지기 시작했다. 진도가 나가지 않았다.

종이 울렸다. 선생이 돌아다니며 직접 시험지를 걷었다. 아리랑치기 소년이 푼 문제는 채 삼분의 일도 되지 않았다. 지저분하게 고쳐 적은 시험지가 아리랑치기 소년의 손을 떠났다. 시험은 아무래도 좋았다. 아리랑치기 소년은 복도로 나왔다.

1층 복도에는 3학년 5반 교실이 없었다. 지체 없이 2층으로 가봐야 했다.

복도는 북적댔다. 아이들이 삼삼오오 원을 그리고 모여 얘기를 하고 있었다. 시끄러웠다. 한 명도 빼놓지 않고 모두 다 입을 벌려 떠드는 것 같았다. 저렇게 동시에 떠들기만 한다면 어떻게 남의 얘기를 들을 수 있담? 한편으로, 아이들은 이야기만 하고 있을 뿐 전혀 움직이지 않고 있어서, 아리랑치기 소년이 자유로이 복도를 돌아다니는 것은 처음부터 쉬운 일이 아니었다. 쉬는 시간이 얼마나 지속될지도 의문이었다.

계단은 쉽사리 눈에 띄지 않았다. 한 번은 아이들에게 부대끼는데 지친 아리랑치기 소년이 깔깔대며 웃고 있는 여자애에게 계단이 어디 있냐고 물었는데, 여자애는 입을 다물고 얼굴을 찡그렸다. 아리랑치기 소년은 비로소 복도에서 자신만이 교복을 입지 않고 있다는 사실을 알아챘다.

얼굴을 찡그린 여자애 따위는 아무래도 좋았다. 교복 따위는 아무래도 좋았다. 천오백이 달린 일이었다. 아리랑치기 소년은 한 자리에 서서 떠들고 있는 애들을 마구 밀치며 복도를 샅샅이 뒤졌다.

복도의 처음부터 끝까지 두 번씩이나 뒤졌지만, 계단도, 엘리베이터도 하다못해 사다리도 없었다. 하지만 아리랑치기 소년은 포기할 수 없었다. 깔치 선배에게 계단이 없어서 색을 건네주지 못했다고 변명한다면, 모두에게 조롱거리만 될 뿐이란 건 뻔했다. 처음에 받았던 오백까지 내놓으라고 할지도 모를 일이었다.

복도의 중간쯤에 위치한 화장실 안에서 아리랑치기 소년은 폭이 비좁고 어둑어둑한 목재 계단을 발견했다. 속임수가 너무 많다고 아리랑치기 소년은 속으로 불평을 해가며 냄새 나는 계단을 올라갔다.

2층 복도에는 아무도 없었다. 3학년 5반도 없었다. 계단을 찾아 복도를 뒤지는 대신, 아리랑치기 소년은 다시 화장실로 갔다. 거기에 계단이 있었다. 계단을 올라가기 전 아리랑치기 소년은 가죽점퍼 차림의 두 남자를 보았다. 둘은 화장실에 난 유리창을 활짝 열어놓고 담배를 피우고 있었다. 학생은 아닌 것 같았다. 아리랑치기 소년이 삐걱대는 계단을 오르자, 두 남자도 아리랑치기 소년의 뒤를 따라 계단을 오르기 시작했다.

아리랑치기 소년은 한눈에 알아볼 수 있었다. 이유는 알 수 없었지만 두 남자는 아리랑치기 소년을 따라오는 것 같았다, 무슨 이유에서인지 아리랑치기 소년을 잡으려 하는 것 같았다. 이유는 알 수 없었지만, 아리랑치기 소년은 도망가야 할 것만 같았다, 그렇게 되도록 미리 설계된 것만 같았다, 아리랑치기 소년이 뛰기 시작했다.

3층 복도의 바닥은 미끄러웠다. 자꾸 아리랑치기 소년은 넘어질 뻔했다. 3학년 5반보다는 우선, 두 놈에게서 몸을 피해야겠다고 아리랑치기 소년은 생각했다. 다른 도리가 없었다. 계단을 찾아 위로 위로 올라가야 했다.

옥상은 넓고 또 환했다. 아래로 내려갈 수 있는 계단은 따로 보이지 않았다. 아리랑치기 소년이 쫓겨 올라왔던 그 계단, 그곳이 옥상으로 난 유일한 통로였고, 지금 그곳으로 두 남자가 뛰어 올라오고 있었다.

막다른 골목, 아니, 막다른 옥상이었다. 아리랑치기 소년은 급한 대로 옥상 난간으로 내달렸다. 잔디밭이 보였다. 생각보다 별로 높아 보이지 않았다. 등 뒤로 두 남자의 발소리가 들렸는데, 아리랑치기 소년은 돌아볼 맘이 나지 않았다. 내가 왜 쫓기는 거지?

생각보다 먼저 몸이 움직여 버렸다. 아리랑치기 소년은 잔디밭으로 뛰어내렸다. 머리가 울렸고, 속이 메슥거렸다. 다시 아리랑치기 소년은 뛰었다. 자꾸 헛구역질이 나왔다. 발목도 정상은 아닌 것 같았다. 어디가 아픈 것인지, 부러지기라도 한 것인지 아리랑치기 소년은 정확히 짚어낼 수가 없었다. 그저 뛰었다.

교문 밖으로 나왔다. 오토바이까지만 가면 된다, 오토바이까지만.

갑자기 아리랑치기 소년은 색을 떠올렸다. 등이 허전했다. 뛰면서 손으로 등을 짚어보았는데, 색이 거기에 없었다. 어디서, 어디서 잃어버렸을까? 색을 가지고만 있다면, 어떻게 해서든 두 놈을 떼놓고 기회를 노려 다시 학교로 돌아와 기집애를 만나 색을 전해주고 돌아가서 깔치 선배에게 잔금 천만 원을 받을 수도 있을 터였다. 하지만 색이 없다면…… 모든 것이 무용지물이었다.

온전한 곳을 기대할 수 없는 아리랑치기 소년은, 잠깐, 아주 잠깐, 망설였다. 망설이며 잠깐, 아주 잠깐 아리랑치기 소년은 멈춰 섰다, 멈춰 서서, 잠깐, 아주 잠깐, 뒤를 돌아보려 했다. 내가 왜 쫓기고 있는 거지?

잠깐, 아주 잠깐, 바로 그 사이로, 무엇인가 납작하고 단단하고 빠른 것이 아리랑치기 소년의 가슴을 꿰뚫고 지나갔다. 아리랑치기 소년은 총소리를 듣지 못했다. 내 가슴을 뚫고 지나간 것은 소리보다 더 빠른 것이로구나, 그것이 아리랑치기 소년의 마지막 생각이었다.

두 남자가 풀숲에 있다. 남자는 장딴지까지 올라오는 풀숲에 허리를 구부리고 있다. 무엇인가를 찾고 있는 것처럼 보인다. 다른 남자는 조금 떨어진 곳에 팔짱을 끼고 서 있다. "난 자네가 찾고 있는 게 탄피라는 걸 믿을 수가 없어. 도대체 왜 그딴 걸 찾고 있는 거지?" 날은 대낮처럼 환하다. 대낮일 수도 있다. "사소한 부분을 놓쳐서는 안 돼. 그게 전체를 그르칠 수도 있으니까." 풀숲 한쪽에, 눈을 감고 누워 있는 또 다른 남자가 있다. 바로 옆에는 오토바이가 세워져 있다. 누워 있는 남자 주위에 있는 풀들 역시 누워 있다. "자네는 너무 세부적인 사항에 집착해…… 나무는 보고 숲은 보지 못하지…… 그럴 거면 차라리 총을 쏘는 대신, 목을 조르지 그랬나? 손은 잃어버릴 수도 없는데." 남자는 여전히 풀숲에 고개를 처박고 있다. 얼굴은 보이지 않는다. "자네가 몰라서 그래. 은신처를 찾아 허둥지둥대는 놈의 심장에 단숨에 한방을 박아넣는 일이 얼마나 짜릿한 일인데." 풀벌레 소리마저 없다, 여긴.

소멸 직전 Ⅱ

나는 막 T 호텔 객실로 들어왔다. 바깥의 좋은 날씨와 달리 실내는 습기가 차 눅눅했다. 물론 불평이나 하고 있을 생각은 없었다. 서둘러 주머니에서 장갑을 꺼내 끼고, 바깥쪽 문고리에 'DO NOT DISTURB. 방해하지 마시오'라고 쓰인 종이 명패를 건 다음, 방 안쪽에서 고리를 걸어 문을 잠갔다. 그리고 에어컨의 스위치를 강으로 돌려놓았다. 오래된 벽걸이 에어컨이 덜덜대면서 돌아가기 시작했다.

전동 드라이버 하나가 보란 듯 방 한가운데 놓인 원형 탁자 위에 누워 있었다. 좋은 생각이다. 애써 기발한 곳에 숨겨두는 것보다, 눈에 잘 띄는 데 두는 것이 혹시라도 착오가 생겨 다른 이에게 방이 배정된다 해도, 종업원이 방을 치우다 실수로 놓고 나왔다고 변명할 수 있다. 좋은 생각이다. 누군가 경험 많은 전문가가 개입

되어 있다는 증거다.

물론 권총은 다르다. 실수로 권총을 호텔 객실에 놓고 나왔다고 얘기하는 상대를 온전히 믿어줄 바보는 없다. 여행가방에서 잘 개어둔 푸른색 방수포를 꺼내 방 한가운데에 펼쳐놓고, TV 아래에 있던 소형냉장고의 전원을 뽑은 다음 방수포 위로 옮겼다. 그다지 무겁지 않았다. 나사는 모두 여섯 개였다. 전동 드라이버로 나사를 풀고 뒤판을 뜯어내는 데까지 일 분도 채 걸리지 않았다. 소음도 그리 크지 않았다. 전기면도기 소리라 해도 믿어줄 것 같았다. 회색 비닐봉지 하나가 뜯어낸 냉장고 뒤판의 안쪽 면에 파란색 테이프로 고정되어 있었다. 의뢰자 쪽의 준비는 그런 대로 철저해 보였다.

파란색 테이프를 회색 비닐 뭉치에서 뜯어, 다시 쓸 수 있도록 조심스러운 손놀림으로 끝 부분만 탁자 옆면에 붙여두고, 비닐봉지 안에서 내용물을 꺼냈다. 권총이었다. 브로닝 8mm였고, 놀랍게도 소음기는 최근에는 보기 힘든 수제품이었다. 이번 일은 근거리 사격이라 특별한 총기를 요구하는 건 아니었지만, 어쨌든 소음기만큼은 쓸 만해 보였다.

예전에, 알고 지내던 총기류 쪽의 장인이 하나 있었다. 첸이란 이름의 중국인이었는데, 그가 만든 소음기라면 일급 전문가들도 감히 토를 달 수 없을 만큼 확실했다. 나도 두어 번 그가 만든 작품을 사용할 기회가 있었는데, 푹신푹신한 카펫을 밟는 것처럼 조용하면서도 파괴력은 별반 떨어지지 않았다. 몇 차례 일 때문에 만난

적이 있었는데, 그때마다 그는 마치 외워두기라도 한 것처럼, 토씨 하나 틀리지 않고 똑같이 그렇게 말했다.

'소음기는 피리를 만드는 것과 똑같아. 그저 원통에다 구멍을 뚫는 게 다거든.'

당연히, 대가들의 의례적인 혹은 습관적인 겸손을 곧이곧대로 받아들여서는 안 된다. 피리에 구멍을 엉망으로 뚫으면 그저 소리가 잘 맞지 않을 따름이지만, 소음기에 구멍을 잘못 뚫으면—대부분 소음을 극도로 줄이기 위해 구멍을 너무 많이 뚫으면—격발 직후에 소음기가 터져버린다. 아는 놈 중 하나는 오른손이 날아갔고, 오른쪽 눈구멍 안에 유리로 된 구슬 같은 걸 집어넣어야 했다.

이제 첸은 죽었다. 어떻게 죽었는지, 왜 죽었는지 나는 잘 모른다, 단지 자연사가 아니란 건 어렴풋이 알고 있다. 뒤끝이 좋지 못한 죽음이 대개 그렇듯이, 누군가 그의 죽음에 대해서 사람들이 떠들고 다니는 것이 싫은 거고, 그 누군가가 돈이 많은 사람인 경우으레 그렇듯이, 모든 사람들이 약속이나 한 것처럼 입을 닫아버렸다. 쓸데없이 캐고 다니다가는, 밤거리를 나다닐 때마다 방탄복을 입어야 할지도 모른다.

작업 전에 총기를 시험해 볼 방법이 없었으므로, 브로닝을 분해해 최대한 꼼꼼히 살폈다. 브로닝은 원체 구조가 단순하기로 유명한 총이었고, 그래서 별로 시간이 걸리지 않았다. 두 개의 총탄에는 아무 이상이 없었다. 노리쇠 쪽에 쳐 있는 윤활유의 양이 조금 많아 보이기는 했지만 문제가 될 정도는 아니었다. 대체로 상태는 훌륭했다. 열 발 이하의 시험 사격만 거친 신품인 듯했다. 역시 전문가의 냄새가 났다.

확인을 끝낸 후, 나는 총을 회색 비닐봉지에 넣고 테이프로 다시 냉장고 뒤판의 안쪽 면에 붙이고, 전동 드라이버로 나사를 돌려 뒤판을 고정시킨 후, 소형냉장고를 제자리에 옮겨놓고 전원을 연결했다. 간단한 일이었다. 전동 드라이버와 방수포를 여행가방 속에 쑤셔 넣고는, 소형냉장고에서 생수 한 병을 꺼내 마셨다.

첸의 집에는—집이라기보다는 작업장에 가까운, 달랑 고양이 한 마리와 함께 살던 그의 거처에는—어울리지 않게 고급 술들이 꽤나 많았다. 그는 늘 내게 술을 권했지만, 나는 사양했다. 첸은 '왜, 내가 여기에다 뭐 약이라도 탔을까 봐?"라며 병 주둥이에다 입을 대고 거칠게 술을 쏟아 부었다. 그러고 나면 입 주위를 둘러싼 누런 수염 위에 몇 방울의 술이 묻어 있고는 했다. 그러고는, 조심스러운 땅꾼이 맨 먼저 뱀에게 물리는 법이라고, 술친구가 되길 거절하는 내게 투정 아닌 투정을 했다.

죽은 사람을 생각하는 것은 왠지 자연법칙에 어긋나는 행위를 하는 것 같은 기분이 든다. 그런 생각을 하자 갑자기 씁쓸해졌다. 얼토당토않게 첸을 죽인 놈을 찾아내 술을 잔뜩 먹인 후 위장 쪽을 기관총으로 난사해서 술과 피와 체액이 범벅이 되도록 만들어주고 싶다는 생각이 들었다. 위험한 상상은, 그 상상을 지속하는 것만으로도 치명적이 될 수 있다. 나는 얼른 여행가방에서 지도를 꺼냈다.

두 장의 지도를 여행가방에서 꺼내 동선과 예상 소요 시간을 확인하고 나니, 벌써 저녁 시간이었다. 공식적으로 말한다면 오늘 할 일은 그것으로 끝이었다. 아무 문제가 없는 하루였다. 도시의 풍경은 맘에 들었고—일하고 직접적으로 관련이 없기는 했지만—, 호텔까지의 여정은 계획했던 것보다 훨씬 더 깔끔했고, 숙소에도 별 말썽거리가 없었고, 총과 소음기도 기대치 이상이었고, 동선 확인 작업도 끝을 봤다. 게다가 아직 작업 시간까지 36시간 이상 남아 있었다. 하루를 무사히 마친 상으로, 나는 밖으로 나가서 식사를 하기로 했다. 여행 설명서에 따르면, 관광객 같은 뜨내기들이 많이 찾을 만한 식당가가 호텔에서 한 1킬로미터 정도 떨어진 곳에 있었다. 날씨도 좋고 해서 쉬엄쉬엄 걸어가기로 했다.

'금요일 밤의 정찬(正餐)'이란 이름의 식당은 이미 불이 꺼진 쇼핑몰 지하에 있었다. '정찬'이란 이름과는 전혀 걸맞지 않게, 선술집 분위기가 물씬 나는 식당이었다. 주인장에게 독특한 유머감각이 있다는 증거인 듯했다. 나는 급사에게 금연석을 요청했지만, 급사는 웃으며 이곳은 금연석과 흡연석이 나뉘어 있지 않다고 했다. 실내는 석탄을 때는 난로의 내부처럼 담배연기로 자욱했다. 자리를 잡고 나는 자꾸 실없이 웃어대는 급사에게 새우요리를 시켰다.

'솔직히, 이번 일은 맘에 안 들어.'

장은 그렇게 얘기했다.

'물론 의뢰자는 확실해. 그리고 액수도 유례가 없을 정도로 크지. 니가 제일 많이 받았던 게 언제였지? 카이로 건이지, 아마? 그

보다 1.5배는 더 크다는 말이지. 액수가 문제라는 건 아니야. 오히려 너무 크다는 게 맘에 안 든다구.'

'쟝'이라 불리는 남자는 7년째 나와 함께 일하고 있었다. 쟝은 어미새처럼 일을 물어왔고, 나는 그 일을 덥석 먹어치웠다. 쟝은 피렌체 시내에 작은 향수가게를 운영하고 있었는데, 그것은 일종의 간판 같은 것이었고, 나를 비롯해 두세 명의 일류에게 일거리를 찾아 연결해 주는 일을 주업으로—벌이면에서 봤을 때—삼고 있었다. 쟝이 물어오는 일은 언제나 깨끗했다. 쟝에게도 나 같은 일류는 필수다. 풋내기가 일을 망치는 경우, 쟝 같은 브로커 쪽으로 제일 먼저 수사의 초점이 맞춰지게 마련이니까. 쟝은 뒤탈 없는 안전한 일거리를 내게 물어왔고, 나는 언제나 뒤탈 없이 일을 마무리 지었다. 좋은 동료였고, 돈 계산이 확실한 동업자였다. 의뢰자가 제시한 액수의 25퍼센트는 그에게 돌아갔고, 나머지 75퍼센트가 내 몫이었다. 물론 작업에 필요한 경비는 그 75퍼센트 안에서 직접 해결해야 했다.

오래 기다리지 않아 껍질을 까고 숯불에 구운 20센티미터 정도 길이의 두툼한 새우 다섯 마리가 식탁 위에 올려졌다. 음식 맛은 기가 막혔다. 소스의 색깔은 고약했지만—처음 보는 초록색 소스였고, 그 안에 작은 알갱이들이 떠다녔다. 마치 물풀에 묻어 있는 개구리의 알을 연상시켰다—맛은 일품이었다. 입 안에서 부서지는 새우의 감촉도 더할 나위 없이 훌륭했다. 함께 시킨 흑맥주는 내 취향에는 조금 달았지만, 새우요리와 잘 어울린다는 데에는 이

견을 달기 힘들었다. 그러자, 방정맞게 웃고 다니던 급사도, 실내를 뿌옇게 만든 담배연기도, 옆 좌석의 소란스러움도 모두 너그러이 용서해 주고 싶은 마음이 되었다. 나는 급사에게 흑맥주 한 잔을 더 시키며, 새우요리가 매우 훌륭하다고 말해 주었다. 급사는 어깨를 한번 으쓱해 보이더니 빠른 말투로 뭐라고 내게 말했는데, 난 잘 알아듣지 못했다. 그런 건 아무래도 좋았다.

'그런데 과연 그 표적이, 꼭 너 같은 일류를 써서 제거할 만한 가치가 있는지 도무지 모르겠어.'

쟝의 비유를 따르자면, 단순한 감기 환자를 치료하기 위해 극도의 주의를 요하는 심장수술에 국제적인 명성을 가지고 있는 명의를 초빙하는 꼴이라고 했다. 내색은 안 했지만, 쟝은 이미 그 '표적'에 대해서도 뒷조사를 마친 듯했다. 간단히 얘기하자면, 쟝이 떠안게 된 딜레마는 표적이 너무 싸구려라는 것이었다. 의뢰자가 뉴욕 시내 변두리에 있는 작은 빌딩을 살 수 있는 액수의 돈을 지불할 만한 이유를, 쟝은 표적에게서 발견해 내지 못한 것이었다.

'어딘가 끈이 있을 텐데, 그 끈이 보이지 않는단 말야.'

나는 쟝에게 단도직입적으로 함정일 가능성이 있냐고 물었고, 쟝은 의뢰자의 신원이나 선불로 송금할 금액으로 보건대, 함정일 가능성은 희박하다고 했다.

'너나 나의 제거를 위해 그런 비싼 함정을 만들고 싶어하는 놈은 세상에 없을 거야. 정신병자라면 몰라도. 그리고 천문학적인 돈을 가지고 있는 사람들 중에는 정신병자가 드물지. 정신병자가 있

다 해도, 그들 옆에는 항상 돈 냄새를 맡은 프로이트 같은 전문적인 정신분석가들이 따라다니게 마련이거든.'

나는 그렇다면, 의뢰자가 왜 표적을 제거하고 싶어하는지는 의뢰자 몫으로 남겨두자고 제안했다. 하지만 장은 여전히 망설였다. 장의 입에서 '좋아, 해보자.'라는 말이 떨어지는 데까지 장장 세 시간이 걸렸다. 장은 지극히 신중한 사람이다. 그 편이 내게도 좋다.

나는 '금요일 밤의 정찬(正餐)'을 떠나고 싶지 않았지만, 시간은 이미 11시를 넘어가고 있었고, 텅 빈 맥주병 세 개가 식탁 위에서 나를 노려보고 있었다. 나는 적절한 금액의 팁을 더한 현금을 급사에게 지불하고 밖으로 나왔다. 그 두 배는 내놓고 싶었지만, 자칫 너무 많은 팁은 급사에게 필요 이상의 깊은 인상을 심어줄 수도 있었다.

호텔로 돌아오는 길에 나는 한편으로 첸에 대한 추억을 떠올리고 있었고, 한편으로 '죽은 사람에 대해 생각하는 건 이제 그만둬.'라는 내부의 외침에 시달리고 있었다. 가까스로 첸의 망령을 떨구어내는 데 성공했을 때는, 이미 T 호텔이 시야에 들어오고 난 후였다. 나는 내일 처리해야 할 일에 대해 생각하기 시작했다.

두 번째 시도

버스정류장이다. 지금 버스는 보이지 않았다. 다만, 그곳이 버스정류장이라는 것은 굳이 버스가 서 있지 않더라도 알 수 있는 노릇이다. 회색 철판으로 만든 1미터 곱하기 1.5미터 곱하기 2미터의 직육면체 하나가 바닥에 밑면을 완전히 붙이고 서 있다. 길쭉한 면, 즉, 1미터 곱하기 2미터의 옆면에는 반듯반듯한 글씨로 로또, 음료수, 담배라고 쓰여 있다. 바닥과 대칭이 되는 면, 즉 1미터 곱하기 1.5미터의, 그 면적이 가장 작은, 하늘을 바라보고 있는 면은 지금 물에 젖어 지저분한 은행잎들로 수북하다. 직육면체의 정면, 1.5미터 곱하기 2미터의 면에는, 0.5미터 곱하기 1.2미터 정도의 유리판이 달려 있고, 유리판 하단에는 반달 모양의 구멍이 뚫려 있다. 유리판 뒤는 잘 보이지 않는다.

지금 벤치 위에는 여자가 한 명 앉아 있을 뿐이다.

아니, 그전부터 남자 하나가 걷고 있었다.

여자 하나와 남자 하나. 그 둘은 아직 만나지 않았다. 아직 여자와 만나지 않은 남자는 조금 전부터, 혹은 아주 오래전부터 걷고 있었다. 걸으면서, 그저, 단지, 아직까지는, 걷고 있을 따름이다, 아직까지 걷고 있는 남자는 걷는 것 외에는 아무것도 하지 않았다.

남자는 아주 키가 크다. 사람들 숲에서, 세워진 검정 바바리 깃에 절반쯤 가려진 얼굴 하나가 불쑥 솟아나와 있다. 그의 상체는, 멀리서도 잘 보이는 그의 얼굴은 미끄러지듯 이동하고 있다.

반달 모양의 구멍 속으로 여자의 손이 들어갔다. 뭉툭하고 마디가 유난히 굵은 손가락과 두껍고 억세 보이는 손바닥. 그리고 잠시 뒤 나왔다. 여자는 부스에서 신문을 집어 다시 벤치로 돌아와 앉는다. 벤치로 돌아와 앉은 여자는 펴지도 않은 신문을 무릎 위에 올려놓고 방심한 표정으로 정면을 그저 멍하니 응시하고 있다. 여자는 늙었다. 멍하게 찢어진 눈가로 돌아가는, 혹은 그곳, 그 살과 살이 맞물리는 그 뾰족한 곳에서 시작되어 거미줄처럼 벋어나가는 주름살들.

상대적으로 젊어 보이는 걷고 있는 남자는 검정색 바바리에 푸른색 청바지, 그리고 역시 약하게 밤색이 도는 반짝거리는 검정색 구두를 신고 있다. 그리고 손에는…… C.A.라고 쓰여 있는 하얀 종이봉투가 들려 있다. 투명하지 않은, 속이 들여다보이지 않는…… 그런 종이봉투, 해서, 지금 그 안에 무엇이 들어 있는지 알 수 없는…….

버스정류장 근처에는 지하철역이, 지하철 개찰구와 플랫폼으로 이어질 것이 틀림없는 기다란 계단이 입을 쩍 벌리고 있다. 간혹 사람들이 그곳으로 삼켜졌고, 간혹 사람들이 그곳에서 뱉어졌다.

앉아 있던 여자가 일어났다. 그사이 몇 대의 버스가 정류장 앞에 섰고 또 떠나갔다. 아무도 내리지, 또 타지 않았다. 여자는 지루한 표정이다. 그동안 아무 일도 일어나지 않았다. 단지 신문 안에, 일어난 일들이, 일어났다고 믿어지는 일들이, 일어난 일들에 대한 어렴풋하고 모호하기만 한 소문들이 기록되어 있다. 여자는 신문을 읽고 있는 것처럼 보인다.

여자는 왼쪽 가슴에 은빛 광택이 나는 딱정벌레의 브로치를 달고 있고, 아무 일도 일어나지 않는 동안, 남자는 걷고 또 걸었다. 마치 다른 시간대에 속해 있는 것처럼, 여자는 정지해 있고, 남자는 걷고 있다, 쉼없이 움직이고 있다. 여자는 정지해 있다. 여자는 정지해 있다.

여자는 정지해 있었다…… 그런데…… 갑작스러운 일이…… 갑작스럽게 일어났다. 갑작스럽게, 마치 투명한 필름 두 장이 겹쳐지듯이, 걷고 있던 남자와, 서서 신문을 보고 있던, 왼쪽 발치에 초록색 보따리를 두고 있던 여자가 급하게 겹쳐졌다. 잠시 겹쳐졌고, 겹쳐졌다가는 아무 일도 없었다는 듯이 다시 풀려져 나갔다. 다 풀려지자, 다 풀려졌는데도 남자는 계속 걸어갔고, 서 있던 여자는 쓰러졌다. 더없이 자연스러웠다. 남자는 서 있던 여자의 관자놀이를 향해 잠시 손을 한 번 뻗쳤다가 내리는 것처럼 보였을 뿐이었다. 서 있던 여자는 갑자기 잠이 쏟아진 것처럼, 급한 졸음에 채 눈도 감지 못하고, 평온하게 옆으로 넘어졌을 뿐이었다. 빨간 물이, 피가 좀, 처음에는 지저분할 정도는 아니었고, 그냥 좀 바닥에 튀었을 뿐이었다. 하양 혹은 검정 은행잎들 표면에 운동성이 강한, 잘 묻어날 것 같은, 어딘지 시큼한 냄새가 나는, 불

규칙한, 불길해 보이는, 타원형의, 빨간 점들을 뿌렸을 뿐이었다. 검은 글자들로 심하게 오염된 신문지 속에 빨간 씨앗들을 심었을 뿐이었다. 금세, 호수를, 피의 길을, 메마른 포석 위에, 그래서 어떤 액체건 금세 흡수되고 마는 그 포석 위에 쉬이 메마르지 않는 피의 길을 만들었을 뿐이었다. 꿀럭꿀럭, 가죽 부대 같은 곳에 혹은 사방이 막힌 어항 같은 곳에, 꿀럭꿀럭, 뚫린 작은 구멍을 통해 물이 빠져나가는, 꿀럭꿀럭, 혹은 천식 환자가 헐떡대는 것 같은 소리가 났을 뿐이었다.

아무도 호응하지 않았다. 소리를 지르지도 않았고, 넘어진 여자를 일으켜 세우려 하지도 않았고, 동정을 표하지도 않았다. 그저 딱 한 명의 남자와 한 명의 여자가 스쳤고, 스치기 전에 그 둘은 다른 곳에 있었고, 아니 어쩌면 다른 때에 있었고, 그랬다가 스쳐 지나가게 되었고, 그랬고, 그래서 마침내…… 그럼에도 불구하고 남자 하나는 계속 걷게 되었다, 걷는다, 여전히, 남자는 걷는다, 태연스럽게. 태연스럽게, 중절모와 여자의 머리에 구멍을 뚫어놓았던 권총을 종이봉투에 집어넣으면서, 지하철 계단으로 내려간다.

마침, 한 여자가 지하철 계단을 올라오고 있다. 코가 좀 짧고 주근깨가 있다. 대체로 여자는 귀여운 인상이다. 웃고 있다. 눈 속의 검은 동자가 유난히 큰 눈. 하지만, 그런 것들은 중요하지 않았다, 그리고 앞으로도 중요하지 않을 것이다, 계속. 대신, 여자는 종이봉투를 들고 있다, 분홍 종이봉투. 남자는 종이봉투를 들고 있다, C.A.라고 쓰인 하얀 종이봉투. 두 개의 종이봉투의 종이 손잡이가 주인의 손에서 떠났다, 눈 깜짝할 사이였고, 다시 다른 주인을 만났다. 다른 주인을 따라

분홍은 다시 아래로, 하양은 다시 위로, 되돌아 처음 왔던 곳으로.

이제 분홍색 종이봉투를 들고 있는 남자는 계속해서 계단을 내려간다. 내려가면서 서둘러 입고 있던 바바리를 벗는다. 남자는 계단을 다 내려왔다, 남자는 이제 바바리를 다 벗었다, 남자는 조급하다, 조급한 발소리와 함께 남자는 진작부터 다 알고 있었다. 왜냐하면 복도에서 개찰구 앞 홀로 이어지기 직전에 불쑥 거지가 하나 앉아 있었기 때문이었다. 남자는 진작부터 조급했고, 왜냐면 진작부터, 안타깝게도, 다 알고 있었기 때문이었다, 그랬다. 거지는, 거지로 보이는 사내는 조급해 보이지 않았다, 거지로 보이는 사내는 꼼짝도 하지 않고 있는 것처럼 보였다, 거지는, 아니 막연히 거지로 보이는 사내는 아무것도 몰랐다, 몰랐기 때문이었다, 그게 그랬고, 진작부터 그랬고, 여전히 그랬다.

거지 사내는 물론, 진짜 거지는 아니었다. 거지 사내는 거지 흉내를 내고 있었다. 근 세 시간째, 냄새 나는 넝마를 걸치고 낡은 플라스틱 바구니를 양손에 쥔 채 거지 사내는 고개를 수그리고 있어야 했다. 직업소개소에서 추천이 들어왔다면서 찾아왔던 대머리 남자는 거지 사내에게 선금조로 오백을 줬다. 오백이 아니라 오십이라 해도 당장 움직여야 할 만큼 거지 사내는 궁했다. 대머리 남자는 우수한 거지일수록 고개를 들고 자신의 고객을 쳐다보지 않는다고 했다. 고객이 거지의 눈과 마주치는 순간, 고객이 갖고 있던 백 원짜리 혹은 오백 원짜리의 동정심마저 혐오감으로 변해 버릴 수 있다고 했다. 그래서 세 시간 동안 고개를 숙이고 거지 사내는 우수한 거지 시늉을 해야 했다. 거지 사내는 어둠 속에서 갖가지 발소리를 들었고, 쨍그렁대는 동전 소리를 들었고, 사람들이 사람들과 얘기하는 소리를 들었고, 그보다 더 자주, 사람들이 핸드폰과 얘기하는 소리를 들었다.

거지 사내는 친구를 찾고 싶었다. 어느 날 친구가 사라졌다. 거지 사내와 친구는 동업을 하고 있었다. 둘이 퇴직금을 모아 오십 대 오십 지분으로 세운 건축 회사는 신도시 외곽의 아파트 수주를 따내면서 사업이 풀리기 시작했다. 풀리는 정도가 아니라 한 일 년 새에 둘은 돈방석에 앉게 되었다. 그랬는데, 어느 날 친구가 사라졌다. 회사는 부도가 났고, 친구는 사라졌고, 남은 빚은 거지 사내가 몽땅 떠안아야 했다. 고의로 부도를 내고 아들의 불치병을 치료하러 가족과 함께 외국으로 도망갔다는 소문도 있었다. 하여튼 친구는 주도면밀한 놈이었다. 거지 사내는 다시 친구를 만나고 싶었다. 어떤 방식으로든 복수를 하고 싶었다. 벌써 일 년 반째, 채권단의 눈을 피해 거지 사내는 가족과 떨어져 숨어 지내고 있었다. 가족과의 전화도 일 주일에 단 한 차례, 그것도 매번 공중전화를 바꿔가며 해야 했다. 그게 모두 다 잘난 친구 덕분이었다.

조급한 발자국 소리가 출구 방면에서 들려왔다. 거지 사내는 그 발자국 소리가 자신이 기다리고 있는 발자국 소리란 걸 바로 알 수 있었다. 아무런 속도의 변화도 없이, 발자국 소리 하나가 거지 사내를 지나쳤다. 그리고 곧이어 거지 사내의 팔 위에 옷 하나가 떨어졌다. 대머리가 말했던 그 바바리였다. 검정 바바리. 거지 사내는 더 이상 거지 흉내를 내고 있을 필요가 없었다. 거지 사내는 바바리를 들고 자리에서 일어났다. 너무 오랫동안 쭈그리고 앉아 있는 바람에 다리가 마비되지나 않았을까 거지 사내는 걱정했는데, 기우였다.

거지 사내는 개찰구 바로 옆에 있는 화장실로 들어갔다. 따라오는 사람은 없었다. 거지 사내는 대머리의 지시대로 다섯 개의 칸 중에 가장 오른쪽에 있는 칸으로 들어갔다.

사천구백팔십 원이었다. 세 시간 동안 거지 사내가 우수한 거지 노릇을 하며 번 돈의 총액이었다. 천 원짜리 지폐 한 장과 동전들을 주머니에 챙겨넣고 주황색 플라스틱 바구니는 쓰레기통에 던져 넣었다. 주머니가 묵직했다. 움직이면 짤랑짤랑 소리가 나서 불편할 것도 같았지만, 거지 사내는 한 푼이 아쉬운 처지였다.

거지 사내는 넝마를 벗고 얼굴도 모르는 사내가 떨어뜨리고 간 바바리를 걸쳤다. 바바리에서는, 모든 것이 순조롭던 시절, 친구와 함께 자주 찾고는 했던 호프집에서 서비스 안주로 나오던 그 아몬드 냄새가 났다. 친구는 아몬드를 좋아했었고, 하지만 친구가 사라진 뒤, 거지 사내는 아몬드를 먹지 않게 되었다. 물론 그 호프집에도 다시 찾아가지 않았다. 아는 사람을 만나게 될까 두렵기도 했고, 그런 배짱을 부리기에는 주머니 사정이 넉넉지 못하기도 했다.

일단 지시대로 바바리의 안주머니를 뒤졌다. 대머리가 얘기했던 것처럼 안주머니에 두 번 접힌 작은 종이쪽지가 들어 있었다. 열은 파란색 줄이 일정한 간격으로 그어져 있는 노트 종이였고, 가위나 칼을 사용하지 않고 손으로 급하게 찢어냈는지 가장자리가 고르지 못했다. 거기에는 'FISHER HOTEL 1207'이라고 쓰여 있었다. 선이 가는 붉은색 볼펜으로 또박또박 쓴 글씨였다. 거지 사내는 핸드폰에 1207이라는 숫자를 입력한 후, 종이를 잘게 찢어 양변기에 버렸다. 그러고는 세 시간 넘게 걸치고 있었던 냄새 나는 넝마를 칸막이 너머 옆 칸으로 집어던졌다. 모든 것이 대머리의 지시 그대로였고, 대머리는 불안해할 필요가 전혀 없다고 했지만, 거지 사내는 무슨 소리라도 버럭 들려올까 겁이 났다. 숨을 죽이고 거지 사내는 기다렸다. 옆 칸에서 물 내리는 소리가 났고, 이어 문이 열리는 소리가 났다.

발소리가 완전히 멀어질 때까지 거지 사내는 긴장을 늦출 수가 없었다. 누군가 거지 사내가 던진 넝마를 들고 화장실 밖으로 나간 것이었다. 옆 칸에 있던 남자도 대머리에게서 돈을 받았을까? 받았다면 얼마를? 거지 사내와 대머리 사이의 계약은 간단명료했다. 시작하기 전에 오백, 마치고 나서 다시 오백. 대머리는 이번 일만 잘 처리해 주면 몇 건 더 비슷한 금액의 일거리가 있을 거라 했다. 불법적인 요소는 결코 없을 거라고 얘기했다. 사실 거지 사내가 생각하기에도 넝마를 옆 칸으로 던진 것이 크게 법에 위배되는 일일 것 같지는 않았다. 3분 정도 후, 거지 사내는 양변기의 물을 내렸다. 거지 사내가 잘게 찢었던 노트 종이는 한 조각도 남지 않고 빨려 내려갔다.

거지 사내는 밖으로 나왔다. 넝마를 던졌던 옆 칸에는 아무도,

또 넝마도 없었다. 세면대 거울 앞에서 거지 사내는 손과 얼굴을 비누로 깨끗이 씻고 머리를 다듬었다. 바바리 차림의 거지 사내는 더 이상 거지처럼 보이지 않았다. 바바리는 의외로 잘 맞았다.

바깥은 환했다. 거지 사내는 눈이 부셨다. 강렬한 햇빛 때문에 눈을 제대로 뜨고 있기가 힘들 정도였다. 버스정류장에서 거지 사내는 혼자였다. 거지 사내는 가판대에서 담배와 일회용 라이터와 복권 두 장을 사면서, 가지고 있던 동전더미의 일부를 처리했다. 주머니가 한결 가벼워졌다.

거지 사내가 가지고 있던 재산의 대부분은 미처 손써볼 틈도 없이 채권단에 압류됐다. 다행히 처남 명의로 되어 있던 의류도매상가 내의 점포 네 개는 추적을 피할 수 있었다. 거기서 나오는 월세로 근근이 가족들은 살아가고 있었다. 지지난 달인가, 거지 사내의 부인은 전화통화에서 동사무소에 생활보호대상자 신청을 하고 오는 길이라고 했다. 거지 사내는 친구의 얼굴을 떠올렸다. 자꾸 희미해져 갔다. 완전히 희미해지기 전에 꼭 한 번 다시 친구를 만나고 싶었다. 그러기 위해서는 일단 최소한의 안정된 생활이 보장되어야 했고, 무엇보다 시급하게 돈이 필요했다, 지속적으로 돈이 들어올 창구가 필요했다. 당분간 대머리는 거지 사내가 선택할 수 있는 최상의 창구로 보였다.

버스 안에서도 손님은 거지 사내 혼자였다. 창밖으로 보이는 풍경은 평온했다. 날은 지나치게 화창했고, 또 길가에는 지나치게 사람이 없기는 했지만, 그런 건 문제가 아니었다. 버스 기사는 운전을 하는 내내, 핸드폰으로 누군가와 통화를 하고 있었다. 몇 차례 끊었다가 다시 통화를 하고는 했는데, 늘 거의 비슷한 시시껄렁한 얘기들이었다. 밥은 먹었느냐는 둥, 어제는 누구와 술을 먹었느냐는 둥. 거지 사내에게도 핸드폰이 있었지만, 딱히 전화를 걸 데가 없었다. 아니, 있다 해도 걸 수가 없었다. 그 핸드폰은 대머리가 준 것이었는데, 통화 버튼을 누르면 삐익 하는 불쾌한 소리와 함께 비밀번호를 입력하라는 창이 떴다. 당연히 대머리는 거지 사내에게 비밀번호를 알려주지 않았다. 결국 수신만 가능한 반쪽짜리 핸드폰이었다. 대머리가 필요할 때 언제나 거지 사내에게 연락이 닿을 수 있도록 준 것이었다.

J 빌딩의 1층 로비는 어딘가 거지 사내를 움츠러들게 하는 데가 있었다. 백색의 흠 없는 대리석으로 마감을 한 실내는 깨끗하다는 인상을 주었지만, 거지 사내에게는 별 이유 없이 거북살스럽게 느껴졌다. 피셔 호텔은 J 빌딩 내에 있었다. J 빌딩의 10층부터 20층까지를 피셔 호텔이 사용하고 있었다.

중앙 계단으로 통하는 길목 앞에 설치된, 길이가 2미터는 되어 보이는 물고기의 조각이 거지 사내의 눈길을 끌었다. 거지 사내는 '어부'라는 다소 생경한 호텔의 이름이 이 조각에서 따온 것이리라고 짐작했다. 그것은 금속으로 만들어진, 입을 한껏 벌리고 있는 고래의 모형이었다. 마치 보관을 잘못해서 녹이 슨 것처럼, 초록색 바탕 위에 군데군데 붉은색 얼룩이 표면을 지저분하게 덮고 있었다. 거지 사내는 실제로 고래를 본 적이 없었다. 사실, 그 모형 고래

보다 큰 물고기조차 본 적이 없었다. 어쨌건 그 고래 모형은 거지 사내에게 뭔가 불가사의하고 불길한 느낌을 던져주었다. 거지 사내는 그 까닭을 알 수가 없었다.

피셔 호텔의 로비는 어두웠다. 방금 전에 보았던 J 빌딩의 1층 로비와는 전혀 딴판이었다. 천장은 낮았고, 로비의 천장 중앙에 달려 있는 백열등에 희미하게 드러난 건물의 내벽은 군데군데 얼룩이 져 있는 것처럼 보였다.

접수계는 로비 한가운데에 있었다. 그것은 은빛 금속 울타리로 둘러싸인 커다랗고 길쭉한 타원형이었고, 세로 줄무늬의 제복을 입은 소년 하나가 타원의 중앙에 놓인 앉은뱅이 의자 위에 앉아 있었다. 웨이터 소년은 한 손에 조그만 책을 들고 있었다. 거지 사내가 울타리를 손등으로 몇 차례 두드리자 비로소 웨이터 소년은 책을 덮고 일어서서 거지 사내 앞으로 나왔다. 피곤해 보였다.

"여긴 왜 이렇게 덥지?"

"전기를 아끼려고 그러는 거죠, 뭐. 여기서는 누구나 다 그래요. 손님처럼 까다롭게…… 아니, 어둠에 민감한 손님이 없는 건 아니지만…… 대체로 여긴 손님이 없어요."

웨이터 소년의 목소리는 경쾌했다. 거지 사내는 자기가 실수를 했음을 깨달았다. '여긴 왜 이렇게 어둡지?'라고 물으려 했는데, 불쑥 '왜 이렇게 덥지?'라고 말해 버렸던 것이었다. 하지만 다행히도 웨이터 소년은 거지 사내의 의중을 알아챌 만큼 영리했다. 거지 사내는 웨이터 소년의 얼굴을 물끄러미 쳐다보았다. 웨이터 소년의 얼굴은 분명 잘생기기는 했지만, 전체적으로 어딘지 균형이 잘 맞지 않아 보였다. 왼쪽 눈꼬리 밑에 길게 난 2센티미터가량의 흉터 때문인 듯했다. 거지 사내는 그것이 칼자국 같다고 생각했다. 하지만 거지 사내는 왠지 웨이터 소년이 맘에 들었다.

거지 사내는 본론으로 들어가기로 했다. 다짜고짜, 거지 사내는 팔목에 두르고 있던 바바리를 접수계의 울타리 위에 올려놓았다. 태연스럽게, 웨이터 소년은 아무런 표정의 변화도 없이, 바바리를 들어 앉은뱅이 의자 위에 내려놓고, 주머니에서 두 개의 열쇠를 꺼내 울타리 위에 다시 올려놓았다.

간단한 교환이었다. 거지 사내는 바바리를 내놓았고, 웨이터 소년은 두 개의 열쇠를 내놓았다. 모든 것이 거지 사내가 대머리에게서 들은 그대로였고, 더도 덜도 아닌 딱 그만큼이었다. 거지 사내가 웨이터 소년에게 뭔가 더 말을 붙이고자 한다면, 그것은 대머리가 거지 사내에게 요구한 것 이상의 일이 될 것이 분명했다.

1207호실은 눅눅했다. 눅눅함과 '어부'라는 이름 사이에 어떤 연관성이 있을지도 모르겠다고 거지 사내는 생각했다. 평범하게 허름한 싸구려 호텔방이었다. 거지 사내는 직감적으로 방금 전까지만 해도 누군가 거기서 머물렀다는 사실을 알 수 있었다. 누구일까? 대머리일까, 아니면 넝마를 받아갔던 옆 칸의 남자였을까? 아니면 제삼의 여인일까?

거지 사내는 웨이터 소년에게서 두 개의 열쇠 뭉치를 받았다. 그 중 하나에는 1207이라는 금박 숫자가 돋을새김 되어 있는 기다란 플라스틱 막대가 달려 있었다. 1207호실의 열쇠라는 건 말할 필요가 없었다. 다른 하나는 아무런 열쇠고리도 달려 있지 않은, 거지 사내의 중지만 한 크기의 열쇠였다. 열쇠머리에는 손톱만한 크기의 견출지가 두 개, 나란히 위아래로 붙어 있었다. 위쪽 견출지에는, 차 번호로 짐작되는 여섯 자리 숫자가 역시 선이 가는 붉은색 볼펜으로 쓰여 있었다. 아래쪽 견출지에는 무언가를 썼다가 그 위에 선을 되는 대로 덧그어 지우려 했던 흔적이 남아 있었다. 거지 사내는 지우려 했던 문자 혹은 숫자가 무엇인지 알아내고 싶었다. '비'라는 글자 같아 보이기도 했고, '17'이라는 숫자 같아 보이기도 했지만, 정확한 것은 아니었다. 어쨌건, 그 역시, 대머리가 그에게 요구했던 일 이상의 것이 될 수 있다는 사실을 거지 사내는 상기했다.

대머리가 말한 대로였다. 서류가방은 침대 밑에 있었다. 그것은 딱 봐도 고급스러운 태가 나는 밤색 가죽으로 마무리한 하드케이스 가방이었다. 거지 사내는 서류가방의 손잡이를 잡았다. 그다지 무겁지 않았다.

그때, 갑자기 핸드폰 벨이 울렸고, 거지 사내는 허둥대며 주머니에서 핸드폰을 빼내려다 서류가방을 바닥에 떨어뜨렸다. 가방이 열렸고, 내용물이 쏟아졌지만, 거지 사내는 우선 핸드폰을 받았다. 대머리일 거라고 생각했지만, 감이 매우 떨어지는, 여하튼 찾는 사람이 거지 사내가 아닌 것은 확실한, 잘못 걸려온 전화였다. 거지 사내는 왠지 전화통을 더 붙잡고 있고 싶었지만, 전화를 건 억양이 약간 센 남자는 싹싹하게 사과를 하며 전화를 끊어버렸다.

두 개의 폴라로이드 사진이 1207호실 방바닥에 떨어져 있었다. 하나는 젊은 여자의 사진이었다. 쉽사리 잊힐 것 같지 않은, 꽤 예쁜 얼굴이었다. 지하철역을 배경으로 젊은 여자는 수줍은 듯 웃고 있었다. 철 이른 빨간 털모자가 도드라지게 눈에 띄기는 했지만, 대체로 옷차림은 수수했다. 어중간하게 들어올린 두 손을 쫙 편 채 누군가를 놀래키려는 듯한 자세를 하고 있었다.

다른 한 장의 폴라로이드 사진에는 거지 사내의 옆모습이 찍혀 있었다. 거지 사내로서는 의외였다. 사진 속의 거지 사내는 고개를 파묻고 길을 걷고 있는 중이었다. 속이라도 불편한 것처럼 잔뜩 찡그린 표정이었다. 나도 모르게 찍힌 사진이라니. 거지 사내는 기분이 좋지 않았다. 그 사진 속의 광경이 언제였는지, 어디에서였는지, 누가 찍었는지, 또 그걸 왜 찍어야 했는지, 거지 사내는 그중 단 하나도 당장 알아낼 수 없었다. 배경에 찍힌 건물들이 눈에 익기는 했지만, 그곳이 어딘지 정확히 알아내려면 좀 더 시간이 필요할 것 같았다. 엉겁결에 거지 사내는 바지 뒷주머니에 두 장의 폴라로이드 사진을 쑤셔 넣고 서류가방을 닫았다. 서류가방 속의 내용물을, 거지 사내는 더는 확인하지 않았다. 그건 아무래도 대머리가 요구한 것 이상의 일이 될 것만 같았다.

J 빌딩의 지하 3층, 피셔 호텔 전용 주차장에서 거지 사내는 생각보다 손쉽게 열쇠머리에 적혀 있던 여섯 자리 숫자와 같은 번호의 차량번호판을 달고 있는 차를 발견할 수 있었다. 이제는 꽤 구

형이 된 사륜구동의 소형 지프차였다. 서류가방을 조수석에 던져 넣고, 웨이터 소년이 준 두 개의 견출지가 붙어 있는 열쇠로 시동을 걸었다.

거지 사내로서는 참으로 오랜만에 해보는 운전이었다. 친구가 사라지기 전, 거지 사내에게는 두 대의 차가 있었다. 하나는 신형 모델의 고급 밴이었고, 다른 하나는 회사 명의로 등록이 된 검은색 중대형 세단이었다. 거지 사내의 아들은 검은색 세단을 영구차 같다며 별로 좋아하지 않았다. 거지 사내도 공부에는 영 취미가 없는 하나밖에 없는 아들을 별로 좋아하지 않았다. 거지 사내의 친구가 사라진 뒤 검은색 세단의 차창에 붉은색 압류 딱지가 붙자, 거지 사내의 아들은 잘 된 일이라고 쏘아붙였었다. 거지 사내는 그것이 아들의 진심이었는지, 치미는 울분을 스스로 억제하기 위해 그냥 한 번 내뱉어 본 말인지 아직도 잘 알 수가 없었다. 그때도 몰랐지만, 거지 사내는 그때, 그것을 모르고 있다는 사실마저 몰랐다. 반사적으로, 거지 사내는 아들의 따귀를 갈겼었다.

남부 도심 외곽도로에 차를 올린 지 얼마 되지 않아, 오토바이 한 대가 계속해서 백미러에 들어왔다. 거지 사내가 속도를 늦추자, 오토바이는 반대로 속도를 높이며 거지 사내가 탄 지프를 스치듯이 지나갔다. 거지 사내는 아들을 좋아하지 않았지만, 걱정이 되는 것만은 사실이었다. 피셔 호텔에서 만났던 웨이터 소년이 떠올랐다. 걔처럼 반듯한 직장이라도 가지고 있다면 좋으련만. 도피 생활 초반, 거지 사내는 가끔 아들과 통화를 할 수 있었지만, 언젠가부터 거지 사내의 부인은 아들을 바꾸어주지 않았다. 늘상 공부하러 나가서 집에 없다고 했지만 거지 사내는 부인의 말을 곧이곧대로 믿을 수가 없었다. 거지 사내는 그만한 나이에 빠질 수 있는 잘못된 길이 얼마나 많은지 잘 알고 있었다. 제발 오토바이만은 타지 않았으면 했다. 친구의 아들이 식물인간이 된 것도, 소문이 맞다면 결국 친구가 고의로 부도를 내고 아들의 병 치료를 위해 외국으로 잠적을 한 것도 모두 오토바이 때문이었다.

거지 사내가 탄 지프차는 지하철역이 있는 사거리 교차로에서 신호에 걸렸다. 맨 앞 열이었다. 사거리는 텅 비어 있었다. 누군가 몰래 자신의 사진을 찍었다는 사실이 거지 사내의 머리에서 떠나지 않았다. 누가 그랬을까? 또, 왜? 거지 사내는 지금 자신이 연루되게 된 이 일이, 비록 자신이 알고 있는 한도 내에서는 전혀 불법적인 요소도 없고, 별반 위험해 보이지도 않지만, 실은 그 이면에는 어마어마하고 무시무시한 음모가 도사리고 있는 건 아닌가 하는 생각이 들었다. 하지만 거지 사내는 친구를 다시 만나야 했고, 또 돈이 필요하기도 했다. 오백이나 천 정도는 예전이라면 그야말로 눈도 깜짝하지 않을 금액이었지만, 지금은 달랐다. 음모는, 만약에 그런 게 있다 해도, 거지 사내와 상관없는 일이었다. 거지 사내는 그렇게 생각하기로 했다.

거지 사내는 뒷주머니에서 두 장의 폴라로이드 사진을 꺼냈다. 꺼내다가 한 장이 조수석 의자 밑으로 떨어졌다. 거지 사내의 손에는 처음 보는 여자의 사진이 들려 있었다. 여자는 웃고 있었고, 뒤편으로 파란 하늘이 보였다.

신호를 살피다 거지 사내는 여자 하나를 보았다. 여자는 지하철 역 입구에 서 있었다. 빨간 털모자를 쓰고 있었다. 그 여자였다. 사진 속의 여자. 아주 가까운 거리는 아니었지만, 거지 사내는 한눈에 알아볼 수 있었다.

여자는 잠시 망설이는 듯하다가 지하철 입구로 들어가려는 것처럼 보였다. 갑자기 거지 사내는 여자를 만나보고 싶었다, 사라져버린 친구를 다시 만나고 싶어하는 것만큼이나 간절히. 무작정 만나서 여자에게 그녀의 얼굴이 찍힌 사진을 보여주고 싶었다. 게다가, 어쩌면 사진 속의 여자는 누가 어떤 목적으로 거지 사내의 사진을 몰래 찍고 다니는지 알고 있을 것만 같았다.

아직 신호는 바뀌지 않았지만, 사거리에는 차가 거의 없었다. 무엇에 홀린 것처럼 거지 사내는 액셀을 밟았다. 조금이라도 더 지체한다면, 친구를 놓쳤던 것처럼 그렇게, 영원히 여자를 놓쳐버리게 될 것만 같았다.

교차로의 중앙을 막 통과하려는 차에, 거지 사내는 산사태라도 나는 듯한 굉음을 들었다. 채 소리가 난 쪽이 어디인지 판단할 여유도 없었다. 채 브레이크 위에 올린 오른발에 힘을 줄 여유도 없었다. 난폭한 진동과 함께 거지 사내는 정신을 잃었다.

거지 사내는 정신이 들었다. 들은 것 같았다. 피 냄새가 났다. 아직 거지 사내는 운전석에 앉아 있었다. 한기를 느꼈다…… 다시 정신이 들었다. 얼굴 위로 무언가 기어다니는 것 같았다. 차창 한쪽이 모자이크 무늬처럼 잘게 나누어져 있었다. 뒤통수 한쪽이 아렸다…… 얼굴이 간지러웠다. 손을 들어 긁고 싶었지만, 손이 움직이지 않았다. 고개를 돌려 손을 보고 싶었지만, 고개가 움직이지 않았다. 그래서 손을 볼 수가 없었다. 졸음이 몰려 오는 것 같았다…… 온전한 쪽 차창 밖으로 차가 한 대 보였다. 차였던 것 같았다. 지금은 차라고 부를 수 없을 것 같았다. 왜 그렇게 된 건지 궁금했다. 궁금해하고 있는데, 스스로 눈이 감겼다, 아주 천천히…… 부서진 차의 문짝에는 빨간 글씨로 피자 배달이라고 쓰여 있었다. 전화번호도 있었다. 자꾸 잠이 왔다. 파란 글씨 같기도 했다…… 이상하게도 아무데도 아프지 않은 것 같았다. 얼마나 지난 걸까?…… 문이 열렸다. 비누 냄새가 났다. 거지 사내는 눈을 떴다. 여자의 얼굴이 보였다. 그런 것 같았다. 빨간 털모자가 보인 것도 같았고, 누군가, 아마 그 여자가, 조수석에 있던 서류가방을 들고 가는 것 같기도 했다. 지금 보고 있다고 생각하는 일들이 마치 10년 전의 일처럼 아득했다. 말이 나오지 않았다…… 아무도 없었다. 여자에게 사진을 건네주었어야 했는데, 거지 사내는 그러지 못했다. 그럴 수 없는 처지라는 게 창피했다…… 추웠다. 여자가 문을 닫고 갔을까?…… 사이렌 소리가 시끄러웠다. 멀미가 나올 것 같았다. 침을 뱉고 싶었다…… 친구가 보고 싶었고, 또 대머리가 보고 싶었고, 또 여자가 보고 싶었다. 하지만 너무 추웠다, 너무 추워서 보고 싶다는 마음이 차츰 잊혀져 갔다…… 눈꺼풀은 무거웠고, 코에서는 물이 흘러내리는 것 같았다. 더럽다는 생각이 들었다……

문득 피자가 먹고 싶다는 생각이 들었다. 피자를…… 피자를 생각해 보았지만, 그게 뭔지 잘 생각이 나지 않았다.

컴컴한 실내에 두 남자가 마주보고 앉아 있다. 둘 다 벽에 붙어 있는 폭이 좁은 나무판자에 엉덩이를 붙인 채, 벽에 등을 기대고 앉아 있다. 실내는 단속적으로 덜컹거린다. 둘 사이에는 바퀴가 달려 있는 침대가 하나 놓여 있다. 왼쪽에 있는 남자와 오른쪽에 있는 남자는 완전히 똑같은 차림이다. 초록색 두건, 흰색 마스크, 초록색 가운, 가랑이만 보이는 백색 바지, 백색 단화, 회색 얇은 비닐 장갑. 문이 열렸다. 둘이 내린다. 바깥이다. 교차로다. 사거리의 중앙이다. 거기에는 반쯤 부서진 차 두 대가 엉겨 있다. "맘에 들지 않아." 둘 다 마스크를 하고 있기 때문에 말한 사람이 누군지 알 수 없다. "뭐가?" 역시 마찬가지다, 대답을 한 자가 누군지 알 수 없다. "전체가." 바퀴가 달린 침대를 도로 위로 내려놓고, 둘은 부서진 차로 다가간다. 이제는 원래의 모습을 알아볼 수 없게 된 지프차의 운전석에는 남자 하나가 눈을 감고 앉아 있다. 붉은색 페인트통을 머리에 뒤집어쓴 것처럼, 얼굴은 온통 피칠갑이다. 남자가 오른손 검지로 눈을 감고 있는 남자의 피에 물든 볼을 꾹 누른다. 장갑에 피가 묻었다. "단지 이놈을 놓고 하는 얘기가 아니야. 다 맘에 들지 않는다구…… 전체가." "그럴 때가 있지. 그럴 때가 있어. 하지만 대부분은 사소한 변덕에서 비롯되는 법이야." "명심해 둬, 위로는 때때로 독보다 더 나쁘니까." 여전히 사이렌은 시끄럽다.

• •

네 번째 칸의 사나이는 뚜껑을 내린 양변기 위에 앉아 시계를 보고 있었다. 다섯 번째 칸에서는 아직 아무런 인기척도 없었다. 시간이 다가오자 네 번째 칸의 사나이는 불안했다. 혹시 자신도 모르게 실수를 저질렀던 건 아닌지 네 번째 칸의 사나이는 처음부터 곰곰이 되짚어 보았다. 날짜는 오늘이 맞았고, 시간도 틀릴래야 틀릴 수가 없었다. 지하철역도 틀림없었고, 3번 출구에서 가장 가까운 화장실이라면 이곳밖에는 달리 없었다. 게다가 어제 네 번째 칸의 사나이는 퇴근 후 일부러 지하철역에 들러 화장실의 위치를 미리 확인했었다. 왼쪽에서부터 세어서 네 번째 칸. 오른쪽이 아니고, 왼쪽이에요, 실수는 없겠지요. 아직까지는 그래 보였다.

그래도 여전히 네 번째 칸의 사나이는 불안했다. 이 일과는 전혀 관련이 없는 사람이 네 번째 칸이나 다섯 번째 칸으로 들어오려 하면 어떻게 할 것인가? 네 번째 칸의 사나이는 경마장에서 만난 남자에게 벌써 그런 질문을 했었다. 아저씨는 그런 걱정 하지 않으셔도 돼요. 네 번째 칸의 사나이는 왜 경마장에서 만난 남자가 직접 이 일을 하지 않고, 선금으로 이백만 원씩 쥐가며 자신에게 시키는 건지 의아했지만, 그 이유를 물어보지는 않았다.

아무리 생각해 봐도 실수는 없는 것 같았다. 실수는 없어, 이제 저쪽에서 행동을 개시할 때까지 느긋하게 기다리기만 하면 돼. 실수는 없어야 했다. 한 번으로, 실수는 단 한 번으로 족했다.

네 번째 칸의 사나이는 전자부품을 수출하는 자그마한 중소기업의 인사과장이었다. 인사과장 자리만 벌써 9년째였다. 하지만 네 번째 칸의 사나이는 자신의 회사에서 생산하는 전자부품에 대해 거의 아는 바가 없었으며, 공장 입구에 커다랗게 써붙인 '품질이 생명이다.'라는 말도 그에게는 공허하게만 들렸다.

뗄 거예요. 낳아 기를 생각은 없으니 걱정 마세요. 대신 돈이 좀 필요하겠죠. 수술도 해야 하고, 다른 직장도 구해야 하니. 있어서는 안 될 실수였다, 어처구니없는. 어찌할 도리가 없었다. 누구를 탓할 수도 없었다. 밤마다 네 번째 칸의 사나이는 자신의 실수가 깨끗이 도려내진 새로운 세상에서 깨어나고 싶다는, 어린애들이나 할 만한 기도를 했다. 깨어나 보면, 당연한 일이지만 그런 일은 일어나지 않았다.

네 번째 칸의 사나이는 회사의 주거래 은행에서 오백만 원짜리 마이너스 통장을 만들었다. 담당자에게 회사에는 비밀로 해달라고 했다. 그 즈음부터 경마장에 드나들기 시작했다. 네 번째 칸의 사나이에게는 대출금 오백만 원을 갚을 현실적인 방도가 딱히 떠오르지 않았다. 그러다 경마장에서 남자를 만났다. 그렇게 만났고, 그런 식으로 가까워졌다. 이름도 몰랐고, 나이도 몰랐다. 네 번째 칸의 사나이가 경마장에서 만난 남자에게 자신의 나이를 이야기하자, 그럼 제 둘째 형과 동갑이네요, 하고 그가 말했을 뿐이었다.

어느 날 운 좋게, 몇 십 번 만에 처음으로 30 대 1짜리 배당을 맞춘 네 번째 칸의 사나이의 손에 떨어진 건 고작 구만 원이었다.

3,000 곱하기 30. 그게 삼천 원이 아니라 삼만 원이었으면 구십만이 떨어지는 건데. 십만 원이었으면 삼백만 원이 되는 거구. 경마장에서 만난 남자는 자신의 일처럼 아까워했다. 그렇기는 했다. 고작 이삼천 원, 간혹 자신이 좀 있는 경주에는 오천 원, 그런 식으로 찔끔찔끔 마권을 사서는 오백만 원은 꿈속의 얘기였다. 오천 원으로 오백만 원을 만들려면 1000 대 1 이상의 배당을 잡아야 했다. 당연히 그런 일은 네 번째 칸의 사나이에게 일어나지 않았다.

큰 거를 한 번 잡아야 했는데, 그러기 위해서는 모험을 걸어야만 했는데, 네 번째 칸의 사나이는 그럴 엄두가 나지 않았다. 반면에, 경마장에서 만난 남자는 손이 컸다. 말도 안 되는 똥말에 무모하게 큰돈을 걸기도 했다. 대부분 손해를 봤지만, 그리 아까워하는 눈치도 없었다.

다섯 번째 칸에 누군가 들어왔다. 잠시 부스럭대는 소리가 나더니, 널따란 갈색 넝마 한 자락이 네 번째 칸으로 넘어왔다. 경마장에서 만난 남자가 말해 준 그대로였다. 그렇다면, 지금까지는 실수가 없었다는 얘기였다. 실수는 한 번으로 족했다.

넝마에서는 퀴퀴한 냄새가 났다. 원래는 선금으로 반, 끝내고 반인데, 제가 아저씨는 믿기 때문에 한꺼번에 드리는 거예요. 이백만 원짜리 일치고는 너무 간단하다고 네 번째 칸의 사나이는 생각했다. 준비해 온 딸아이가 쓰던 운동가방에 넝마를 집어넣고 큰 소리가 나지 않도록 지퍼를 채웠다. 사용하지도 않은 양변기의 물을 내리고 밖으로 나오면서 네 번째 칸의 사나이는 일이 끝나면 손수 가방을 빨아두는 게 좋겠다고 생각했다. 아내가 당신이 사용한 후에 왜 이렇게 더러운 냄새가 나냐고 묻는다면 대답할 길이 없었다. 아내는, 네 번째 칸의 사나이의 거짓말에 민감했다.

네 번째 칸의 사나이가 다니던 회사 경리과에 경력사원으로 들어온 여사원은 솜씨도 야무지고 인사성도 바르다고 칭찬이 자자했지만, 채 일 년도 채우지 못하고 회사를 나갔다. 아무도 그 이유를 몰랐다, 네 번째 칸의 사나이를 제외하고는. 회식 자리 같은 데서 퇴사한 여사원에 대한 얘기가 나올 때마다 머리카락이 곤두서고 속이 울렁거렸지만, 네 번째 칸의 사나이는 자신이 그 이유를 알고 있다는 것을, 아니 차라리 자신이 그 이유라는 것을 숨기기 위해 필사적이었다. 아 그랬던가. 필사적으로, 네 번째 칸의 사나이는 태연을 가장했다.

지하철역 3번 출구 앞 버스정류장에는 수많은 인파가 모여 원을 그리고 있었다. 사람들은 그들이 만들어놓은 원의 중앙에서 벌어지고 있는 일, 혹은 이미 벌어져 버린 일을 보기 위해 까치발들을 하고 있었다. 갓길에는 최소한 두 대의 경찰차가 서 있었다. 물론 네 번째 칸의 사나이는 거기에서 무슨 일이 벌어졌는지, 또는 벌어지고 있는지 관심이 없었다. 경찰차를 보자 조금 불안하기도 했다. 원래 계획대로라면 그곳 버스정류장에서 38번 버스를 타고 집으로 돌아가야 했지만, 이 난리판에 버스가 설지도 의문이었고, 선다 해도 경찰차 근처에서 기웃대고 싶은 생각은 없었다. 네 번째 칸의 사나이는 이 계획에 없는 소동으로부터 일단 멀리 떨어지는 게 현명한 처사라고 판단했다.

평일 한낮에 길을 걷는 게 얼마나 오랜만의 일인가. 네 번째 칸의 사나이는 기억이 잘 나지 않았다. 어제 회사에서, 네 번째 칸의 사나이는 휴가원 양식의 사유(事由)란에 뭐라고 써넣어야 할지 망설였었다. 2년 전, MT를 갔던 딸아이가 실종되는 바람에 몇 차례 경찰서에 출두를 하느라 휴가를 낸 이후로는 처음이었다. 딸아이는 여전히 실종 중이었다. 살아 있는 것도 아니고 이미 죽어버린 것도 아닌, 그런 어중간한 상태에 딸아이는 그대로 머물러 있었다, 어쩌면 아주 영원히. 그때 네 번째 칸의 사나이는 사유란에 '女息失踪의 件(여식 실종의 건)'이라고 써넣었었다. 주로 아내가 경찰서에 불려다녔지만, 딸아이와 연령대가 얼추 비슷한 무연고 시체들을 확인하러 오라는 경찰서의 통지를 받고서는 아내의 등짝만 떠밀고 있을 수는 없었다. 똑똑히 보세요, 손상된 경우가 대부분이니. 네 번째 칸의 사나이는 총 일곱 구의 시체를 봐야 했다. 자살한 시체, 동사한 시체, 차에 치여 죽은 시체, 시체가 된 원인도 제대로 규명되지 않은 시체. 딸아이의 시체는 거기에 없었다. 하얀 가운 차림의 남자 말처럼, 그렇게 똑똑히 볼 수는 없었지만, 벌거벗겨져 있는 일곱 구의 시체 중에 딸아이를 닮은 여자는 없는 것 같았다. 네 번째 칸의 사나이는 건물 밖으로 나오자마자 화단에다 구토를 했다.

날은 무더웠고, 풍경들은 깜박깜박 명멸하는 것처럼 네 번째 칸의 사나이를 지나쳐 갔고, 가죽으로 된 가방 손잡이는 손가락마다를 죄어왔다. 넝마밖에 든 게 없는데, 왜 이렇게 무거운 거지? 버스 정류장은 쉬이 나타나지 않았다.

그 실수 이후, 네 번째 칸의 사나이는 비슷한 내용의 꿈을 자주 꾸었다. 퇴사한 여사원과 술을 먹고 여관에 가는 대신 집까지 바래다주거나, 술을 먹고 자신이 먼저 곯아떨어져 쓰러져 버리거나, 여관에 함께 갔는데 갑자기 마누라가 나타나거나. 꿈 뒤켠에 반복적으로, 네 번째 칸의 사나이는 잠에서 깨어나기 직전, 모든 일이 해결되었다는, 일어나지 않아야 할 일이 실제로도 일어나지 않았다는 푸근한 확신에 젖고는 했다. 당연한 일이지만, 잠 바깥의 세상에서는 그건 사실이 아니었다. 그것은 밤에만 상연되는 기만극(欺瞞劇)이었다, 지칠 줄 모르고 반복되는.

버스정류장에서 네 번째 칸의 사나이는 집어던지듯 넝마가 든 가방을 발치에 내려놓고, 손수건으로 이마에 맺힌 땀을 훑었다. 38번 버스는 쉬이 오지 않았다.

한참 지나서야 38번 버스가 한 대 왔는데, 버스정류장에서 서지 않고 그냥 지나가 버렸다. 버스 안에는 사람들이 너무 많았다. 너무 많이 타서 식빵처럼 양쪽 면과 천장이 부풀어 오른 것처럼 보였다. 그래서 그냥 지나갔으려니 하며, 네 번째 칸의 사나이는 더 기다려보기로 했다. 다음 버스에는 조금 더 자리가 있기를 기대하며.

처음 딸아이의 실종 신고를 하러 경찰서에 갔을 때, 네 번째 칸의 사나이는 자신과 자신의 아내가, 그리고 결정적으로 딸아이가 너무 무례하게 취급받고 있다고 느꼈다. 경찰들은 깍듯이 그들 부부를 대했지만, 실종이 아닌 단순 가출에 더 무게를 두는 듯했다. 그들은 딸아이에게 남자친구가 없냐고 물었고, 가입한 서클이 없느냐고 물었고, 일 주일에 며칠 정도 집에 들어오는지 물었고, 집에서 대화는 자주 갖는 편이냐고 물었다. 정신병 병력이 있지 않냐고 묻지 않은 것이 이상할 정도였다. 네 번째 칸의 사나이는 화가 나기도 했지만, 그들의 질문 앞에 한편으로는 무력하다는 것을 깨달았다. 그들은 네 번째 칸의 사나이가 딸아이에 대해 아는 것이 정작 거의 없다는 사실을 일깨워 주었다. 그것은 사실이었다. 네 번째 칸의 사나이는 딸아이를 잘 몰랐다. 마찬가지로 네 번째 칸의 사나이는 자신의 아이를 배었다고 주장하는 경리과 여사원을 잘 몰랐다. 단지 집요하게 물고 늘어지지 않아 고마웠다. 오백만 원을 받은 후 여자는 퇴사했고, 드라마처럼 다시 네 번째 칸의 사나이 앞에 나타나는 일도 없었다. 실종으로도 단순 가출로도 분류될 수 없었지만, 그렇게 경리과 여사원도 사라져버렸다.

네 번째 칸의 사나이가 자신이 살고 있는 아파트 앞 버스정류장에 내린 것은, 이미 날이 저문 후였다. 스무 대가량의 버스가 지나가는 동안 38번 버스는 다시 나타나지 않았다. 네 번째 칸의 사나이는 눈에 익은 지명이 적혀 있는 다른 버스를 타고 한 번 더 갈아타려 했지만, 처음 보는 길로 접어드는 바람에 다시 아무데나 내려서 두 번 더 버스를 갈아타야 했다.

받아서는 어떻게 하라는 거지? 네 번째 칸의 사나이는 경마장에서 만난 남자에게 그렇게 물었다. 알아서 처리해 주세요, 깨끗이.

단, 두 가지 조건이 달려 있었다. 될 수 있으면 넝마를 처음 받았던 화장실에서 멀리 떨어진 곳에서 '처리'할 것, 그리고, 네 번째 칸의 사나이가 그 넝마를 '처리'했다는 사실을 추적할 만한 단서를 남기지 말 것.

네 번째 칸의 사나이는 며칠을 고민했다. 회사에서는 일이 손에 다 안 잡힐 지경이었다. 땅에 파묻거나 불에 태우는 것은 가장 확실한 처리법이기는 했지만, 다른 사람의 눈에 띄면 수상쩍게 여겨질 것 같았다. 가위로 조각을 낸 다음 집에 있는 양변기에 조금씩 흘려버릴까도 생각해 봤지만, 현실적이지 않았다. 무엇보다 아내 몰래 집에서 그런 엄청난 짓을 할 수 있을지 네 번째 칸의 사나이는 자신이 서지 않았다.

이틀 전에야 비로소 네 번째 칸의 사나이는 그가 살고 있는 아파트의 201동 지하에 있는 폐의류수거보관창고라는 다소 기다란 이름의 장소를, 넝마를 '처리'할 곳으로 마음을 정했다. 아파트 자치단체 같은 데서 헌옷을 수집하는, 일종의 창고 같은 곳이었다. 던져놓기만 하면 끝이었다. 누가 버린 옷인지 확인할 필요도 없었고, 확인할 길도 없었다. 네 번째 사나이는 나무를 숨기기 가장 좋은 곳은 숲이며, 시체를 숨기기 가장 좋은 곳은 전장이라는 경구를 떠올렸다. 행동으로 옮긴 건 아니었지만, 경마장에서 만난 남자에게 자신의 아이디어를 얘기한다면, 매우 좋은 생각이라며 맞장구를 쳐줄 것 같았다.

201동 지하는 눅눅했다. 파이프 라인들이 여기저기서 벽 밖으로 기어나와 흉측한 몰골을 드러내놓고 있었다. 심지어 바닥에도 얇은 가닥들이 얼기설기 얽혀 있어 네 번째 칸의 사나이는 발 디딜 곳을 조심스레 살펴야 했다.

뜻밖에도 폐의류수거보관창고의 문은 기다란 쇠꼬챙이로 질러져 있었다. 흔들어보았지만 덜컹거리는 소리만 낼 뿐, 마음대로 움직여주지 않았다. 손에 시커먼 녹이 묻어났다. 네 번째 칸의 사나이는 난감했다. 그렇다고 넝마가 들어 있는 가방을 들고 집으로 돌아갈 수도 없는 노릇이었다. 너무 늦었나? 낭패였다. 38번 버스가 제 시간에만 왔어도…….

맞은편에 비슷한 크기의 문이 하나 더 있었다. 약간 열려져 있는 것 같았다. 문틈으로 차가운 형광등 불빛이 새어 나오고 있었다. 문 위에는 관리사무소라는 나무 명판이 불안스럽게 매달려 있었다. 어떻게 하겠다는 생각도 없이, 가방을 든 채로 네 번째 칸의 사나이는 문을 열고 안으로 들어갔다.

아무도 없었다. ㄷ자로 배치되어 있는 대여섯 개의 책상 위에는 서류들이 어지러이 흩어져 있었고, 벽을 따라 여남은 개 남짓 여닫이 캐비닛이 조르르 줄을 맞춰 서 있었다. 사람은 보이지 않았다. 네 번째 칸의 사나이는, 자신의 입술이 무의식중에 '너무 늦었어.'라는 말을 반복하고 있다는 사실을 알아챘다. 한편으로는 다급했지만, 한편으로는 어딘가에 꼭 탈출구가 있을 것만 같았다.

과연, 네 번째 칸의 사나이는 캐비닛에 가려 입구에서는 잘 볼 수 없는 위치에 나 있는 문 하나를 더 발견했다. 외짝 미닫이문이었다. 삼분의 일가량 열려 있었다. 여긴가? 네 번째 칸의 사나이는 정체 모를 기대에 차 있었다.

사람이 있었다. 두 명의 남자였다. 텅 비어 있는, 스무 평은 족히 돼보이는 넓은 방에 두 남자가 서 있었다. 키도 비슷했고, 복장도 동일했다. 네 번째 칸의 사나이는 그들이 관리사무소 직원일 거라고 추측했다.

이상한 것은 방바닥에 물이 고여 있다는 사실이었다. 그냥 고여 있는 정도가 아니라 커다란 샘을 혹은 태평양 한가운데에 있는 해구(海溝)를 통째로 옮겨 넣은 것 같은 엄청난 양의 물이었다. 두 남자는 무릎까지 올라오는 장화를 신고 있었는데, 정작, 그들이 서 있는 벽과 가까운 부분, 즉 방의 가장자리는 바닥에 물기조차 없었다. 위에서 내려다본 것이 아니라 정확히 조감하기는 힘들었지만, 물의 영역은 대체로 동그란 원형이었다. 방 가운데는 수심이 꽤 깊어 보였다. 물론 네 번째 사나이는 그 깊이가 얼마인지, 몇 길 정도인지 아니면 몇 백 미터에 달하는지 알아낼 재간이 없었다.

두 남자는 몇 장의 사진을 불태우고 있었다. 라이터를 켜서 사진의 한쪽 모서리에 불을 붙인 다음, 작고 하얀 사기 종지에 집어넣고는 그걸 물에 띄웠다. 펄럭거리는 불길을 담은 몇 개의 사기 종지들이 천천히 물웅덩이의 중앙으로, 수심이 가장 깊은 쪽으로 이동하고 있었다. 사기 종지의 수는 점점 늘어나고 있었다. 장화를 신은 두 남자는 자신들이 하고 있는 일에 정신을 뺏겨 어느새 방 안으로 들어와 버린 네 번째 칸의 사나이를 그때까지 눈치 채지 못하고 있었다.

"그만둬."

갑작스럽게, 무척이나 새된 소리 하나가 방 안을 울렸다. 그것이 자신의 목소리란 건 의심의 여지가 없었지만, 네 번째 칸의 사나이에게는 그 소리가 매우 생소하고, 또 불길하게 들렸다.

두 남자가 네 번째 칸의 사나이를 쫓아오기 시작했다. 그럴 것이라는 걸 네 번째 칸의 사나이는 벌써 어렴풋하게나마 예감하고 있었다. 네 번째 칸의 사나이는 두 남자의 추적을 당연한 일로 받아들였지만, 자신이 왜 그런 말을 했는지는 도무지 이해할 수가 없었다. 소리를 지르지 말았어야 했어.

네 번째 칸의 사나이는 자신도 놀랄 만큼 신속하게 움직였다. 신발이 벗겨지지도 않았고, 파이프에 걸려 넘어지지도 않았고, 계단에서 시간을 지체하지도 않았다. 그럼에도 불구하고, 두 남자와 네 번째 칸 사나이 사이의 거리는 점점 더 좁혀지는 것 같았다.

201동 현관 앞에서 네 번째 칸의 사나이는 전조등이 켜져 있는 비어 있는 차 하나를 발견했다. 문짝에는 '배달 세탁-운동화 전문'이라고 쓰여 있었다. 네 번째 칸의 사나이는 문짝을 거칠게 열고 운전석에 올라탔다. 열쇠는 꽂혀 있었고 시동은 걸린 채였다. 네 번째 칸의 사나이는 지체하지 않고 사이드 브레이크를 내린 후 액셀을 밟았다. 시끄러운 소리가 났다.

아파트 진입로에서, 네 번째 칸의 사나이는 속도를 급하게 올리면서 우회전을 했고, 바로 마주친 삼거리에서 간신히 좌회전 신호를 받을 수 있었다. 하지만 네 번째 칸의 사나이는 두 남자의 추적으로부터 완전히 자유로워졌다고 자신할 수 없었다. 한 번의 실수가 일을 철저하게 망가뜨릴 수 있었다. 한 치도 방심해서는 안 돼.

사거리를 50미터쯤 남겨놓고, 파란 불이 노란색으로 바뀌었다. 네 번째 칸의 사나이에게는 두 놈을 떼놓을 수 있는 절호의 기회였다. 액셀을 급하게 밟았다. 흘깃 눈에 들어온 속도계의 빨간 바늘이 90을 막 넘어 가리키고 있었다. 머리카락이 온통 곤두서는 느낌이었다. 갑자기, 넝마가 든 가방에 생각이 미쳤다. 머릿속에 적색등이 켜졌다. 차 안에는 가방이 없었다. 가방이 없어졌다. 실수였다. 또 다른 실수. 언제였을까? 어디서 잃어버린 걸까?

네 번째 칸의 사나이는 무의식중에 브레이크를 밟았다. 날카로운 휘파람 같은 소리가 났고, 머리가 유리창에 닿을 정도로 몸이 앞으로 쏠렸다. 사거리 중앙이었다. 그리고 연이어, 한 번 더 휘파람 소리가 났고, 차 뒤쪽에 커다란 충격이 있었다. 네 번째 칸의 사나이가 타고 있던 차가 빠른 속도로 빙글빙글 돌기 시작했다. 네 번째 칸의 사나이는 지독한 어지럼증을 느꼈다.

두 남자가 경찰차에서 내린다. 사거리 한복판이다. 지나가는 차는 보이지 않는다. 대신, 경찰차를 포함한 세 대의 차가 사거리 중앙에 서 있다. 경찰차가 아닌 다른 두 차는 앞뒤가 구분이 되지 않을 만큼 심하게 손상이 돼 있다. 제복 차림의 두 남자는 각자 한 손에 휴대전화를 들고 있다. "뭐라구요?…… XXX-XXXX번이 아닌가요?…… 죄송합니다. 제가 전화를 잘못 건 거 같습니다…… 죄송합니다…….” 띠이, 불쾌한 ‘레’의 음계. “여봐, 마루가 꺼진 은신처가 몇 번이야?” 두 남자의 기다란 역삼각형 그림자가 아스팔트 위에 무겁게 늘어져 있다. “7시 이후에는 통화가 안 돼, 자꾸 딴 데로 연결되기만 하지.” “지멋대로군.” “자네는 멋대로라고 하지만, 거기에도 규칙은 있어. 단지 우리가 이해할 수 없을 뿐이지.” 두 남자 중 하나가, 짓이겨져 창자가 튀어나온, 길바닥에 버려져 있는 개의 시체를 걷어찼다. “놈을 잡았다는 보고를 오늘 안에 마치려고 했는데.”

• •

벌써 25일째, 단 일 분도 그치지 않고 계속되는 비였다. 창밖은 먹지를 붙여놓은 것처럼 시커멓기만 했다. 웨이터 소년은 우기(雨期) 전에 다른 지역으로의 통행권을 받아놓지 못한 것이 못내 아쉬웠다. 정확히 24일 전, 정부는 30일간의 우기에 대한 발표를 했다. 늘 그랬듯이 사전 예고 없이 발표되었고, 발표된 지 12시간 후에 집행되었다. 물론 그 12시간 동안, 다른 지역으로의 통행권 발부는 불법이었다.

웨이터 소년은 비를 싫어하지 않았지만 장기간의 우기는 싫었다. 될 수 있으면 장기간의 우기로 지정된 지역에 있지 않으려고 했지만, 늘 뜻대로 되지는 않았다. 우기에 걸리면, 웨이터 소년은 책을 읽었다. 작년에 조합은 근무 중 독서 금지에 대한 조항을 삭제하는 데 성공했다. 공공연히 독서를 하지 않으면 조합에서 정한 시급에 붙여 몇 퍼센트의 보너스를 더 준다는 사업주가 많았지만, 우기에 웨이터 소년은 책을 손에서 놓을 수가 없었다.

피셔 호텔 로비에서 웨이터 소년은 2세기 전에 쓰인 추리소설을 읽고 있었다. 안에서 잠겨 있는 방에, 교살된 한 명의 여자 시체와 주스를 마신 후 잠이 들어버렸다고 주장하는 두 명의 남자가 함께 발견된 얘기였다. 범인은 방에서 발견된 두 명의 남자 중 하나이거나, 아니면 둘 모두이기 쉬웠지만, 의외로 범인은 살인을 저지른 후 시체가 있는 방을 교묘하게 밀실로 만들고 사라진 제삼의 인물일 수도 있었다. 대식가인 탐정이 거위를 뜯으면서 조수에게 밀실에 대한 힌트를 주는 장면에서 접수계의 울타리를 성급하게 두드리는 소리가 났다.

그 남자 같았다. 조합에서 온 남자가 일러준 그 남자. 병이라도 걸린 것처럼 안색이 좋지 않았다. 책을 덮고 웨이터 소년은 일부러 느릿느릿 그 남자 앞으로 걸어갔다.

"여긴 왜 이렇게 덥지?"

그 안색이 나쁜 남자는 약속된 암호를 댔다. 확실했다, 그 남자였다, 웨이터 소년이 두 개의 열쇠를 넘겨주기로 된 그 남자였다. 남자의 말과 달리 호텔 로비는 결코 덥지 않았다. 우연히라도 그런 질문이 나오지 않도록 두 시간 전부터 웨이터 소년은 실내온도조절장치를 18.7도에 맞추어 두었다.

처음 조합에서 온 남자는 웨이터 소년의 오토바이 면허가 육 개월 전에 이미 만료되었음을 지적했다. 어떻게 했으면 좋겠어요? 웨이터 소년은 그가 뭘 원하는지 궁금했다. 조합에서 오토바이 면허를 걸고넘어지는 경우는 없었다. 물론 이번 경우처럼, 걸고넘어지려고 마음만 먹는다면 못할 것도 없었지만. 조합에서 온 남자는 다음날 저녁 몇 시에 근무를 마치느냐고 물어왔고, 웨이터 소년은 알려주었다.

저녁식사는 더없이 훌륭했다. 웨이터 소년이 조합에서 발급받은 C급 식권 한 달치를 몽땅 긁어모은다 해도, 그곳의 한 끼분 가격에도 못 미칠 것 같았다. 당연히, 웨이터 소년은 그가 다른 꿍꿍이속을 가지고 있을 거라고 추측했다. 그리고 그 추측은 맞았다.

웨이터 소년은 조합에서 온 남자가, 분에 넘치는 저녁식사를 대접하는 그 남자가, 어린 남자에 집착하는 동성연애자만 아니었으면 했다. 불완전한 오토바이 면허를 눈감아주는 대가로, 또 황송한 저녁식사를 대가로, 웬만한 수고는 감수하려고 작정은 하고 있었지만, 남색(男色)만은 딱 질색이었다. 샐러드를 포크로 찌르며 웨이터 소년은 조합에서 온 남자에게 그 점을 분명하게 했다. 전 정상적인 취향을 갖고 있거든요. 조합에서 온 남자는 잠시 뚫어지게 웨이터 소년은 바라봤다. 진지해 보였다. 걱정하지 마, 그런 건 아니야. 나도 스트레이트야. 의심이 든다면, 올해 받은 정신감정 결과서를 보여줄 수도 있어. 웨이터 소년은 그만두라고 했다. 일단 믿기로 했다.

웨이터 소년은 그 안색이 나쁜 남자에게서 검정 바바리코트를 받고, 지시받은 대로 두 개의 열쇠를 내놓았다. 남자는 웨이터 소년에게 더 하고 싶은 말이 있는 것처럼 보였지만, 잠시 망설이다 돌아서 버렸다. 엘리베이터가 12층에 멎는 걸 보고 나서, 웨이터 소년은 자리로 돌아가서 다시 살인 사건에 매달렸다.

퇴근 시간은 자정이었는데, 그때까지 손님은 한 명도 없었다. 우기 막바지에 늘 있는 현상이었다. 호텔에서 잘 만한 레벨의 사람들은 우기가 끝나기를 손 놓고 기다리는 대신, 어떻게 해서든지 암거래 시장 같은 곳에서 통행권을 구해 도시를 빠져나가기 마련이었다. 대식가 탐정이 최후의 설명을 하려는 찰나에 책을 덮고, 웨이터 소년은 라커룸이 빌 때까지 기다렸다.

퇴근 시간 20분 후, 라커룸은 텅 비어 있었다. 웨이터 소년에게 배당된 캐비닛을 전자카드로 열고 준비해 온 아무 무늬가 없는 분홍색 종이봉투에 바바리코트를 잘 개서 집어넣었다. 노란색 우비를 둘러쓰고 라커룸을 나가기 직전, 창이라고 불리는 중국계 주방 보조 소년이 들어왔다. 날카로운 눈매를 가진 녀석이었다.

"왜 이렇게 늦어?"

녀석의 거주 기한은 두 달 전에 이미 만료가 됐다. 그래서 공식적으로는 피셔 호텔의 직원으로 남을 수 없었지만, 솜씨를 높게 산 사장이 불법을 묵인하는 대가로 싼값에 쓰고 있었다. 딱히 이유도 없이 조합이나 경찰에 찌르고 싶다는 생각이 드는, 기분 나쁜 녀석이었다.

"책을 좀 읽다가…… 그렇게 됐어."

녀석은 재차 분홍색 종이봉투 안에 든 게 뭐냐고 웨이터 소년에게 물었다. 니 일에나 신경 써. 아무렇지 않게 받아넘겼지만, 웨이터 소년은 기분이 찜찜했다.

웨이터 소년은 음식물 창고 옆에 세워둔 오토바이를 찾아, 덮어두었던 청색 방수포를 벗겨내고 올라탔다. 우기의 좋은 점이라면, 도시가 텅 비기 때문에 어지간해서는 차량 수가 교통 제한량을 넘지 않는다는 점이었다. 차량 수가 요일별 교통 제한량을 넘는 경우에는 원칙적으로는 지정도로로의 진입 자체가 불가능했지만, 그런 경우 웨이터 소년은 교통 제한 규정 3조가 미치지 않는 작은 상업도로들을 이용했다. 물론 선불 통행료를 결제하지 않은 차량이 상업도로를 이용하는 것 역시 불법이었지만, 아무래도 단속이 허술했다. 어떻게 카메라를 피하느냐가 관건이었고, 웨이터 소년은 언제나 능숙하게 해치웠다. 한 번도 압류장은 날아오지 않았다. 부서지는 빗속을 천천히 웨이터 소년은 달렸다.

그건 어쩌다 그렇게 된 거야? 눈가의 칼자국 이야기라면, 웨이터 소년은 지겨웠다. 하지만, 30일짜리 우기에 신선한 야채로 가득 찬 샐러드를 먹여주는 남자에게 그 정도는 서비스해야 할 것 같았다. 아버지란 남자가 술에 취해 휘두른 유리병에 찔렸다고, 그리고 그 남자는 병원에 웨이터 소년을 입원시켜 놓고는, 경찰을 보고 겁에 질려 병원비도 물지 않은 채 사라져버렸다는 얘기를 담담하게 했다. 흐음. 조합에서 왔다는 남자는 아무렇지도 않다는 표정이었다. 웨이터 소년은 조합에서 온 남자의 반응이 마음에 들었다. 나중에 조합에서 온 남자는 이번 일을 마치면 자신이 잘 아는, 흉터를 감쪽같이 없앨 수 있는 병원을 소개해 주겠다고 했다. 그렇지만, 전 병원에 갈 돈이 없어요. 괜찮아. 여러모로 맘에 드는 남자였다.

웨이터 소년이 사는 곳은 P-3 구역의 마천루 뒤편에 가려진 3층짜리 독신자 아파트였다. 밖에서 보면 낡은 감옥처럼 보였다. 오토바이를 지하주차장의 기둥에 묶고 1kV짜리 전기감전 장치를 걸어놓았다. 3미터 곱하기 2미터, 웨이터 소년의 수중에 있는 돈으로는 여기서 그 이상의 공간은 구할 수 없었다. 우비를 문짝에 걸어놓고, 막판 대반전만 남겨놓은 추리소설을 방바닥에 던졌다. 방으로 들어와 웨이터 소년은 바바리코트를 분홍색 종이봉투에서 꺼내 입었다. 잘 맞았다. 바바리코트에서는 어렸을 때, 그나마 부모와 함께 살 때 먹어보았던 멜론의 냄새가 났다.

저녁을 마치고 나서 조합에서 온 남자는 웨이터 소년에게 새로운 오토바이 운전 허가증을 주었다. 일을 마치면 삼 일치 휴가를 조합에 신청해. 24시간 안으로 허가 명령이 떨어질 거야. 그런 다음 병원에 가서 그것부터 지워버려.

조합에서 온 남자가 시킨 일은 지극히 간단했다. 바바리코트를 입은 채 Q-7 구역에 있는 성당으로 가서, 사람들 눈에 띄지 않게 좌측에서 두 번째 열 세 번째 의자 밑에 바바리코트를 벗어놓을 것. 오토바이는 타지 마, 우산도 꼭 챙기고. 모든 게 마치 오래전, 사람들이 평면으로 된 영화만을 즐기던 시대의 영화 줄거리 같았다. 위험한 일인가요? 그럴 수도. 조합에서 온 남자는 말꼬리를 흐렸다. 웨이터 소년은 스스로 더 잃을 게 없는 처지란 걸 잘 알고 있었다.

빗방울은 그리 강하지 않았다. 우산을 두드리는 빗방울 소리는 희미했다. P 구역의 거리는 한산했다. 우기 끝물의 도시는 축축했고, 지저분했다. 땅바닥에는 더러운 물들이 흐르고 있었고, 여기저기 하수가 막혀 범람한 쓰레기 더미들이 물의 흐름을 방해하고 있었다. 주둥아리가 뜯어진 기다란 우유팩 하나가 웨이터 소년의 발에 채였다. 물이 가득 차 제법 무거웠다.

Q 구역에 가까워지자 웨이터 소년은 우산을 푹 눌러 썼다. 그곳은 도시의 다운타운 같은 곳이었고, 우기 중이라 하더라도 새벽까지 꽤 사람들이 붐비는 곳이었다. 다른 때는 좀 사정이 다를 수도 있겠지만, 오늘만큼은 아는 놈들과 마주쳐서 좋을 일은 없었다.

성당으로 가기 위해서는 365일 24시간 문을 닫지 않는 술집들의 거리를 지나쳐야 했다. 한때 웨이터 소년은 이 거리에 있는 술집 중 한 군데에서 일을 했었다. 이제 그 술집은 없어졌다. 하지만 늘 거리는 소란스러웠고, 바닥에 깔려 있는 찐득거리는 검은 액체는 웨이터 소년의 신발을 잡아당겼다. 거리를 반쯤 지나왔을까, 누군가 뒤에서 웨이터 소년의 어깨를 잡아챘다.

뜻밖에도 경찰이었다. 웨이터 소년은 도망가지 않았다. 도망가야 할 이유를 당장 생각해 낼 수가 없었다. 경찰은 혼자였다. 경찰은 매우 지쳐 보였고, 또 형편없이 늙어 보였다. 입에서는 쉰내가 났다. 그 늙은 경찰은 다짜고짜 바바리가 어디서 났는지 물었다.

"왜요?"

웨이터 소년의 말에는 대꾸도 없이, 경찰은 따라오라고 했다. 하지만 경찰은 혼자였고, 또 무척이나 늙어 보였다. 제대로 뛸 수나 있을까? 웨이터 소년은 몸을 홱 빼내면서 내달리기 시작했다. 노란 우산이 초콜릿빛 바닥에 떨어졌다.

빗방울이 입 안으로 들이쳤다. 웨이터 소년은 이를 악물었다. 개새끼. 뛰다가 신발이 벗겨져 버렸지만, 웨이터 소년은 개의치 않았다. 조합에서 온 남자를 다시 만나면 신발부터 다시 사달라야겠다고 생각했다. 허연 입김이 다문 이빨 사이로 새나왔다. 거리는 점점 더 벌어지는 것 같았지만, 여전히 늙은 경찰은 웨이터 소년의 뒤를 쫓고 있었다. 개새끼. 조합에서 온 남자는 위험한 일이냐는 웨이터 소년의 질문에 답하지 않았다. 최소한 조합에서 온 남자는 웨이터 소년에게 거짓말을 하지는 않았다. 그랬지만, 웨이터 소년은 화가 났다. 뒤통수를 맞는 것은 나의 오래된 클리셰지.

술집들이 늘어선 거리를 벗어난 다음에도 웨이터 소년은 계속 이를 악물고 뛰었다. 주택가는 어두컴컴한데다 길들이 복잡하게 나 있어 추적을 따돌리기에 보다 용이할 듯 싶었다. 몇 차례 골목에서 방향을 바꾼 뒤 좀 더 여유가 생긴 웨이터 소년은 뛰면서 바바리코트를 벗으려 했다. 바바리코트가 표적이 될 수도 있었다. 하지만 바바리코트는 마치 몸에 철썩 달라붙기라도 한 것처럼 벗어지지 않았다. 웨이터 소년은 당황스러웠다. 정신없이 뛰느라 그런 것일 수도 있고, 물에 젖어서 그런 것일 수도 있다고 웨이터 소년은 애써 생각했다. 일단은 몸에 걸친 채로 조합에서 온 남자가 알려준 성당까지 가는 도리밖에는 없었다.

웨이터 소년은 발바닥에 달라붙은 진흙덩이를 바닥에 문질렀다. 성당의 대리석 바닥은 차가웠다. 그 늙은 경찰은 보이지 않게 된 지 오래였다. 텅 빈 성당 안은 조용했다. 빗소리는 들리지 않았다. 정면 벽에는 검정 나무십자가 양쪽으로 길이가 3미터는 되어 보이는 스테인드글라스 두 짝이 설치되어 있었다. 실내는 어두웠지만, 스테인드글라스는 환했다. 스테인드글라스 뒤로 따로 조명이 설치되어 있는 듯했다. 등에 자그마한 날개가 달린 남자가 넘어져 있는 남자의 어깨에 손을 대는 장면이었다. 웨이터 소년은 그 장면을 어디선가 본 듯한 느낌이 들었지만, 똑똑히 기억나지는 않았다.

어렸을 때, 웨이터 소년의 아버지는 가뭄에 콩 나듯이, 술이 깬 멀쩡한 행색을 하고 성당에 나갔다. 웨이터 소년도 아버지 손에 끌려 몇 차례 성당에 간 적이 있었다. 성당에서는 아버지의 입에서 욕설이 딱 끊겼다. 하지만 집으로 돌아오면 모든 것이 다시 원래대로였다. 아버지가 사라지고 나서 웨이터 소년한테는, 성당에 발을 들여놓을 이유가 없어졌다.

성당에 아무도 없다는 걸 확인한 후, 웨이터 소년은 두 번째 열, 세 번째 의자 밑에 바바리코트를 벗어두어야 했는데, 그럴 수가 없었다. 바바리코트는 여전히 벗겨지지 않았다. 마치 접착제를 미리 발라져 있었기라도 한 것처럼, 팔은 빠지지 않았고, 단추도 풀리지 않았다.

"무엇을 도와드릴까요?"

그것은 웨이터 소년의 단골 대사였지만 이번에는 아니었다. 열은 회색의 사제복을 입은 신부가 한 명 서 있었다. 작은 키에 발그레한 두 볼은 축 늘어져 있었다. 웨이터 소년은 옷이 벗겨지지 않는다고 설명했다.

"자신의 옷인가요?"

"그건…… 그렇진 않구요. 사실은……."

엉겁결에 웨이터 소년은 사실을 말했다. 신부는 손가락 하나를 까닥 하더니 돌아서서 걷기 시작했다. 신부의 몸짓은 마치 감기 환자에게 처방을 내리는 의사처럼 명쾌한 데가 있었다.

웨이터 소년에게 고해소(告解所)는 처음이었다. 작은 방이었다. 무릎을 꿇을 수 있도록 바닥에 커다란 널빤지가 놓여 있었는데, 바바리코트를 걷고 무릎을 올려놓자, 방 안이 밝아졌다. 천장에 달려 있던 촉수가 낮은 백열등 전구의 필라멘트가 시뻘겋게 달아오르기 시작했다.

고해소 안에서 웨이터 소년은 신부의 얼굴을 볼 수가 없었다. 신부의 얼굴 대신 작은 구멍이 송송 뚫린 편광유리판 위로 웨이터 소년의 얼굴이 어슴푸레 비쳤다. 얼굴은 실제보다 더 길어 보였고, 칼자국 역시 그랬다.

"죄를 고백하십시오."

밑도 끝도 없이, 신부는 그렇게 말했다. 웨이터 소년은 언제 저지른 죄를 고백해야 하느냐고 물었고, 신부는 가장 최근에 지은 죄부터 하나씩 고백해 나가면 된다고 했다. 하지만, 가령 늙은 경찰을 따돌린 것이 죄가 되는지 웨이터 소년은 확신할 수 없었다. 웨이터 소년은 한참을 고민했다.

"아리랑치기를 한 적이 있습니다."

"……아리랑치기란 말인가요?"

"아니 뭐…… 신부님, 오해하지 마셨으면 좋겠는데요, 사실 그렇게 대단한 건 아니었어요. 여학생의 가방을, 그것도 퍽이나 낡아 보이는 가방 하나를 아리랑치기 했을 뿐이에요. 분명히 그 여자애도 지금쯤은 저한테 고마워하고 있을 거라구요. 키스를 한 것도, 강간을 한 것도 아니었어요. 단지 헐어빠진 가방을 하나 처분했을 뿐이라구요."

"오토바이는 누구 것이었죠?"

"제 건 아니었어요. 하지만 훔친 건 아니구요…… 친한 형한테 빌린 건데요."

"어떤 가방이었죠?"

"아무런 무늬도 없는 낡아빠진 색이었는데요."

"어떻게 했나요? 주인에게 돌려줬나요?"

"그게…… 누구한테 주기로 돼 있었는데, 그년이, 아니 그 여자가 약속 시간을 지키지 않는 바람에…… 저한텐 별로 쓸모도 없구 해서…… 그냥 버렸는데요."

신부는 계속해서 자질구레한 것들을 물어 왔고, 웨이터 소년은 점점 지쳐 갔다. 자꾸 딴생각이 들어 신부의 질문을 제대로 알아들을 수가 없었고, 말을 하는 도중에 연신 기침이 나왔다. 밤중에 비를 맞아서 그런 건지도 몰랐다.

신부가 아직도 고하지 않은 죄가 없냐고 물었을 때, 웨이터 소년은 약간은 퉁명스럽게 기억나지 않는다고 잘라 말했다.

"그럼 제 죄는 용서를 받는 건가요?"

"중범죄는 약간 시간이 더 걸리기도 합니다만…… 청구서는 따로 보내드리겠습니다."

"……어쨌든 좋아요. 그럼, 바바리코트는 어떻게 되는 거죠?"

"119에 전화를 걸어 도움을 청하세요. 전화는 제대 위에 있습니다. 십자가 발치에요. 금세 눈에 띌 겁니다. 야간 전화 사용 시에는 50퍼센트의 할증이 더 붙는 거 아시죠?"

문을 세게 닫고 밖으로 나왔다. 백열등 전구가 성급하게 꺼졌다. 고해성사란 게 이럴 리가 없어, 뭔가 잘못된 거야. 웨이터 소년은 고해성사 요금까지 조합에서 온 남자가 기꺼이 지불하려 할지 궁금했다.

전화기는 단추를 눌러 전화번호를 입력하게 되어 있는 구식 모델이었다. 예상과는 달리 119 교환원은 옷이 벗어지지 않는다는 웨이터 소년의 말에 질문을 덧붙이지 않았다. 흔한 일은 아닐 텐데 이건 좀 이상하다는 생각이 들었지만, 따지고 들기에는 좀 피곤했다. 네 바로 출동하도록 하겠습니다, 라는 말에 전화를 끊고 나서 번뜩 웨이터 소년은 119 교환원에게 현재 위치를 알려주지 않았다는 사실을 기억해 냈다. 다시 전화를 걸려고 하는데, 바깥에서 삐뽀 삐뽀 하는 사이렌 소리가 나기 시작했다. 비로소 함정일지도 모르겠다는 불길한 예감이 웨이터 소년의 머릿속을 채웠다. 허겁지겁 웨이터 소년은 몸을 숨길 곳을 찾았다. 분명 전화를 거는 사이 신부가 고해소에서 나오는 것을 본 것도 같은데, 성당 안에는 아무도 없었다. 사이렌 소리는 점점 커졌고, 정문 외에 다른 문을 웨이터 소년은 발견하지 못했다.

몸을 숨기려고 웨이터 소년은 고해소 안으로 들어가 조용히 문을 닫았다. 백열등을 켜지 않기 위해서는 바닥의 대부분을 차지한 널빤지를 밟지 않아야 했고, 그러다 보니, 다리를 쫙 벌려 양쪽 귀퉁이에 발끝을 대고 손으로는 벽을 잡은 채 아슬아슬 서 있어야만 했다.

문 여는 소리가 들렸다. 이어 발자국 소리가 들렸다. 하지만, 그는 혹은 그들은 아무런 말도 하지 않았다, 마치 사냥감을 추적하는 맹수들처럼. 함정이 틀림없어, 함정이. 개새끼들. 팔이 저려 왔다. 웨이터 소년은 읽던 추리소설을 마저 읽지 않은 것이 후회가 됐다. 누가 범인일까?

문은 열려 있다. 작은 방, 아니 차라리 붙박이장 같은 좁은 공간. 이곳은 어둡다. 작은 방 천장에는 백열등 전구 하나가 매달려 있다. 전구 속, 몇 번이나 얽히고 꼬인 톱니 모양의 가느다란 전선은 밝게 빛나며 뻘겋다. 하지만 주위는 충분히 밝지 않다. 반대로, 대체로, 이곳은 어둡다. 좁은 바닥에는 남자 하나가 누워 있다. 작은 방의 크기에 맞게 몸을 웅크린 채로, 마치 자궁 속의 태아처럼. 활처럼 휜 등은 부분적으로 바닥에 닿아 있고, 뒤통수는 황급히 벽에 닿아 구십도로 꺾여 있고, 무릎은 이마에 닿아 있고, 두 팔은 엉긴 채 하나는 발목에 다른 하나는 바닥에 축 늘어져 있고, 머리카락은 젖어 있고, 발은 맨발이고, 발바닥은 시커멓고, 눈은 감겨 있고, 왼쪽 눈과 코 사이로 빨간 줄이 그어져 있고, 잘 개켜진 검은 옷가지가 가슴과 팔 사이에 단정히 쑤셔 넣어져 있다. 그렇게 하얀 동그라미가 누워 있는 남자의 몸 구석구석을 헤집고 돌아다닌다. "불 좀 꺼." 불이 꺼졌다. 이제 누워 있는 남자의 모습은 점묘화처럼 흐릿해졌다. "저 옷은 어떻게 처리하도록 돼 있지? 우리가 따로 지시를 받았던가?" 두 명의 남자가, 어둠 속에서 더 짙은 실루엣으로만 드러나는 똑같은 체형의 남자 뒷모습 두 개가, 열린 문 앞에 나란히 서 있다. "옷이란 건 말이야, 옷을 입고 있던 주인이 사라지고 나면 무가치한 존재로 전락하는 거야. 이 검정 바바리코트처럼 말이지." 왼쪽에 서 있던 검은 실루엣에서 죽 벋어나온 기다란 팔이 누워 있는 남자의 몸을 한번 푹 쑤시더니, 옷가지를 빼낸다. "이건 영(零)이야, 이제." 방금, 옷이, 검은 옷의 검은 실루엣이 바닥으로 떨어졌다. 조용해졌다.

• •

달갑지 않은 일이었다. 사진 속 여자는 입술을 깨물었다. 입술에서 피가 났다. 바람은 아렸다. 그나마 검은 명함이 쓰라고 준 빨간 털모자는 푸근했다. 만일 사거리에서 교통사고가 나지 않는다면요? 만일 지프차가 나타나지 않는다면요? 달갑지 않은 일이었지만, 확실히 몸으로 해야 하는 '접대'보다는 나았다. 그럼 그냥 집으로 돌아가, 선금을 돌려달라고는 안 할 테니.

검은 명함의 주문대로 사진 속 여자는 지하철역 근처에 서 있었다. 검은 명함의 주문대로 약속 시간을 기다리는 여자의 역을 연기하고 있었다. 연기는 사진 속 여자의 직업이었다. 가끔씩 지하철역 계단을 내려갔다가 바로 다시 올라왔다. 그리고 한동안 지하철역 근처를 서성대다 다시 계단 내리오르기를 반복해야 했다. 지상에 머무는 동안 사진 속 여자는 사거리를 흘끔거렸다. 사고가 나기로 돼 있었다. 사고가 날 거야, 그렇게 검은 명함은 말했다. 처음, 사진 속 여자는 검은 명함의 정신상태를 의심했었다.

사진 속 여자를 검은 명함에게 소개시켜 준 것은 사진 속 여자가 첫 번째로 출연했던 영화의 감독이었다. 감독은 나이를 종잡기 힘든 얼굴에 빠글빠글한 턱수염을 길렀다. 그에게도 첫 번째 영화였다. 여주인공에게도, 감독에게도 모두 첫 번째 영화였다. 하지만 안타깝게도 다른 사람들은 그것을 영화라고 생각하지 않았다. 극장에 간판을 내달지도 않았고, 비디오로 일반 가정에 대여되지도 않았다. 일종의 교육용 비디오였다. 제목은 띄어쓰기 없이 '성희롱예방교육홍보용비디오'였고, 정부에서 돈을 댔고, 노동청에서 전국에 있는 약 45,000여 곳의 15인 이상의 근로자를 갖는 사업장에 무상으로 배포한다고 했다. 최소한 3,000,000명 이상의 근로자 또는 사업주가 봤을 거라고 했지만, 길거리에서 사진 속 여자를 알아보는 사람은 한 명도 없었고, 팬레터라는 것도 한 장 없었고, 사진 속 여자의 이름은 신문에도 TV에도 실리지 않았고, 심지어는 영화의 첫 대목이나 마지막에 나오는 자막에도 여자의 이름은 등장하지 않았다. 실제로 '성희롱예방교육홍보용비디오'에는 단 한 차례 자막이 등장했을 뿐이었다.

건전한 고용환경 남녀평등 초석된다
노동청

사진 속 여자는 뛰기 시작했다. 어젯밤부터 오늘 아침까지 내린 눈이 허옇게 얼어붙어 길 위는 미끄러웠다. 순식간의 일이었다. 어떻게 이런 일을 미리 알 수 있담? 사거리의 눈길 위에서, 지프차는 스케이트 선수처럼 제자리를 돌았고, 노란색 경차는 두 번 텀블링을 한 후에 하늘로 시커먼 배를 내놓고 뒤집어졌다. 뛰다가 여자는 한 번 옆으로 삐끗 중심을 잃고 넘어졌다. 넘어질 때 땅바닥을 짚었던 손바닥에 흙이 묻었다.

지프차 운전석에 앉아 있는 남자는 피를 흘리고 있었지만, 아직 죽은 것 같지는 않았다. 남자의 얼굴을 보는 일은 괴로웠다. 남자는 물고기처럼 축 늘어져 있었지만, 입술을 계속해서 놀리고 있었다. 말을 하고 싶은 듯했지만, 사진 속 여자 귀에는 아무것도 들리지 않았다. 갑자기 피투성이의 남자가 눈을 떴다. 깜짝 놀라 사진 속 여자는 문을 닫아버렸다. 돌아갈까?

좋은 기회야. 사진 속 여자가 처음으로 출연했던 영화 '성희롱 예방교육홍보용비디오'에서 역시 처음으로 메가폰을 잡았던 감독은 그렇게 얘기했다. 사진 속 여자는 아주 어렸을 때부터 예쁘다는 얘기를 들었다. 커 오면서 계속 그랬다. 고아원에서 제일 예쁘다는 얘기를 들었고, 동네에서 제일 예쁘다는 얘기를 들었고, 반에서 제일 예쁘다는 얘기를 들었고, 학교에서 제일 예쁘다는 얘기를 들었다. 하지만 대학교에서 제일 예쁘다는 얘기는 듣지 못했다. 사진 속 여자는 대학을 갈 형편이 되지 못했다. 하지만 방송국에서 제일 예쁘다는 얘기는 듣지 못했다. 사진 속 여자는 방송국에 들어가지 못했다. 알겠지, 너에게 필요한 건 기회야. 곱실거리는 턱수염에 배가 툭 튀어나온 감독은 그렇게 말했다.

검은 명함은 외주 제작을 전문으로 하는 독립 프로덕션의 젊은 사장이라고 했다. 중앙 방송국에서 주문을 받아 주로 국내 혹은 국외 탐방 프로그램을 제작한다고 했다. 얼굴이 예쁘고 말씨가 단정한 여자 리포터를 찾고 있던 중에, 턱수염 감독의 추천을 받았다고 했다. 사진 속 여자가 원하는 연기자의 길은 아니지만, 리포터로 시작해서 드라마 담당이나 진짜 영화감독의 눈에 드는 경우도 있다고 했다. 그쪽은 카메라에 잘 받는 얼굴이니까. 검은 명함은 사진 속 여자를 그쪽이라고 불렀다. 어깨까지 내려오는 치렁치렁한 긴 머리에 매부리코였다. 특별히 거부감을 주는 외모는 아니라고 사진 속 여자는 생각했다. 하지만 조심해야 했다. 모든 일이 남자를 조심하지 않아서 생긴 일이었다. 감독이 그러던데, 몸 굴리기를 극도로 싫어한다며. 네. 사진 속 여자는 처녀는 아니었다. 처녀는 아니었지만, 최근 5년 동안 한 번도 남자와 관계가 없었다. 앞으로도 영원히 그런 건 갖고 싶지 않았다. 할 일이 한 가지 있어, 간단한 일이야. 그것만 잘 처리해 주면 다음 달부터는 매일 아침 그쪽 얼굴을 TV에서 볼 수 있을 거야. 간단한 일이었다.

이를 악물고 사진 속 여자는 다시 문을 열었다. 간단해 보이지만은 않았다. 하지만, 사진 속 여자에게는 기회가 필요했다. 피투성이 남자는 눈을 감고 있었다. 입은 벌려져 있었지만, 더 이상 움직이지 않았다. 밤색 서류가방은 조수석에 있었다. 조수석 쪽 문은 부서져서 열리지 않았다. 죽었는지도 살았는지도 모르는 남자의 다리를 넘어가야 했다. 턱이 덜덜덜 떨렸고 위아래 이빨이 맞부딪쳤다. 차 안에서는 고등어 썩는 냄새가 났다. 구역질이 치밀어 올랐다.

손잡이를 꽉 잡고 정신없이 뛰었다. 사진 속 여자는 기회를 잡아야 했다. 기회는 그냥 오는 게 아니라 달려가 잡아야 하는 거야, 그렇게 전국의 근로자를 위해 '성희롱예방교육홍보용비디오'를 찍었던 감독은 말했다. 구토를 하지도, 빙판에 넘어지지도, 달려오던 차에 부딪치지도 않았다. 피투성이 남자와 부서진 차를 뒤로 하고 필사적으로 사진 속 여자는 뛰었다.

지하철 승차권을 사기 위해 줄을 서 있는데, 누군가 사진 속 여자의 팔을 잡았다. 소스라치게 놀라며 뒤를 돌아다봤다. 피투성이 남자는 아니었다. 단정하게 교복을 차려 입은 여학생이었다. 여학생은 잠시 주저하다 영화배우 아니냐고 사진 속 여자에게 말했다. 엉겁결에 사진 속 여자는 그렇다고 했다. 여학생은 진심으로 기뻐하는 것처럼 보였다. 영광이라며 손을 부여잡고 놓아주지 않았다. 여학생의 손은 유난히 차가웠다. 사진 속 여자는 여학생이 자신을 어떻게 알아보는지 궁금했다. '성희롱예방교육홍보용비디오'는 학생을 대상으로 한 영화가 아니었다. 어쨌든 일이 우선이었다, 여학생과 노닥거리고 있을 틈이 없었다. 바빠서 빨리 가봐야 된다고 하자, 여학생은 사진 한 장만 찍을 수 없겠냐며 간청을 해왔다. 좋아요, 그럼 한 장만. 사진 속 여자는 정말로 영화배우가 된 듯한 기분이었다.

여학생이 건네준 토끼 모양의 풍선을 들고 사진 속 여자는 지하철 구간지도를 배경으로 서 있었다. 여학생은 폴라로이드 사진기로 두 장의 사진을 연이어 찍은 뒤, 하나는 자신이 갖고 다른 하나는 사진 속 여자에게 주었다. 플래시는 터지지 않았다. 여학생이 한 벨벳으로 된 파란색 머리띠가 사진 속 여자는 맘에 들었다. 승차권을 사면서 사진 속 여자는 여학생이 건네준 폴라로이드 사진을 흔들고 있었다. 토끼 풍선은 잘려서 나오지 않았다. 빨간 토끼의 발끝이 무엇인지 알아보기 힘들 만큼 조금, 사진 모서리에 살짝 걸렸을 뿐이었다. 플래시가 터지지 않아서인지 토끼 풍선에 달린 실도 보이지 않았다. 토끼 풍선이 누락된 폴라로이드 사진 안에서 사진 속 여자는 두 손을 어중간하게 들고 서 있었다. 웃고 있는 얼굴은 사진 속 여자가 보기에도 예뻤다.

사진 속 여자는 사람이 꽉 찬 만원 지하철을 극도로 싫어했다. 낯선 남자랑 몸이 닿는 것을 참을 수 없었다. '성희롱예방교육홍보용비디오'는 그런 여자들에 대한 얘기였다. 다행히 키스신이나 베드신 같은 노골적인 육체적 접촉은 없었다. 감독은 사진 속 여자의 연기가 더할 나위 없이 자연스럽다고 했다. 직장상사 역을 연기한 남자는 큰 역은 아니었지만 TV에서 몇 번 본 적이 있는 남자였다. 첫 번째 에피소드에서 직장상사 역을 맡은 남자는 술자리에서 사진 속 여자의 어깨와 다리를 만졌다. 사진 속 여자는 소리를 지르고 싶었지만, 감독은 소리를 질러서는 안 된다고 했다, 대사대로 하라고 했다. 너무나 불쾌했다. 감독이 컷이라고 말한 뒤 많은 사람들이 '수고했습니다'라며 서로에게 인사를 했지만 사진 속 여자는 직장상사 역의 남자에게 웃는 낯으로 인사를 할 수가 없었다.

'성희롱예방교육홍보용비디오'는 20분짜리 세 개의 에피소드로 구성된 총 60분짜리 영화였고, 모든 에피소드에서 만지고 싶어하는 남자들과 남자가 만지는 걸 싫어하는 여자들이 나왔다. 직업도 내용도 다 달랐지만, 그 여자들은 모두 사진 속 여자였다. 감독은 사진 속 여자의 연기가 성희롱 장면에서만 더할 나위 없이 자연스럽다고 했다. 다른 장면에서, 감독은 자주 엔지 사인을 냈다. 화를 내기도 했다. 뭐야, 대사를 읽지 말고 감정을 넣어보라니까. 촬영감독은 처음 영화를 찍는 애한테 뭘 그렇게 까다롭게 구냐며 사진 속 여자를 감싸주었다. 하지만 나중에, 사진 속 여자는 촬영감독이 진심으로 자신을 두둔한 게 아니란 사실을 알게 되었다. 걔는 포르노 영화를 찍으면 아주 대박일 거야. 우연히, 사진 속 여자는 촬영감독이 소품 담당에게 하는 말을 엿듣게 되었다. 다른 장면에서는 책 읽는 로봇 같은데, 남자들이 만지기만 하면 언제 그랬냐는 듯 리얼해진다니깐. 사진 속 여자는 포르노 영화를 본 적이 없었지만, 그게 뭔지는 알고 있었다.

지하철 안에는 별로 사람이 없었다. 손잡이를 잡고 서서 사진 속 여자는 창밖을 바라보고 있었다. 지하철은 강을 가로지르는 다리를 지나고 있었다. 강둑 쪽으로 책을 읽는 남자의 동상이 보였다. 넌 지금 책을 읽는 게 아냐, 연기를 하는 거지. 손에 들고 있던 콘티를 바닥에 집어던지며 감독은 의자에서 벌떡 일어났었다. 하지만 감독은 사진 속 여자를 만지려고 하지 않았고, 또 검은 명함에게 소개시켜 주기까지 했다. 사진 속 여자는 감독이 싫지 않았지만, 늘 조심했다.

그때는 그러지 않았다. 조심하지 않았고, 그래서 문제가, 치명적인 문제가 생겼었다. 고아원으로 자원봉사를 나온 대학생 중에 유난히 사진 속 여자에게 잘해 주는 남자가 하나 있었다. 봉사 활동을 마친 뒤, 다들 돌아간 후에도 혼자 남아 한 시간 정도 사진 속 여자에게 영어를 가르쳐주었다. 잘생긴 얼굴은 아니었지만, 사진 속 여자는 그 대학생이 싫지 않았다. 좋은 사람 같았다. 어느새 사진 속 여자는 세 번째 주 토요일을 손꼽아 기다리게 되었다. 시험이 끝난 주 일요일 날에 대학생이 영화를 보여주겠다고 했을 때,

여자는 '엄마'라고 불리던 원장선생에게 그 사실을 얘기하지 않았다. 학교에서 봉사 활동을 하러 가야 한다고 거짓말을 했다. 엄마에게 거짓말은 그게 처음이었다. 대학생도 거짓말을 했다. 아무 일도 없을 거라고 했지만, 그건 사실이 아니었다. 사진 속 여자는 소리를 지르고 싶어졌다. 지하철은 다시 지하로 들어가고 있었다. 사진 속 여자는 입술을 깨물었다.

날은 어느새 완전히 어두워졌다. 야간축구경기장이라고요? 그게 뭐죠? 검은 명함은 그런 건 알 필요가 없다고 했다. 알려준 대로 찾아가서 입장권을 사고 안으로 들어가. 그런 다음 SN07이라고 쓰여 있는 좌석에 서류가방만 놓고 나오면 돼. 사진 속 여자는 자신이 똑바로 찾아온 건지 자신이 없었다.

그곳은 처음 와보는 곳이었고, 검은 명함이 얘기해 주기 전까지는 그런 게 있다는 사실조차 사진 속 여자는 까맣게 몰랐다. 최소한 축구경기장처럼 보이지는 않았다. 그 5층짜리 건물은 인적이 뜸한 벌판에 덩그러니 세워져 있었다. 정면에서 본 건물은 규모가 큰 도서관처럼 보였고 창문마다 불이 켜져 있었다. 시간이 남아 사진 속 여자는 건물 주위를 한 바퀴 돌아보았다. 한 변이 300미터는 돼 보이는 꽤 커다란 정사각형 모양의 건물이었고, 주위에는 그야말로 아무것도 없었다. 잡풀들이 우거진 눈 덮인 황량한 벌판이었다. 달리 불빛은 보이지 않았다. 건물 주위를 돌며 사진 속 여자는 꼼꼼히 살폈지만, 축구경기장이란 걸 알아볼 만한 표지는 찾을 수 없었다. 동시에 축구경기장이 아니라는 증거도 없었다. 각 변마다 중앙에 널찍한 회전문이 달려 있었는데, 사진 속 여자가 지켜보는 동안 아무도 그곳으로 들어가지 않았고, 또 나오지 않았다. 별수 없잖아? 한번 들어가 보고 축구경기장이 아니면 다시 나오는 수밖에. 회전문은 삐걱거리는 신음소리를 내며 천천히 돌아가기 시작했다.

회전문 안쪽에도 사람은 보이지 않았다. 사진 속 여자는 회전문 근처에서 무엇을 파는지 불분명한 자동판매기 한 대를 찾아냈다. 사진 속 여자는 지폐를 집어넣고, 1매라고 쓰여 있는 단추를 눌렀다. 기계가 뱉어낸 것은 두 번 접힌 작은 종이쪽지였다. 그것은 옅은 파란색 줄이 일정한 간격으로 그어져 있는 노트 종이였고, 가위나 칼을 사용하지 않고 손으로 급하게 찢어낸 것처럼 가장자리가 고르지 못했다. 그 위에 희미한 글씨로 '입장권'이라고 쓰여 있었다. 하지만 사진 속 여자는 입장권을 확인하고 출입을 통제할 검표원을 찾지 못했다. 중앙 계단을 따라 사진 속 여자는 2층으로 올라갔다.

2층 복도에서 비로소 사진 속 여자는 사람들을 만날 수 있었다. 어두컴컴한 복도에 대부분 행색이 초라한 남자들이 약속이나 한 것처럼 벽에 기댄 채 담배를 피워 대고 있었다. 사진 속 여자는 빨리 서류가방을 SN07 좌석에 내려놓고 그곳을 떠나고 싶었지만, 어디로 가야 하는지 도무지 알 수 없었다. 그렇다고 모르는 남자에게 길을 묻고 싶은 마음은 전혀 들지 않았다. 어디에도 여자는 보이지 않았다. SN07 혹은 여자를 찾아, 사진 속 여자는 종종걸음으로 복도를 걸었다.

끝없이 길어 보이는 복도를 한참이나 걷다가 사진 속 여자는 여자화장실을 발견했다. 그곳에서라면 길을 물어볼 여자를 만날 수 있을 거라고 생각했다.

사진 속 여자의 예상과는 달리 여자화장실 안에도 여자는 없었다. 대신, 수많은 남자들이 모여 있었다. 사진 속 여자는 항의를 하고 싶었지만, 그러기에는 남자들의 수가 너무 많았다. 가만 보니, 그곳에 있는 남자들은 사진 속 여자가 자동판매기에서 구입한 입장권과 비슷한 종이를 벽에다 대고 다들 똑같이 생긴 빨간 펜으로 그 위에 뭔가를 적어넣고 있었다. 대부분 숫자이거나 알파벳 대문자 같았다. 다시 밖으로 나가려다 사진 속 여자는 화장실 안에 나 있는 폭이 비좁고 어둑어둑한 목재 계단을 발견했다. 여기야, 여기가 입구야. 드디어 찾았어.

드디어 사진 속 여자는 야간축구경기장을 볼 수가 있었다. 아니, 정확히 말하면 볼 수가 없었다. 사진 속 여자는 깔때기처럼 중앙을 향해 경사가 져 있는 관중석에 서 있었는데, 중앙에 있는 직사각형의 경기장은 칠흑처럼 어둡기만 했다. 관중석 역시 어둡기는 했지만, 경기장만큼은 아니었다. 빈자리는 별로 보이지 않았다. 도대체 사람들이 보고 있는 게 뭐야? 경기장 안에서 무슨 일이 일어나고 있는지, 사진 속 여자는 도무지 볼 수가 없었다. 사진 속 여자가 볼 수 있었던 것은 경기장일 것으로 짐작되는, 주위의 빛을 완벽하게 흡수해 버린, 단단한 검은 직사각형뿐이었다.

관중석 상단에 몇 대의 전광판이 설치되어 있기는 했지만, 보통의 경기장과는 달리 거기서는 축구 경기가 아니라 비슷한 장면이 반복되는 영화가 상영되고 있었다. 젊은 여자 하나가 물이 가득 찬 건물 안에서 헤엄을 치고 있었다. 출구를 찾고 있는 것 같았다. 가끔씩 영화 상영이 중단되고 전광판 위를 기호들과 숫자, 알파벳 등이 뒤덮었다. 그때마다 관중들은 환호성과 탄식을 질렀다. 그 숫자나 알파벳들은 끊임없이 깜박댔고, 자주 방향성을 갖고 운동하는 것처럼 보이기도 했고, 쉬지 않고 다른 알파벳이나 숫자들로 대치되기도 했다. 그러다가는 다시 아무런 사전 예고도 없이, 헤엄을 치고 있는 젊은 여자의 영상이 그 숫자와 알파벳과 기호들의 더미를 쓸어 삼켜버렸다. 그러면 관중들의 환호성도 썰물처럼 사그라졌다. 어쨌든 사진 속 여자에게 그것들은 기껏해야 전광판 위를 기어다니는 벌레처럼 보일 뿐이었다. 아무튼 나하고는 상관없는 일이야, 축구 경기를 보러 여기 온 게 아니잖아.

SN07이라는 좌석을 찾아 사진 속 여자는 관중석을 헤매고 다녔다. 좌석번호는 비교적 멀리서도 쉽게 눈에 띄었지만, 사진 속 여자를 당혹하게 했던 건 그 번호라는 게 특별한 규칙 없이 중구난방으로 지정되어 있는 것처럼 보인다는 점이었다. 예를 들어, PA27 옆좌석은 UH58이고, 또 바로 옆에는 TT39라는 좌석이 있고 하는 식이었다. 전후좌우뿐만 아니라 대각선으로도, 그 속에서 사진 속 여자는 어떤 규칙도 유추해 낼 수 없었다. 이게 정말 뭐 하는 짓이람. SN07을 찾기까지, 사진 속 여자는 운동장 관중석을 거의 두 바퀴나 돌아야 했다.

서류가방을 SN07 위에 올려놓고 자리를 뜨려는데, 뒤에서 누군가 사진 속 여자를 불렀다.

"가방이오, 가방. 아가씨, 칠칠맞게 가방을 흘렸잖아요. 가방을 가져가셔야죠."

곧 이어 왁자지껄한 웃음소리가 뒤에서 터져 나왔다. 사진 속 여자는 자신의 임무를 마쳤다고 생각했다. 이제 나도 매일 아침마다 TV에 나오는 거야, 난 분명히 가방을 SN07에 올려놓았었어, 그걸로 끝이야. 사진 속 여자는 용기를 냈다. 사진 속 여자는 뒤를 돌아보지 않았다. 여자화장실 안에 나 있던 목재 계단을 찾아 빠른 걸음으로 관중석 계단을 올라갔다. 이제 여길 나갈 거야, 할 일은 다 했어.

사진 속 여자를 야간축구경기장 관중석으로 인도했던 문은 어느새 닫혀 있었다. 급한 마음에 마구 흔들어보았지만, 소용이 없었다. 사진 속 여자는 뒤를 돌아다보았다. 저만치 아래서 노란색 목도리를 한 소년 하나가 사진 속 여자를 쳐다보며 손에 든 서류가방을 흔들어 보였다. 소년은 웃고 있었다. 사진 속 여자는 서둘러 고개를 돌리고 뛰기 시작했다. 날 좀 이제 내버려둬. 그건 더 이상 내게 아니야. 내 일은 이제 다 마쳤다구.

관중석을 한 바퀴 도는 동안 열려 있는 문은 하나도 없었고, 소년도 포기하려는 기색이 없었다. 사진 속 여자는 관중석 계단을 따라 아래로 내려가기 시작했다. 어딘가에는 입구가 있을 거야. 경기장과 관중석을 구분하는 철책은 그다지 높지 않았지만, 철책 뒤로는 깊이를 알 수 없는 드넓은 암흑이 마치 안개처럼 깔려 있었다. 사진 속 여자에게는 선택의 여지가 없었다. 생각보다 몸이 먼저 움직여 버렸다.

바닥은 의외로 딱딱했다. 머리가 울렸고, 발목이 시큰거렸고, 속이 메슥거리기는 했지만, 걷지 못할 정도는 아니었다. 여기라면 소년도 더 이상 따라오지 못할 것 같았다.

어둠은 말끔히 걷혀 있었다. 이번에는 반대로 관중석이 보이지 않았다. 경기장에는 아무도 없었다. 경기장이라고 부를 수 있을지조차 의문스러웠다. 넓은 회색 콘크리트 바닥에는 군데군데 사용하지 않은 기계들이 눈을 맞은 채 방치되어 있었다. 어디서 축구를 한다는 거야? 초록색 잔디밭은 없었다, 선수들도 날아다니는 공도 심판도 없었다, 검은 먹구름 같던 안개도 없었다. 관중들의 환호성만이 아득히 먼 곳에서처럼 들려왔다.

공지 주변을 에워싸고 있는 콘크리트 벽에는 여러 가지 색의 스프레이로 온통 낙서가 되어 있었다. 혼란스러운 낙서 때문에, 처음, 문은 사진 속 여자의 눈에 잘 띄지 않았다. 문을 열자 오래된 먼지 냄새가 새나왔다. 문에는 17이라는 큼직한 숫자가 검은색 스프레이로 비스듬하게 쓰여 있었다.

그곳은 건물의 지하 같았다. 나무 바닥이라 발걸음을 내려놓을 때마다 발밑에서 삐걱거리는 소리가 났다.

그때도 그랬다. 사진 속 여자는 피곤해서 엄마가 있는 집으로 돌아가고 싶었지만, 자원봉사를 나온 대학생은 보여줄 게 있다며 한사코 자신의 집으로 가자고 했다. 대학생이 자취를 하고 있던 다락방 바닥에서도 삐그덕거리는 소리가 났다. 소리를 질러야 했는데, 너무 피곤해서 또 너무 놀라서 그러지 못했었다. 넌 소리를 지르지도 않았잖아. 상황이 끝난 후, 소리를 질렀다면 그런 짓은 저지르지 않았을 거라고 대학생은 정색을 하고 사진 속 여자에게 말했다. 화가 난 듯한 말투였다. 사진 속 여자는 소리를 질러야 했었는데, 그러지 못했고, 화를 냈어야 했는데, 그러지 못했다. 사진 속 여자의 아랫도리에서는 피가 흐르고 있었고, 너무 놀랐고, 또 점점 더 피곤해졌다. 화장실에 가서 세수를 하고 핏자국을 닦아냈다. 방으로 돌아오니 대학생은 인두를 들고 전기회로를 만들고 있었다. 가까이 오라더니 눈을 감으라고 했다. 뜨거웠다. 눈을 뜨니 눈썹이 없던 그 자원봉사를 나온 대학생은 그것이 징표라고 했다. 오른손 엄지손가락과 집게손가락 사이가 검붉게 부어 있었다. 그 눈썹이 없던 또 얼굴을 좀 얽은 대학생은 더 이상 고아원으로 자원봉사를 나오지 않았고, 더 이상 사진 속의 여자는 처녀가 아니었다. 하지만, 상처는 없어지지 않았고, 그 오른손 엄지와 검지 사이에 뜬 반달을 볼 때마다 사진 속 여자는 앞으로는 꼭 소리를 지르겠다고 다짐했다.

그곳은 마치 철거되기 직전의 공장 같았다. 실내는 어두웠고 공기는 탁했다. 어느새 입 안은 텁텁했고, 쇠 비린내 같은 것이 났다. 천장에는 거미줄을 잔뜩 묻힌 네모난 환풍구가 어지럽게 지나가고 있었고, 멈춰 버린 기계들은 바닥에 무질서하게 자리를 잡고 있었다. 먼지의 무게 때문인지, 천장 쪽보다는 바닥으로 갈수록 어둠이 더 짙어지는 듯했다. 사진 속 여자는 계단을 찾아 밖으로 나가야 했다.

사진 속 여자는 인기척을 들었다. 톱질 할 때 나는 것 같은 소리가 조그맣게 반복되고 있었다. 발밑에서 소리가 나지 않도록 주의하며 사진 속 여자는 인기척이 난 곳으로 다가갔다.

여자 하나가 옷을 벗고 나무로 만든 작업대 위에 누워 있었다. 어려 보였다. 남자가 한 명 있었다. 사진 속 여자가 숨어 있는 자리에서는 남자의 옆모습밖에 보이지 않았다. 남자는 바지를 벗은 채 여자 다리 사이에 서 있었다. 허리를 흔들어대고 있었다. 추해 보였다. 남자의 발치에는 여학생 교복이 헌 신문지처럼 구겨진 채 내팽개쳐져 있었다. 소리를 질러, 바보야, 소리를 지르라구. 소리를 질러야 했는데, 여자애는 그럴 수 없는 형편이었다. 입에는 재갈이 물려 있었다. 사진 속 여자는 재갈이 물린 여자애를 도와주고 싶었지만, 너무 무서웠다. 손바닥이 축축해 왔고, 입 안은 양말이라도 쑤셔 넣은 것처럼 답답했다.

문득 사진 속 여자는 오는 길에 역에서 만났던, 자신을 알아보던, 빨간 토끼 풍선을 들고 있던 여학생을 떠올렸다. 눈을 감고 있기는 했지만, 지나치게 닮아 보였다. 교복도 비슷해 보였다. 아닐 거야, 그럴 리가 없어, 모르는 애일 거야. 모르는 애였으면 했고, 모르는 남자였으면 했다. 사진 속 여자 자신과는 아무 상관이 없는 일이었으면 했다. 하지만 허리를 추하게 흔들고 있는 남자의 얼굴에는 눈썹이 보이지 않았다. 아닐 거야, 그럴 수는 없어, 그렇지 않아. 모르는 남자였으면 했지만, 확실히 닮아 보였다, 영어를 가르쳐 주었던 그 얼굴이 좀 얽고 눈썹이 없던 남자와 쌍둥이처럼 닮아 보였다. 모르는 남자였으면 했고, 자신이 아니었으면 했지만, 누워 있는 여자애는 사진 속 여자 자신과 지나치게 닮아 있었다. 소리를 질러야 했는데, 여자애는 그럴 수 없었고, 사진 속 여자도 소리를 지를 수 없었다. 재갈의 감촉이, 침에 흠빡 젖은 재갈에서 풍기던 썩은 내가 어렴풋하게 기억났다.

"거기서 뭘 하세요?"

사진 속 여자는 반사적으로 뒤를 돌아보았다. 남자가 하나 서 있었다. 도저히 있을 수 없는 일이었는데, 뒤에 서 있던 남자의 얼굴에는 눈썹이 없었고, 소리를 질러야 했는데, 그러기 전에 먼저 사진 속 여자는 정신을 잃었다.

복도다. 복도를, 잿빛 제복을 입은 남자 두 명이 바퀴가 달린 큼직한 손수레를 밀면서 이동하고 있다. 손수레 위에는 무엇에 사용하는지 알 수 없는 하얀 옷감들이 수북이 쌓여 있다. "오늘 누가 이겼는지 들었나?" "아니. 자네도 돈을 걸었나?" 복도에는 아무도 없다. 손바닥만 한 종이쪽지들만이 복도 바닥에 어지러이 버려져 있다. 그것들은 형편없이 구겨져 있고 또 여러 겹 구두자국이 찍혀 있다. "내기에는 전혀 관심이 없어. 그래도 경기 결과가 궁금하기는 하거든.” 버려진 종이쪽지 한 장이 지금 손수레 바퀴에 물려 함께 돌아가고 있다. 대화를 나누고 있는 남자 둘은 모두 고개를 숙이고 있고, 손수레는 굉장히 크다, 그 안에, 하얀 옷감 밑에 사람이, 혹은 사람들이 들어 있다 해도 별 이상할 것이 없을 정도로. “궁금할 게 또 뭐가 있나. 어차피 시합 전에 승부야 다 결정되어 있는 건데.” “그렇긴…… 그렇긴 하지만…… 그게 또 야간축구경기의 불가사의한 매력이지.”

소멸 직전 Ⅲ

나는 침대에서 일어나 커튼을 젖혔다. 햇살이 들이쳤다. 이 도시의 날씨는 어제의 판박이였다.

정각 10시였다. 어젯밤 '금요일 밤의 정찬(正餐)'에서 기대 이상의 식사를 마치고 집으로 돌아온 게 자정이 약간 넘어서였으니, 9시간 이상 잔 셈이었다. 싱싱한 새우요리나 9시간의 수면 등은 확실히 작업을 준비하고 있는 사람에게는 분에 넘치는 호사이기는 했다. 늦잠을 잤기 때문에, 객실에 있는 퍼콜레이터로 거른 싸구려 커피로 아침을 때우기로 했다.

새우는 순전히 우연이었다 치더라도 충분한 수면 시간은 미리 계획된 것이었다. 풋내기들이나 작업 직전 빡빡하게 일정을 잡고, 온통 신경을 곤두세우고 바쁘게 뛰어다니는 법이다. 내 경험에 따르자면, 실수가 일어날 확률은 준비가 완벽하게 끝난 평온한 마음

아래서 가장 낮아진다. 쓸데없는 긴장은 좋지 않다. 수면이든 뭐든 풀어줄 방법이 있다면 풀어주는 게 낫다.

샤워를 마치고, 의자를 욕실로 옮겨놓고 거울을 보며 가져온 칫솔과 염색약으로 머리카락과 눈썹과 콧수염을 노란색으로 물들였다. 손을 더 댈 필요는 없어 보였다. 내일 작업은 의뢰인의 요구에 맞춰 경우에 따라서는 많은 이들의 시선에 노출될 수도 있는 장소에서 행해지도록 되어 있었다. 그래서, 작업 때와 사전 답사 때의 외모에 차이를 둘 필요가 있었다.

준비해 온 색이 바랜 청바지와 나이키의 로고가 가슴 쪽에 커다랗게 새겨진 점퍼로 갈아입고, 여권을 포함한 중요한 서류들을 여행 가방 속에 꼬깃꼬깃 접혀 있던 색 속으로 옮겨 담았다. 거울 앞에 서니, 영락없이 배낭여행을 온 외국인처럼 보였다. 허리를 좀 구부정하게 하고 몇 걸음 걸어보았다. 그럴싸했다. 모든 준비를 마치자, 나는 초시계의 단추를 누르고 객실 문을 닫았다.

로비를 나서자 햇빛이 마치 폭포처럼 쏟아졌다. 한 손에 지도를 들고, 등에는 색을 메고, 목표로 한 H 역까지 걷기 시작했다. 장은 그렇게 말했었다. '걱정은 하지 마. 함정이 아니란 건 내가 보장해. 나도 앉아서 놀기만 하고 있는 건 아니니깐.' 그럴 터였다. 내가 내 몫으로 떨어진 돈으로 위조 여권이나 총기, 여비 등을 준비하는 것처럼, 장도 사람을 부려 최소한의 사전 조사는 해놓았을 터였다. 모든 걸 확실하게 해두는 친구니까. '혹시나 하는 얘긴데, 만만하게 보인다 해서 너무 방심하지는 마. 아직 우리가 모르는 변수가 어딘가에 잠복하고 있을지도 모르니까.' 쟝의 걱정은 하나마나한, 노파심에서 나온 얘기였다. 쟝 또한 내가 언제 어떤 상황 아래서도 결코 방심하지 않는다는 걸 잘 알고 있었다.

로비에서 H 역 매표소까지 13분이 걸렸다. 인도에는 사람들이 별로 없었는데, 역 구내에는 꽤 사람들이 많았다. 준비해 온 동전을 집어넣자 기계는 엄지손가락만 한 크기의 승차권을 토해 냈다. 승차권이든 동전이든, 이 도시에서는 모든 것이 다 터무니없이 작았다. 섣불리 쥐었다가는 손아귀에서 빠져나갈 것만 같았다.

어쨌든, 액수에 비한다면, 분명 이번 일은…… 뭐랄까…… 시시했다, 너무 간단했다. 그러니까, 20년 이상의 연기 경력이 있는 대배우가 어느 날 아들이 다니는 유치원 학예회에서 공연될 30분짜리 학부모들의 연극에 주연을 맡은 꼴이라고나 할까?

플랫폼으로 내려가는 계단은 사람들로 인산인해였다. 계단을 거슬러 올라오는 사람들의 행렬은 엄청났다. 그들은 호수를 향해 달려가는 목마른 쥐떼들처럼 무자비했다. 가까스로 한쪽 벽에 붙어 계단 아래까지 내려가는 데, 거의 1분이나 걸렸다. 주머니에 권총을 넣은 채 이동하기 좋은 동선은 아니었다. 초시계를 잠시 멈추고, 플랫폼으로 내려가는 계단들을 하나도 빠짐없이 조사했다. 다른 계단에 비해 북쪽에 있는 계단이 비교적 한산했다. 외진 곳이었고, 기차에서 내린 후 그 계단으로 올라가기 위해서는 다른 계단에 비해 조금 더 걸어야 했다. 사람들은 게으르다. 그리고 똑같은 짓을 반복하다 보면, 누가 시키지 않아도 점점 더 게을러진다. 다시 초시계를 맞추고 처음부터 시간을 쟀다. 북쪽 계단을 타는 동선은 플랫폼까지 조금 더 시간이 걸렸지만 무시할 수 있을 정도였다.

오늘의 답사는 얼치기 학부모 배우들과 함께하는 최종 리허설 같은 것이었다. 물론 장의 말대로, 그렇다고 해서 방심해도 좋다는 건 아니다. 참관하러 온 학부모들 중에 막 일생일대의 대작 구상을 마치고 캐스팅을 준비하고 있는 감독이 있을 수도 있다.

아니래도 좋다. 이 뻔해 보이는 일 이면에 아무것도 숨어 있지 않아도 좋다. 그 편이 안전하다. 괜한 스릴 같은 건, 초짜들에게나 매혹적인, 일종의 독이 든 초콜릿 같은 것이다.

폭이 꽤나 큰 열 량(輛)짜리 기차였다. 사람들이 내리는 걸 기다렸다가 북쪽 계단에서 가장 가까운 마지막 량에 올라탔다. K 역행은, 오전 8시부터 10시 사이에는 3분에 한 대꼴이었다. 평균 대기 시간을 1분 30초라고 생각할 수도 있었지만, 기다리는 사람들이 많다면, 첫 번째 기차를 탈 수 없을는지도 몰랐다. 3분 정도로 안전하게 잡고, 시간이 남으면 K 역에서 그 다음 역인 J 역까지 걸어가는 시간을 조절하는 게 나을 성 싶었다.

K 역은 최종 목적지인 J 역 바로 전 역이었다. J 역까지 바로 지하철을 타고 가는 것이 아니라, 한 정거장 앞인 K 역에서 미리 내려 걸어가는 동선을 의뢰인은 내게 요구했다. 물론 의뢰인이 따로 시키지 않았더라도 그렇게 했을 것이었다. 많이 해본 솜씨였다. 어쨌든 기분이 나빴다. '동선까지 일일이 지시받아야 하나?' 나는 시무룩하게 장에게 물었고, 장은 '싫다면 여기서 그만두자구. 나도

의뢰인에게 그런 건 우리 쪽에서 직접 준비하는 게 관례라고 했는데, 타협의 여지가 없는 것 같아. 요구대로 실행하지 않겠다면 그냥 여기서 없던 얘기로 하자는 거야. 자넨, 어때?' 평소의 나라면 그냥 접었을 터였다. 나는 시시콜콜히 지시받는 것을 싫어한다. 나는 프로고, 내 전문 영역은 별로 간섭받고 싶지 않다. '시키는 대로 해보는 것도 재미있겠군. 첨 해보는 스타일이기는 하지만, 한번 해보고 싶어. 내가 남이 시키는 그대로 할 수 있는지 한번 지켜보자구.' 장은 좀 놀라는 눈치였다. 장만큼 나도 놀랐다.

맞붙어 있는 K 역과 J 역은 지도상에서 볼 때, 중심가에서 벗어난 곳이었다. 그만큼 역도 허름했고, 역과 역 사이에는 인적이 뜸했다. 지도상에서는 700에서 800미터 정도의 거리였다. 초시계의 시작 단추를 누르고 다시 걷기 시작했다.

게다가 어이가 없었던 건, 이번 일에 관련된 사람이 나 혼자가 아니란 사실이었다. '뭐야 이건. 총은 내가 쏘고, 시체는 다른 놈이 숨기고, 총도 다른 놈이 받아서 처리해 주고, 이러다간 조준까지 다른 놈이 하겠다고 나서는 것 아니야?' 장은 아무 말도 하지 않았다. 장에게 화를 낼 필요는 없었는데, 그때는 브레이크가 잘 듣지 않았다. '텔레비전을 만드는 것도 아니구, 살인을 공장에서처럼 분업으로 하겠다는 게 자네가 보기에는 정상적인 사람의 머리에서 나온 아이디어처럼 보이난 말이야? 이게 말이 돼? 미친 거지? 의뢰인이 진짜 정상이 아닌 거지?' 내 목소리가 공허하게 들렸다. '정상적인 사람은 살인을 실행으로 옮기지 않아, 그냥 생각만 하고 말지.' 장은 언제나처럼 차분했다. 결국 선택은 내게 달려 있었다. 객관적으로 생각하면, 그때 나의 결정은 오기에서 나온 것이었다. 말마따나 정상적인 정신상태는 분명히 아니었다.

버스정류장이 보였고, 바로 뒤로 탈출로인 J 역이 보였다. 버스정류장 앞에 도착해서 초시계를 멈추었다. 예정대로라면 내일 아침 9시 47분, 여기에서 나는 한 여자와 만나게 돼 있었다. 누군가 그 여자가 죽기를 바라고 있고, 단지 바라는 것에 그치는 게 아니라, 많은 액수의 돈을 많은 사람들에게 퍼붓고 있었다. 아무리 생각해 봐도 어려운 일은 아니었다. 여자를 만나서 방아쇠를 당기고, 아무 일도 없었다는 것처럼 J 역 안으로 들어간다. 그뿐이었다. 나머지 뒤처리는 다른 톱니바퀴들이 맡기로 돼 있었고, 최소한 내가 아는 영역 하에서는, 이 분업의 계획은 완벽해 보였다. 즉, 여자에게는 털끝만큼도 승산이 없어 보였다.

잠시 멈춰 서서 나는 한숨을 내쉬었다. 노랗게 염색한 콧수염이 흔들렸다. 햇살 때문에 눈을 찡그린 채 무의식적으로 수염을 다듬었다.

나는 내게 주어진 탈출로인 J 역의 계단을 따라 아래로 내려갔다. 경사가 급했다. 3번 출구에서 가장 가까운 화장실을 찾아, 네 번째 칸으로 들어가 문을 잠그고 가방에서 수첩과 펜을 꺼냈다. 적기 시작했다.

1. 객실에서 로비: 2분 / 변수 없음.

2. T 호텔 로비에서 H 역 입구: 15분 / 행인의 수가 변수.

3. H 역 입구에서 K 역행 기차 탑승: 5분 / 행인의 수가 변수.

4. K 역행 기차에서 K 역 7 번 출구: 25분 / 변수 적음.

5. K 역 7 번 출구에서 버스정류장: 15분 / 시간 확인 후, 속도 조절 요망.

6. 아줌마와의 조우: 10초? / 시간 계산에서는 제외.

전반부가 끝났다. 이제 탈출로를 확인하는 일만이 남았다. 냉정하게 생각해 보면, 내가 관심을 기울여야 할 것은 의뢰인의 주머니 사정이지, 정신상태는 아닌 것 같았다. 주머니 사정은 장이 이미 사전 조사를 마쳤다. 장은 그렇게 말했다. '나도 이번에는 규칙을 깨고, 의뢰인 쪽으로 한참이나 파고 들어가 봤어. 위험할 정도로 깊숙이 건드려봤는데, 두둑한 은행 잔고 말고는 아무것도 나오지 않았어. 깨끗해. 미리 준비해 둔 것처럼 말이지. 하여튼 더 들어갈 수는 없어. 더 들어가면 이 장사를 그만두겠다고 선전하는 꼴이 될 거야.' 장은 할 일을 다했다. 오기로 시작했든 뭐든, 이제 내가 내 할 일을 마칠 차례였다. 나는 화장실을 나오며 적당한 식당을 찾아 먼저 점심을 해결하고, 그 다음 탈출로 쪽을 살펴보기로 마음먹었다.

세 번째 시도

지금, 이곳은, 버스정류장이다. 사람들이 버스를 기다리는 곳, 때때로 버스가 정지하는 곳, 한 짝 또는 두 짝의 문이 열리고 사람들이 타거나 내리는 곳. 지금까지 버스는 정지하지 않았고, 그래서 당연하게도 버스의 문은 열리지 않았고, 따라서 사람들이 타거나 내릴 수도 없었지만, 중년의 여자 하나가 우두커니 버스를 기다리고 있다. 그렇게 보인다. 그렇지 않을 수도 있다. 여자가 기다리는 것이 무엇인지는 지금 알 수 없다.

하지만, 어쩌면, 여자가 기다리는 것이 무엇인지 알고 있을 수도 있는 남자 하나가, 그전부터 걷고 있었다.

여자는 등받이도 없는 스테인리스 봉으로 만든 벤치 위에 앉아 있다. 표정이 없는 얼굴. 여자의 시선은 그녀의 눈높이보다 약간 높은 곳을 향해 비스듬히 기울어져 있다. 여자의 시선을 따라가다 보면, 그곳에는, 그곳에는 정말이지, 아무것도 없다. 가시광선이 뚫고 지나가다 슬그머니 사라지고 마는, 공기다. 하늘이다. 구름이 잔뜩 낀 잿빛 하늘. 여자가 보는 것이 무엇인지는 지금 알 수 없다.

하지만, 어쩌면, 여자가 바라보는 것이 무엇인지 알고 있을 수도 있는 남자 하나는, 그전부터 걷고 있던 남자 하나는, 여전히 걷고 있다. 여자는 정지해 있는 반면, 남자는 끊임없이 또는 단속적으로 걷고 있으므로, 남자를 둘러싼 풍경은 계속해서 변한다. 그 풍경 속에는 수많은 사람들이 뒤섞여 있었고, 몇 그루의 나무들과 역시 셀 수 없이 많은 건물들과 유리창, 차와 차도, 먼지와 공기, 조급함과 불안함 등이 뒹굴고 있었다.

걷고 있던 남자는, 처음에는 두 손을 검정 바바리에 찔러넣고 걷고 있던 남자는, 어느새 한 손에 무언가를 들고 있다. 그것은…… 종이봉투다. 그것은 하얀색이고 중앙에는 C.A.라고 커다랗게 쓰여 있다. 그 밖에는 아무런 문양도 없는 종이봉투. 남자가 언제 어떻게 누구에게서 종이봉투를 입수했는지는 지금 알 수 없다.

하지만, 어쩌면, 걷고 있던 남자가 종이봉투를 입수한 경위를 알고 있을 수도 있는 여자 하나는, 벤치에서 일어났다, 신문을 들고. 노란색 스웨터에 달린 은빛 광택이 나는 딱정벌레 모양의 브로치. 여자는 웬일인지, 지하철역 입구 쪽을 한번도 쳐다보지 않았다. 여자는 이미 늙었다. 이미 충분히 늙었고, 또 시간이 지남에 따라 여자는 조금씩 눈에 띄게 늙어가는 것처럼 보인다. 바람이 불었고, 신문이 날리지 않도록 여자는 꽉 움켜쥔다. 더러는 탈색된 것처럼 허옇고, 더러는 까만 은행잎들이 날린다. 은행잎이 왜 까맣게 혹은 하얗게 변했는지는 지금 알 수 없다.

하지만, 어쩌면, 그 이유를 알고 있을 수도 있는 남자 하나는, 자신이 해야 할 일을 정확히 알고 있는 사람의 발걸음으로, 단호하게 인도 위를 걷고 있다. 반면에, 여자는 자신이 해야 할 일을 정확히 알고 있지 못한 사람의 눈빛으로, 다소 멍하게 신문을 바라보고 있다.

총소리가 났다, 그다지 크지 않은. 그때까지는 어떤 소리도, 예를 들어 자동차의 소음도, 비둘기의 울음도, 사람들의 말소리도, 발자국 소리도, 낙엽이 바닥을 긁는 소리도, 아무것도 없었다. 총소리는 먹먹한 풍경에 길게 꼬리를 늘어뜨리며 편안하게 울려퍼졌다. 총소리가 난 이후에, 마치 갑자기 귀가 뚫린 것처럼, 소리들이 터져나왔다. 자동차의 엔진은 붕붕대기 시작했고, 바닥에 깔린 낙엽들은 바스락대며 부스러졌고, 마른 포석에 뭔가 쿵 하고 부딪치는 소리가 났고, 그 밖에도 출처를 알 수 없는 갖가지 소음들이 웅웅대기 시작했다.

총소리가 났다. 그전에, 바로 총소리가 나기 직전에, 남자가, 종이봉투를 들고 있던, 자신이 해야 할 일을 명확하게 알고 있는 사람의 단호한 발걸음으로 줄기차게 걷고 있던 남자 하나가, 여자가 들어 있는 풍경 속으로 돌연 끼어들었다. 여자를 지나치기 직전, 남자는 그때까지 주머니에 쑤셔 넣어져 있던 왼손을 불쑥 꺼냈다. 걸음을 멈추지 않은 채, 별달리 여자를 주시하는 기색도 없이, 남자의 왼손이 여자를 가리켰고, 그때 바로 총소리가 났고, 소리들이, 다른 소리들마저 후다닥 깨어났다.

여자가 쓰러졌다. 자신이 해야 할 일을 명확히 알고 있지 못한 사람의 눈빛을 하고 있던 여자는 남자가 가리킨 방향으로, 축구화에 차인 공이 갑자기 튀어나가듯이 그렇게 풀썩, 가볍게, 두 발이 동시에 잠시 공중으로 솟구쳤다가, 쓰러져버렸다. 쿵 하는 소리가 났고, 순식간에 피가, 여자의 몸속에 숨어 있던 붉고 차가워 보이는 액체가, 여자의 관자놀이를, 눈을, 귀를, 코를, 입을, 노란색 스웨터를, 길바닥을, 어느새 길바닥에 떨어져버린 은빛 광택의 딱정벌레 모양 브로치를 뒤덮어버렸다, 마치 엄청난 식욕을 가진 붉은 개미떼들이 먹잇감을 뒤덮듯이 그렇게. 여자는 지금 관자놀이에 구멍이 뚫린 채 버스정류장 앞 붉게 얼룩진 포도 위에 누워 있다. 여자가 자신이 그렇게 되리라는 것을 처음부터 알고 있었는지에 대해서는 지금 알 수 없다.

하지만, 어쩌면 유일하게, 그 사실 역시 알고 있을 것으로 짐작되는 남자는 태연스럽게, 중절모와 여자의 머리에 구멍을 뚫어놓았던 권총을 종이봉투에 집어넣으면서, 지하철 계단으로 내려간다.

그때 마침, 한 여자가 지하철 계단을 올라오고 있다. 계단을 걸어올라오고 있는 여자는 머리에 구멍이 난 여자보다 한결 젊다. 여자는 오른손에 아무 무늬도 글자도 없는 분홍색 종이봉투를 들고 있다. 남자 역시 오른손에 종이봉투를 쥐고 있다, C.A.라고 쓰여 있는. 두 개의 오른손…… 그 두 개의 오른손이 얽혔다가 풀렸다. 그러고는…… 남자는 분홍색 종이봉투를, 여자는 C.A.라고 쓰인 하얀 종이봉투를 들게 되었다. 그렇게 봉투가 뒤바뀌었지만, 남자와 여자의 얼굴에는 아무런 표정의 변화도 없었다, 여자가 잠시 두 눈을 눈에 띄게 깜박거렸을 뿐이었다. 지금으로서는 두 개의 봉투가 왜 뒤바뀌게 되었는지, 단지 흔히 있을 수 있는 실수에 불과했는지, 아니면 처음부터 계획된 것이었는지 알 수 없다.

하지만, 어쩌면, 아니 틀림없이, 종이봉투가 바뀌게 된 자초지종을 알고 있을 것으로 여겨지는 남자는, 계단을 내려오며, 입고 있던 바바리를 벗는다. 다 벗었다. 계단이 끝나는 곳에서 시작되는 복도에서 남자는 한 손에 바바리를 든 채, 계속해서 걷고 또 걷는다, 숙명처럼, 혹은 어쩔 수 없는 조급함 때문에. 그리고, 이어 거지를 만난다, 마치 숙명처럼, 혹은 기차의 시간표처럼. 거지는 복도에서 개찰구 앞 홀로 이어지기 직전, 커다란 광고판 아래 불쑥 앉아 있다. 고개를 숙이고, 붉은 플라스틱 바구니를 내민 채. 남자는 바바리를 던진다. 바바리는 거지의 양팔에 털썩 내려앉았다. 남자는 지나쳤고, 남자는 한 번도 거지를 주시하지 않은 채 그냥 지나쳤고, 거지는 그제서야 허리를 편다. 그리고 남자는 계속 걷는다.

틀림없이, 자신이 왜 이토록 계속 걸어야만 하는지 그 이유를 알고 있는 것이 분명해 보이는 남자는, 개찰구를 통과하고 플랫폼으로 향한 계단을 내려가면서 들고 있던 분홍색 종이봉투에서 또 다른 모자를 꺼내 쓴다. 챙 달린 야구모자. 남자가 플랫폼에 도착했고, 남자는 기다릴 필요가 없다. 지하철이 바로 도착했고 문이 열렸다. 남자는 열린 문 안으로 들어간다. 타자마자 다음 칸으로 옮겨간 후, 문이 닫히기 전에 다시 나와버렸다.

남자는 계속 걷는다. 걸으면서 종이봉투에서 이번에는 학생들이 사용하는 색을 꺼내 한쪽 어깨에 멘다. 색은 검은색 단색이고, 거죽에 Peace and Conquer라는 하얀 글씨가 붙어 있다. 또 밤색이 약하게 도는 선글라스를 꺼내 썼다. 그러고는, 처음으로 계단을 올라가기 시작한다.

즉, 남자는 C.A.라고 쓰인 하얀 종이봉투에 권총과 중절모를 집어넣었고, 이제 다시 아무 무늬도 없는 분홍색 종이봉투에서 챙이 붙어 있는 모자와 색과 선글라스를 꺼냈다. 남자의 행동은 기계적으로 보였다. 아주 예전에 예정되었던 것처럼, 아니면 단지 우연인 것처럼 보이기도 했다. 요컨대, 지금으로서는 아무도 남자의 행동에, 어떤 설명도, 어떤 논리도, 어떤 규칙성도 부여할 수가 없다.

그런 것들을 모두 무시하는 것처럼 보이는, 그럼에도 불구하고 지극히 태연스럽게 보이는, 계속 걷고 있는 남자는 계단을 올라와 역시 계속 걷는다. 처음 보는 복도에서 한 남자를 만난다. 그 남자는 연한 파란색 유니폼을 입고 있다. 역에서 일하는 사람처럼 보인다. 둘은 아무 말도 하지 않았다. 잠시 같이 걷다가 앞장을 서던 유니폼의 남자가 복도 벽에 있던, 잘 눈에 띄지 않는 문을 열쇠로 열었다, 그러고는 함께 그곳으로 사라졌다. 둘은 내내 한 번도 말을 하지 않았다. 둘이 사라진 문 위에는 조그맣게 '관계자 외 출입금지'라고 쓰여 있다.

그리고 조금 있다가, 조금 많이 있다가…… 문이 열리기 시작한다.

역무원이 먼저 당직근무자 대기실을 떠나야 했다. 그게 규칙이었다. 옷을 바꿔 입는 동안, 역무원을 따라왔던 사내는 한마디도 하지 않았다. 사내는 구석에서 벽을 향한 채 옷을 벗었고, 역무원이 벗어놓은 유니폼을 집어가서는 다시, 벽을 향한 채 옷을 입었다. 사내가 일부러 얼굴을 보여주지 않으려 하는 것 같다고 역무원은 느꼈고, 괜스레 사내의 신경을 건드리지 않기 위해서 역무원 역시 사내를 외면했다.

우선 사내의 옷은 역무원에게 잘 맞았다. 평범한 청바지, 여러 가지 무채색이 섞인 두꺼운 셔츠, 선글라스, 미국 프로야구팀의 로고가 달려 있는 챙 달린 모자, 그리고 Peace and Conquer라고 쓰여 있는 검정 색. 그게 다였다. 마치 살균 처리라도 한 것 같군. 비록 소리 내어 말한 것은 아니었지만, 반사적으로 움찔하며 역무원은 뒤를 돌아다보았다. 다행히 사내는 뒤돌아보지 않았다. 유니폼 상의의 단추를 채우고 있는 사내의 등판은 넓고 강인해 보였다. 사내가 벗어놓은, 그리고 T 과장의 명령대로 역무원이 갈아입게 된 옷에서는 말 그대로 아무런 냄새도 나지 않았다. 새 옷에서 나는 냄새도, 세제 냄새도, 땀 냄새도, 희미한 향수 냄새나 혹은 담배 냄새 같은 것도 거기에는 없었다. 마치 처음부터 역무원의 옷이었던 것처럼, 그래서 자신의 체취에 이미 마비되어 버린 코가 타인의 존재감을 전혀 알아채지 못하는 것처럼. 역무원은 잠깐 으스스한 기분을 느꼈고, 서둘러 사내를 남겨둔 채 밖으로 나와버렸다.

복도는 너무 길었다. 복도에서 역무원은 아는 사람을 만나지 않았으면 했다. 그렇다고 표나게 고개를 숙이고 다니거나 그러진 마, 별나게 굴다간 오히려 더 눈에 띄기 십상이야. T 과장은 그렇게 얘기했다. 당직근무자 대기실 안에 달려 있던 거울 아래쪽에는 제7기 전국 지하철 노조 결성 기념이라는 글씨가 새겨져 있었다. 선글라스를 쓰고 있는 자신의 모습은 스스로에게도 낯설었다.

하긴, 역무원에게도 나쁜 장사는 아니었다. 주말께에 발표가 예정된 불법 파업 건에 의한 징계자 리스트에서 빼주겠다고 T 과장은 약속했다. 완전히 빼면 이상할 거구, 한 달치 감봉 정도의 선에서 자네는 마무리 지을 거야. 그리고 이백만 원을 받았다. 파업 주동자 중에 역무원의 고등학교 선배가 있었는데, 갓 입사한 역무원을 이것저것 챙겨주며 잘해 주길래, 따라다니면서 일의 내용도 모른 채 몇 차례 도와주다 보니 어느새 주동 세력 중의 하나라는 꼬리표가 붙게 되었다. 그만한 눈치가 없는 건 아니었지만, 역무원은 정부가 노조 쪽의 손을 들어줄 거라고 막연하게 생각했고, 굳이 그가 노조 쪽에 연을 대고 있다는 사실을 숨기려 들지 않았다. 향후 직장 생활을 하는 데 도움이 되었으면 됐지, 손해 볼 일은 없을 거라는 판단에서였다. 하지만 오판이었다. 역무원이 따라다니던 고등학교 선배는 수배가 떨어지자마자 잠적했고, 잡히면 전력이 있는 만큼 이번에는 집행유예로 풀려나오기도 힘들 거라는 소문이 돌고 있었다. 끝나면 그만큼 더 줄 거야. T 과장의 말에 역무원은 하마터면 눈물을 흘릴 뻔했다. 마다할 이유가 없었다.

개찰구 근처에서 경찰 두 명이 검문을 하고 있었다. 한 명은 줄을 서 있는 사람들을 차례차례 검문하고 있는 것처럼 보였고, 다른 한 명은 약간 떨어져 서서는 밤색 곤봉을 손바닥에 딱딱 소리가 나게 두드리고 있었다. 역무원은 초조했다. T 과장이 정해 준 일정표 대로 움직이려면 아무래도 시간이 빡빡했다.

잠시 후 역무원의 차례가 돌아왔는데, 경찰은 그에게 선글라스를 벗으라고 했다. 반말 투였다. 역무원은 기분이 나빴지만 시키는 대로 했다.

"그건 뭐야?"

칼자국 얘기였다. 역무원은 짜증이 났다. 경찰은 무례하게도 칼자국을 더듬어보려는 듯, 하얀 면장갑을 낀 손을 역무원의 눈가로 들이댔다. 역무원은 황급히 피하면서 항의조로 말했다.

"옛날에 다친 건데…… 그건 왜요? 이게 무슨 문제가 되나요?"

"거긴 뭐가 들어 있어?"

역무원의 질문에 대답하는 대신, 턱짓으로, 경찰은 역무원이 들고 있던 색을 가리켰다. 역무원은 순간 당황했다. 경찰 말마따나 그 속에 뭐가 들어 있는지 역무원은 몰랐고, 알아서도 안 되었다. T 과장은 어떤 일이 있어도 색을 열어보지 말라고 신신당부를 했었다.

"그건 또 왜요?"

"군소리 말고 열어보기나 해."

곤봉을 손바닥에 두드리고 있던 경찰이 어느새 다가와 역무원이 들고 있던 색을 낚아챘다. 곤봉을 어깨에 끼고 난폭하게 지퍼를 열었는데, 역무원의 예상과 달리 거기에는 아무것도 없었다. 지퍼도 닫지 않은 채 역무원의 가슴패기에 색을 집어던지며, 곤봉을 들고 있던 경찰은 통과라고 말했다. 노래라도 읊조리는 듯한 투였다.

선글라스를 벗으라고 명령했던 경찰은 가봐, 라고 말하며 역무원의 어깨를 툭 쳤다. 역무원은 기분이 찜찜했다. T 과장은 색을 절대로 열어보지 말라고 했지만, 자신의 의도와는 무관하게 역무원은 색 안에 든 내용물을 확인하게 되었다, 아니, 색 안에 아무것도 들어 있지 않다는 사실을 알게 되었다. 규칙 위반이었다. 어쩔 수 없었어, 어쩔 수 없었잖아. 딱히 뾰족한 도리가 없었다. 혼란스러운 머리를 흔들어대며 역무원은 두세 단씩 계단을 급하게 뛰어올라갔다.

바깥에는 추적추적 비가 내리고 있었다. 방금 전부터 비가 내리기 시작했는지, 아직 보도는 젖어 있지 않았다. 하긴 내린다기보다는 공중에 물방울로 떠 있다가 지나가는 사람의 얼굴에 부딪치는, 그런 비였다. 안개가 낀 것처럼, 대기는 바로 몇 발짝 앞에서 금세 불투명해졌다. 한낮에 안개라니. 설명할 수는 없지만, 왠지 역무원은 초조했다.

뛰다시피 버스정류장을 지나치다가 역무원은 길바닥에 쓰러져 있는 여자 하나를 발견했다. 역무원과 누워 있는 여자, 버스정류장에는 그 둘 말고는 아무도 보이지 않았다. 안개가 너무 짙기도 했다. 폭격이라도 맞은 것처럼, 쓰러져 있는 여자의 몸과 그 주위에 붉은 액체가 쏟아져 있었다. 이미 죽었겠군, 가망이 없겠어. 모로 누운 채 여자는 아직 눈을 뜨고 있었다. 죽은 사람의 눈은 감겨주어야 한다는 얘기를 역무원은 떠올렸지만, 그럴 용기가 나지 않았다. 게다가 귀찮은 일에 말리게 되는 날이면 주동자 리스트에서 빠지는 일도, 돈 이백도 모두 헛것이 될 것 같았다. 핏자국을 밟지 않도록 주의하면서 역무원은 뛰기 시작했다. 재수 없어.

얼마 가지 못해, 역무원은 엉덩방아를 크게 찧으며 넘어졌다. 물웅덩이였다. 얼른 일어났다. 재수 없어. 그나마 안개라도 끼어 있어서 다행이었다. 주위에는 아무도 보이지 않았다. 한 손으로 연신 젖은 바지를 닦아내며, 다시 역무원은 뛰었다. 뛰다가 돌연, 역무원은 벌건 핏자국을 담요 삼아 누워 있던 여자가 자신의 할머니를 꼭 닮았다는 생각이 들었다. 그럴 리가. 집을 나와 부모와 연락을 끊고 산 지 벌써 2년이 다 되어가는 역무원으로서는 할머니가 여태 살아 있는지조차 알지 못했다. 어쨌든 단지 모호한 느낌 때문에, 길을 돌려 되돌아갈 수는 없는 노릇이었다.

T 과장이 말했던 공중목욕탕이 눈에 들어올 때까지 역무원은 쉬지 않고 뛰었다. 숨이 턱밑에까지 차올랐다. 상의는 척척했고, 물웅덩이에 넘어지는 바람에 그랬는지 팬티까지 젖어 있었다. 훌륭한 배려군 그래, 마치 비가 올 것을, 또 내가 물웅덩이에 넘어질 것을 예상이라도 한 것처럼 말이야. 공중목욕탕에 몸을 담그는 것은 굳이 T 과장이 시킨 일 때문이 아니더라도 좋은 기분전환이 될 거라고 역무원은 믿었다.

목욕탕으로 올라가는 목재 계단은 좁고 또 매우 가팔랐다. 한 단의 높이가 적어도 50센티미터는 돼보였고 폭은 역무원 혼자 지나가기에도 불편할 만큼 좁았다. 처음에 역무원은 그 목재 계단이 목욕탕의 입구일 거라고는 믿을 수가 없었다. 그만큼 계단은 출입구라기에는 너무 위험해 보였다. 하지만, 건물을 한 바퀴 빙 돈 뒤, 역무원은 2층으로 통하는 출입구라고는 단 하나밖에 없다는 사실을 깨닫게 되었다. 위에서 누가 내려오든지 한다면, 둘 중의 하나는 다시 돌아가서 위에서 혹은 아래에서 상대방이 지나갈 때까지 기다리든지, 아니면 계단 중간에서 상대방의 등을 타넘고 가야 할 것 같았다. 하릴없이, 역무원은 위에서 내려오던 사람이 상대방의 등을 타넘고 내려가는 것이 안전할지, 아니면 반대로 아래에서 올라가던 사람이 상대방의 등을 타넘고 올라가는 것이 안전할지 잠시 생각해보았지만, 하릴없는 생각이 늘 그렇듯 결론을 내리기도 전에 질문 자체를 잊어버리고 말았다. 목재 건물이라니, 이 현대화된 도시 한복판에. 걸음을 내딛을 때마다 계단은 불안스럽게 흔들렸고, 기분 때문인지는 몰라도 썩어가는 나무 냄새가 나는 것 같기도 했다.

카운터에는 짙게 화장을 한 흰 드레스 차림의 여자가 앉아 있었다. 여자가 입고 있는 흰 드레스에는 자잘한 레이스가 겹겹이 달려 있었다. 목욕탕 주인장에게 어울리는 차림은 아니군 그래. 하지만 발레리나 차림으로 누군가 목욕탕 카운터에 앉아 있다 해도 역무원이 불평할 계제는 아니었다.

"귀중품입니다."

색을 내밀면서, 역무원은 T 과장에게서 지시받은 그대로 흰 드레스의 여자에게 말했다. 하지만, 역무원은 그것이 귀중품이 아니란 걸 잘 알고 있었다, 그것은 단지 속이 텅 비어 있는 색이었다.

색을 받아든 흰 드레스의 여인은 오래된 열쇠 하나를 내밀었다. 손바닥 반만 한 크기의 나무판자와 머리에 구멍이 뚫린 작은 알루미늄 열쇠가 두 겹의 고무줄로 연결되어 있었다. 나무판자의 한쪽 면에는 희미하게 18이라고 쓰여 있었다.

처음, 역무원은 목욕탕 안에 혼자밖에 없는 줄 알았다. 목욕탕 안은 수증기로 가득했다. 마치 산소통을 메고 물속에라도 들어온 느낌이었다. 이어 역무원은 목욕탕 중앙에 설치된 물고기 모양의 탕을 발견했는데 그것은 꽤 날씬한 물고기 모양이어서, 가로로는 다리를 펴고 앉기도 좁아 보였지만, 세로로는 4,5미터 남짓, 퍽이나 길어 보였다. 그나마 물고기 머리 쪽은 수증기 더미에 가려 역무원이 서 있는 곳에서는 잘 보이지조차 않았다. 역무원은 그래도 비교적 공간이 넓어 보이는 물고기의 꼬리 쪽에 몸을 담갔다. 생각보다 탕은 깊어서, 허리를 꼿꼿이 세우고 앉아도 거의 역무원의 턱까지 물이 찰랑댔다. 수온은 적당했는데, 좀 끈적거리는 것 같다는 느낌이 들기도 했다.

이윽고 수증기의 장벽을 뚫고 한 사내가 나타났다. 문신이 있다는 얘기는 하지 않았잖아. 안개를 헤치고 물고기의 머리 쪽에서 나타난 사내는 상반신이 온통 문신투성이였다. 그 문신은 흔히 볼 수 있는 글자나 동물의 문양이 아니라, 특별한 의미를 찾을 수 없는 순수한 점과 선과 면의 조합이었다. 마치 몸에 벽지를 두르고 다니는 것 같군 그래.

어찌 됐건, 모든 것이 T 과장이 설명한 대로였다. 문신 사나이는 역무원에게 다가와 다짜고짜 열쇠를 내밀었고, 역무원은 습관적으로 발목에 차고 있던 열쇠를 황급히 벗었다. 그러는 와중에, 생각지도 않게 역무원은 물속에 얼굴이 잠기게 되었고, 캑캑대면서 먹었던 물을 뱉어내며 역무원은 문신 사나이에게 열쇠를 건넸다. 소금을 풀어놓은 것처럼 물은 짰다. 내 꼴이 얼마나 우스울까?

문신 사나이는 전혀 웃는 기색 없이 조용히 밖으로 나갔다. 역무원은 고개를 돌려 문신 사나이의 등을 보았다. 전면과 비슷한 무늬였는데, 복잡하고 정교하기 비할 데 없었다. 그 정도면 벽지가 아니라 페르시아 양탄자 수준이군.

문신 사나이와 열쇠를 교환한 후, 역무원은 탕 안에 오래 있을 수 없었다. 역무원에게는 아직 할 일이 많이 남아 있었다. 탕을 떠나기 전, 역무원은 목욕탕의 한쪽 벽을 온통 차지하고 있던 커다란 그물 하나를 발견했다. 양쪽에 나무막대가 달린 그 초록색 그물은 벽에 비스듬히 세워진 채 축 늘어져 있었다. 그 용도를 역무원은 도무지 알 수 없었다. 무엇에 쓰는 걸까? 목욕탕에서 물고기를 잡는다는 얘기는 금시초문이었다. 목욕탕에 그물이라니…… 도대체 무엇에 쓰는 걸까? 하지만 불쑥불쑥 떠오르는 질문들에 일일이 대답할 수 있을 만큼 역무원은 한가하지 않았다.

36번이었다, 문신 사나이가 건네준 열쇠는. 36번 칸에 들어 있던 옷은 평범한 사람들이 입고 다닐 수 있는 그런 무난한 유의 옷이 아니었다. 역무원은 차마 선뜻 갈아입을 맘이 나지 않았다. 무대의상이라고는 얘기하지 않았잖아. T 과장은 역무원에게, 목욕탕에서 한 남자를 만나 열쇠를 교환하라고만 했지 그와 열쇠를 교환할 남자가 이상한 문신을 몸에 잔뜩 새긴 남자라고는 일러주지 않았고, 또 그와 옷을 갈아입으라고만 했지 그가 갈아입어야 할 옷이 수많은 반짝이가 달려 있는 무대의상이라고는 얘기해 주지 않았다. 삼류 밤무대 가수라면 딱이겠군. 역무원이 움직일 때마다 옷에 달려 있는 수많은 반짝이들이 잘그락대며 사방으로 빛을 쏘아댔다. 점점 일은 마음에 들지 않는 방향으로, 손쓸 새 없이 흘러가고 있는 것 같았다.

안개는 여전히 하나의 장벽처럼 거리를 점령하고 있었다. 갑자기 뭔가 툭 나타나 부딪치게 될까 봐 겁이 나면서도, 그런 대로 역무원은 쉼없이 뛰었다. 시간을 너무 지체했어. 옷에 붙어 있는 수백 개의 반짝이는 역무원의 보폭에 맞춰 달그락거리고 있었다. 군대에서처럼, 여러 사람이 그의 옆에서 동시에 동일한 보폭으로 뛰고 있는 것 같은 기분이었다. 시간을 너무 지체했어. 문제는 그 옷이었다. 아무래도 내키지 않는 의상이었고, 역무원이 갈아입기를 주저하는 사이, 시간은 무자비하게 흘러가 버렸던 것이었다.

이상하게도 흰 드레스의 여인에게서 돌려받은 색은 한결 무거웠다. 분명, 처음 카운터에 맡길 때 그대로 그 안에 아무것도 들어 있지 않아야 했는데, 조금 더 묵직해진 것 같았다. 기분 때문만은 아닌 듯했다. 뛰면서, 역무원은 색을 열어보았다. 벌써 두 번째 규칙 위반이었다. 이건 경우가 좀 달라, 경우가 다르다구, T 과장도 융통성 없이 자질구레한 규칙들을 고수하느라 일 전체를 망치기를 바라지는 않을 거 아냐.

거기에는 잘 개어진 여고생 교복이 한 벌 들어 있었다. 뭐야, 이건 또. 하지만 역무원은 뜀박질을 멈추지 않았다, 멈출 수가 없는 건지도 몰랐다. 어딘가에서 실수로 바뀐 게 틀림없다고 역무원은 생각했다. 손바닥에 곤봉을 두드리던 경찰이 마술사가 아니라면, 이런 착오가 벌어질 수 있었던 곳은 흰 드레스의 여인이 앉아 있던 목욕탕 카운터 외에는 달리 없어 보였다. 어쨌든 돌아가기에는, 돌아가서 실수의 책임 소재를 밝히고 그걸 바로잡기에는 너무 늦었다는 생각이 들었다. 중요한 건 색 안에 든 내용물이 아니라 색 자체인지도 몰랐다. 똑같은 모양이기만 하면 상관없는 건지도 몰랐다. 그도 아니라면, 이건 단지…… 단지, 그래 상징일 수도 있어, 외관과는 아무 관련이 없는, 그런 상징 말이지. 역무원은 적합한 단어를 찾아낸 것 같아 기분이 한결 나아졌다. 설사 색이 하나의 상징 그 이상이라 하더라도, 실수를 바로잡으려다 시간을 까먹는 바람에 색을 넘겨줄 사람을 만나지 못하는 것보다는, 불완전하나마 넘겨줄 때, 넘겨받기로 되어 있는 사람에게 전후 사정에 대해 자세히 설명해 주는 편이 낫겠다고, 역무원은 그렇게 결론내렸다.

안개는 흩어질 징후는 좀처럼 없었지만, 역무원은 목적지로 가는 데 아무런 곤란도 느끼지 않았다. 역무원에게 이 도시는 언젠가부터 손바닥 들여다보듯 훤했다. 거기에 영화관이 있다구요? 저랑 내기하실래요, T 과장님? 역무원이 내기를 안 한 것은 천만다행이었다. 함부로 까불지 마. T 과장의 말처럼 영화관은 거기에 있었다.

영화관은 비교적 최근에 지어진 여관 건물의 지하에 있었다. 지나치다가 몇 번 본 적이 있는 건물이었다. 결국 역무원은 그 건물의 존재를 알고 있었는데, 단지 지하에 영화관이 있다는 사실만은 모르고 있었던 것이었다. 그도 그럴 것이, 그 여관 건물에는 영화의 간판 같은 건 눈을 씻고 찾아볼래야 찾아볼 수가 없었다. 여관 주인이 영업에 방해가 된다고 허락하지 않았는지도 몰랐다.

지하로 내려가는 계단은 넓고 깨끗했다. 비스듬히 경사진 천장에는 자그마한 백열등이 좁은 간격으로 달려 있어, 마치 백화점에서처럼 환했다. 벽에는 커다란 영화 포스터들이 계단의 경사에 맞춰 가지런히 붙어 있었다. 거기까지는 흠잡을 데 없는 영화관이었다. 하지만 이상했던 건, 벽에 붙어 있던 영화 포스터들이, 단 한 장의 예외도 없이, 지독한 영화광 소리를 듣는 역무원에게도 죄 낯선 것들이라는 사실이었다. 어떤 포스터들은 예전에 봤던 영화인가 하는 착각이 들게 할 만큼 익숙한 구도를 취하고 있었지만, 꼼꼼히 뜯어보는 도중에 나타난 사소하지만 결정적으로 낯선 부분 하나가 포스터 전체를 역무원이 완벽하게 모르는 존재로 바꾸어놓기도 했다. 가령, 역무원이 추측했던 제작 시기와는 활동 기간이 전혀 맞지 않는 배우의 이름이 포스터에 들어 있기도 했고, 좋아하는 외국 감독의 국내 미발표작이라고 생각했는데, 막상 자세히 보니 역무원이 알고 있던 감독의 이름과는 적어도 두 군데 이상 철자가 다르게 적혀 있기도 했다. 역무원은 그런 사실들을 어떻게 이해해야 할지 갈피를 잡지 못했지만, 한편으로 낯선 포스터들에 정신을 뺏기는 일은 재미있는 경험이었다. 일이 우선이야. 역무원은 이 일이 끝나면 빨리 옷부터 갈아입고 곧바로 다시 한 번 들러봐야겠다고 생각했다.

매표소는 홀의 중앙에 있었다. 그것은 허리 아래 높이로는 은빛 금속 울타리로 둘러싸인 커다랗고 길쭉한 타원형이었고, 그 위로는 두꺼워 보이는 투명한 유리가 사방을 빙 두르고 있었다. 각진 곳 없이 부드럽게 곡면 처리된 모서리가 어항을 연상케 했다. 두피에 착 달라붙은 검정 단발머리의 여자애 하나가 어항 속에 서 있었다. 여자애는 무척이나 피곤해 보였다. 마약중독자의 눈을 하고 있군 그래. 역무원은 한 2년 동안 약에 빠져 반폐인 생활을 하고 있는 친구 하나를 떠올렸다. 비슷한 눈이라고 생각했다. 그래서 그런지 여자애는 역무원의 요상한 옷차림에도 별 관심이 없는 듯했다. 저 눈은 무얼 보고 있는 걸까?

"여긴 왜 이렇게 춥죠?"

사실 그곳은 사람들이 아무도 없어서 휑하기는 했지만, 결코 춥지는 않았다. 어쩌면 암호라는 건 이렇게 한결같이 어색해야만 하는 걸까? 여자애는 아무 말 없이 하늘하늘한 종이쪽지 하나를 작은 손금고 같은 곳에서 꺼내더니, 유리면 아래쪽에 난 작은 구멍을 통해 역무원에게 건네주었다. 거기에는 SN06이라고 쓰여 있었다.

상영관 안에도 사람은 거의 없었다. 다 해봐야 열 명도 안 되는 숫자였다. 어차피 텅텅 빌 터라 번호와 상관없이 가장 좋은 자리를 차지할 수도 있었지만 영화를 보기 위해 이곳에 온 것이 아니란 걸

누구보다 역무원은 잘 알고 있었다.

SN06은 통로 바로 옆의 옆 자리였고, 통로 바로 옆 자리가 SN07이었다. 계획대로였다. SN06에는 니가 앉고, 색은 SN07 위에 올려놓으라구. 누가 와서 가져갈 거니까, 그때 넌 그냥 모르는 척하기만 해.

의자는 편했다. 영화관으로 달려오면서 작정했던 것처럼, 역무원은 누군가 SN07 위에 올려놓은 색을 들고 나가려는 사람이 있으면 T 과장의 명령대로 모른 척하는 대신 밖으로 따라 나가서, 옮기는 도중에 색이 바뀐 것 같다고, 처음에는 아무것도 안 들어 있었는데, 나중에 보니 엉뚱하게도 여고생 교복이 들어 있다고 설명해 주리라 마음먹었다. 맨 처음부터, 그러니까 경찰에 걸려 가방을 열 수밖에 없었던 얘기부터 다 해주어야겠다고 생각했다.

처음 보는 영화였다. 모든 것이 생소했다, 영화 이름도, 감독의 이름도, 배우들도. 답답하게 느껴지는 흑백 화면 속으로, 얼굴이 좀처럼 드러나지 않는 바바리 차림의 남자 하나를 카메라는 지루한 롱테이크로 따라잡고 있었다. 남자는 비가 내리는 낡은 도시를 별 서두르는 기색도 없이 걸어다녔다. 하늘에는 구름이 잔뜩 끼어 있었고, 거리는 눈물을 흘리는 것처럼 군데군데 젖어 있는 낡은 건물들로 지저분하기 짝이 없었다. 흑백 필름을 쓰는 바람에 그렇게 된 게 아니라, 처음부터 색깔이 없었던 것 같은 그런 생기 없는 도시였다. 영화의 배경은, 역무원이 살고 있는 도시와 그 분위기가 흡사했지만, 바바리 차림의 남자가 훑고 다니는 도시의 세부 풍경은 비슷한 것 같으면서 조금씩 엇나가고는 했다. 그럴 리가 없어, 이 마을에서 영화를 찍었다니, 그런 일이 있었다면 내가 몰랐을 리 없어.

한참 걷던 남자는 버스정류장 앞에 서 있던 늙은 여자에게 방아쇠를 당기고는 지하철 입구로 사라져버렸다. 총소리가, 기어이 관객의 잠을 깨우겠다는 듯, 커다랗게 울려퍼졌다. 효과는 나무랄 데 없지만, 좀 낡은 구도로군. 곧 이어 많은 사람들이 등장했고, 이야기는 앞으로 전진하는 대신, 짜증스럽고 산만하게 반복되고 있었다. 어느새 역무원은 줄거리 흐름을 놓치고 말았다. 한편으로 흑백 화면 속의 등장인물들은 대부분 비슷비슷해 보였다. 여자 한 명이 물에 잠긴 빌딩 속으로 들어가는 장면을 하품을 참으며 보고 있는데, SN07에서 부스럭 하는 소리가 났다.

행동이 몹시 재빠른 남자였다. 어느새 색을 들고 상영관 밖으로 빠져나가려 하고 있었다. 역무원은 서둘러 자리에서 일어났다. 남자를 잡고, 도중에 뭔가 착오가 생겼을지도 모르지만 그건 자기의 실수가 아니라고 말해 주어야 했다. 홀에서 역무원은 막 화장실 입구로 빨려 들어가던 색을 든 남자의 뒷모습을 붙잡았다.

화장실은 어디서나 볼 수 있는 그런 구조였다. 세면대 두 개, 거울 두 개, 소변기 다섯 개, 문 다섯 개. 색을 가져간 남자는 보이지 않았고, 문은 모두 닫혀 있었다. 역무원은 첫 번째 문을 열었다. 뚜껑이 열려 있는 빈 양변기 하나만이 덩그러니 자리를 차지하고 있었다. 아무도 없는 것을 확인하고 밖으로 나오려는데, 가까이서 서

둘러 문 여닫히는 소리가 들렸고, 채 고개를 돌리기 전에 뒤통수가 아리며 의식이 흐릿해졌다. 자신이 쓰러지고 있다는 사실을 아득하게 느끼며, 역무원은 왜 영화의 제목을 불화의 소멸로 했는지 궁금해했다.

"씨발. 무지하게 무거운 놈이군. 지난번 놈은 질소처럼 가벼웠는데 말이야." 배가 잔뜩 부른 번들거리는 검은 비닐봉지 하나가 화장실 바닥에 나동그라져 있다. 검정과 흰색의 타일 바닥을 배경으로 그것은 꽤 크고, 터지기 일보 직전인 것처럼 부분부분 팽팽하게 부풀어 있고, 또 꼭 초대형 소시지나 순대처럼 보이기도 한다. 두 남자가, 뒷모습만 보이는 두 남자가 근처에 서 있다. "마루가 꺼진 은신처에선 무척이나 좋아하겠는걸." 둘 다 얼굴이 보이지 않기 때문에 두 남자 중 누가 말을 했는지는 지금 알 수 없다. 지금 그 비닐봉지의 주둥이는 청테이프로 돌돌 감겨져 있다. "꼭 그렇지도 않아. 그들은 삼키기만 할 뿐이야. 들어오는 것의 무게에 대해선 상당히 관대하다는 소문이 있어." 그 다른 두 개의 입에서 나왔을 것으로 추측되는 두 개의 목소리는, 서로를 구분할 수 없을 만큼, 똑같이 들렸다. "지금까지는 너무 관대해 왔지. 너무 지나치게."

• •

문신 사나이가 공중목욕탕에 마지막으로 왔던 건 거의 10년 전이었다. 문신을 할 즈음, 그리고 그 후로 한 2,3년 동안은 그야말로 가리는 데 없이 철없이 쏘다녔지만, 정신을 차린 후부터 문신 사나이는 가급적 목욕탕이나 수영장 같은 곳을 피했다. 문신 사나이는 남들이 자신을 번듯한 직업 없이 남의 돈이나 뜯고 살아가는 깡패로 오인하게 될까 봐 두려웠다. 문신 사나이는 깡패가 아니라 기타리스트였다. 비록 TV에 나오는 대신, 지방의 중소도시들을 전전하며 나이트클럽에서 연주를 하기는 했지만. 문신 사나이는 자신의 직업이 부끄럽지 않았다. 하지만 몸에 새겨진 문신은 부끄러웠다. 창피한 기억으로 얼룩진 과거처럼, 가능하다면 자신에게서 송두리째 도려내 버리고 싶은 부분이었다.

평일 낮 시간이라 그런지 목욕탕 안에 아무도 없었다. 다른 사람들이 있었더라면 곤란할 뻔했는데, 휴우. 탕은 길쭉한 물고기 모양이었다. 물고기의 눈 쪽에서 물이 부글부글 샘솟듯 올라오고 있었다. 문신 사나이는 물고기의 아가미 근처에 몸을 푹 담그고 옷을 바꿔 입기로 한 남자를 기다렸다. 탕이 너무 얕아서, 어깨까지 타고 올라온 문신을 물속에 집어넣기 위해서는 엉덩이를 앞으로 쭉 빼고 앉아야만 했다.

매니저가 문신 사나이와 소냐를 부른 것은 이 주 전이었다. 문신 사나이가 속해 있는 밴드의 멤버는 모두 다섯이었다. 쟈니 기타라는 예명으로 통하는 기타리스트 문신 사나이, 베이스 털보, 드럼 닥터 해머, 지난달에 새로 영입돼 아직 무대에 설 기회를 잡지 못한 키보드, 그리고 유일한 여자이자 밴드의 리드싱어인 소냐. 이름을 밝힐 단계는 아니지만 메이저 중 한 군데서 니들한테 관심이 있대. 매니저는 지독한 골초였다. 늘 담배 연기 속에 파묻혀 있었다. 바보는 아닐 테니, 내가 왜 니들 둘만 부른 건지는 알겠지. 메이저 음반사 하나가 문신 사나이가 속해 있는 밴드에 관심이 있다는 얘기였다. 아니, 밴드 전체에 대한 관심은 아니고, 쟈니 기타와 소냐만 빼내서 새로운 밴드를 만들고 싶다는 얘기였다. 매니저는 새로 결성될 밴드나 음반 같은 자세한 얘기는 하지 않았다. 조만간 결판이 날 거야, 좋은 기회가 올지도 모르니까 처신 잘하면서 조금만 기다려. 그리고 의리니 뭐니 하면서 딴 애들한테 얘기해서 판 깨는 놈 있으면, 걘 이유 불문 제외다. 처음, 문신 사나이는 매니저의 얘기를 믿을 수가 없었다. 어쨌든 문신 사나이는 다른 멤버들에게 매니저에게서 들었던 얘기를 옮기지 않았다. 매니저와의 약속을 지킨다기보다는, 아직 확실한 것도 아닌 것 같았고, 결정된 다음에 얘기해 줘도 늦지는 않을 것이라는 생각에서였다.

며칠 전, 다시 매니저의 호출이 있었다. 이번에는 문신 사나이 혼자였다. 니 문제가 뭔지 알지? 문신 사나이는 그게 문제가 될 거라는 걸 잘 알고 있었다. 될 수 있으면 빨리 지우자. 예전에 문신 사나이는 피부과를 돌아다니며 몇 차례 자신의 몸에 새겨진 문신에 대해 전문의와 상담을 한 적이 있었다. 의사들은 대부분 회의적인 반응이었다. 기술적으로 불가능하다는 건 아니었지만, 전부를 다 지우려면 견적을 뽑아봐야겠지만 대략 일이천은 들 거라고 했다. 의사들은 대놓고 문신 사나이에게 그럴 돈이 있냐고 묻지는 않았지만, 적어도 빈정대는 표정 속에는 그런 질문이 감추어져 있었다. 문신 사나이는 그걸 알 수 있었고, 복권이라도 당첨되지 않으면 그런 돈이 생길 리가 만무하다는 것 역시 잘 알고 있었다. 미래를 보고 내가 투자하는 셈 치지 뭐. 문신 사나이는 매니저가 고마웠고 또한 자신에게 투자 가치가 있다는 사실이 놀라웠다. 근데, 하나만 부탁하자.

간단한 일이었다. 목욕탕에서 낯선 남자와 열쇠를 교환하고, 옷을 갈아입은 후, 집으로 돌아가서 옷가지를 남의 눈에 띄지 않게 독신자 아파트 지하에 있는 폐의류 수거함에 버릴 것. 아주 간단한 일이었다. 투자에 대한 조건으로는 생각하지 말아줬으면 좋겠어. 매니저는 어느새 새 담배를 입에 물고 재떨이에 짧아져 버린 담배를 눌러 끄고 있었다. 그냥 개인적인 부탁이야. 니가 딱인 것 같아서. 왜 그런 일을 하는지는 제발 묻지 말아줘. 눈 깜짝할 새에 매니저는 다시 새 담배에 불을 붙였고, 문신 사나이는 아무것도 묻지 않았다.

문신 사나이는 목욕탕 벽에 세워져 있던 초록색 그물을 보았다. 문신 사나이의 고향은 어촌이었다. 그냥 아버지를 따라 물고기나 잡으면서 먹고 사는 건데. 문신 사나이가 집을 뛰쳐나온 지 육 개월도 안 돼, 착실하고 성적도 좋아 부모님의 귀염을 독차지하던 동생마저 집을 나왔다는 소문이 있었다. 처음에는 근거 없는 흰소리려니 했는데, 나중에 알고 보니 그게 아니었다. 문신 사나이는 미안했다, 자식들 일로 속 썩을 부모에게도, 또 어쩌면 자신이 알게 모르게 나쁜 영향을 주었을지도 모르는 동생에게도.

남자애 하나가 탕 안으로 들어왔다. 열여덟이나 됐을까, 좀 더 어려 보이기는 했지만, 매니저가 보여준 사진 속의 남자애 같았다. 망설일 필요가 없었다. 문신 사나이는 남자애에게 다가가 열쇠를 건네주었고, 기다렸다는 듯이 남자애도 문신 사나이에게 발목에 차고 있던 열쇠를 끌러주었다. 남자애는 나이답지 않게 영리해 보였다.

18번이었다. 18번 보관함 안에 들어 있던 옷은 문신 사나이의 몸에 잘 맞았다. 속옷과 양말, 청바지와 셔츠, 야구모자와 선글라스. 청바지의 엉덩이가 좀 축축하기는 했지만, 크게 신경이 쓰일 정도는 아니었다. 목욕탕 밖으로 나오면서, 문신 사나이는 연락이 두절된 지 10년도 훌쩍 넘은 동생이 지금껏 잘 자라고 있다면 방금 전에 18번 열쇠를 자신에게 건네주었던 남자애 또래일 거라고 생각했다. 그렇게 생각하고 보니, 동생과 닮은 것 같다는 기분이 들었다. 말도 안 되는 생각이야. 설사 그 영리해 보이는 눈빛을 가진 애가 진짜 동생이라 해도, 지금은 매니저가 시킨 일을 마치고 문신 제거 수술을 받는 게 문신 사나이에게는 우선이었다. 매니저 말처럼 메이저 소속이 된다면, 그러고 난 후에 동생을 찾는다면, 그 편이 자신에게도 또 동생에게도 더 떳떳할 수 있을 것 같았다. 지금 동생을 찾는다 해도 내가 뭘 해줄 수 있단 말인가. 사실 그랬다. 문신 사나이가 가지고 있는 건, 보증금 오백이 들어 있는 월셋집과 잔고의 최고치가 이백을 넘겨본 적이 없는 통장 하나가 다였다. 내

발 뻗을 자리 하나 찾는 것도 힘에 부치는데.

바깥은 환했다. 아침에 잠시 내렸던 눈은 높이 솟은 태양의 열기에 말라버린 듯, 길섶에 드문드문 묻어 있을 뿐이었다. 동생 문제를 제쳐두더라도, 메이저 음반사 소속이 된다는 건, 대단한 일이었다. 만취했거나, 단지 괜찮은 이성을 호릴 목적으로 나이트클럽을 찾은 손님들 앞에서 노래를 부르고 기타를 뜯는 일을 몇 해째 해오면서 문신 사나이는, 자신이 소모되고 있다는, 천천히 닳고 있다는 생각을 했다. 그들은 문신 사나이를 혹은 문신 사나이가 속해 있는 밴드를 보러 나이트클럽에 온 게 아니었고, 대부분 음악에는 관심조차 없었고, 더러는 그들의 존재조차 의식하지 못했다. 스피커 대신에 서 있는 생물체일 뿐이었다. 그들에게 필요한 건 음악이 아니라, 충분한 데시벨의 소음과 성적인 자극, 그리고 발바닥을 비빌 수 있는 적당한 공간뿐이었다.

사흘 만에 돌아온 독신자 아파트는 환기가 안 돼서인지 공기가 들쩍지근했다. 창문을 활짝 열고 옷을 입은 채로 전기담요의 스위치를 고(高)에 맞춘 다음 이불을 뒤집어쓰고 침대에 몸을 누였다. 낮에는 연습이 없었고, 업소 스케줄도 자정 넘어 한 곳뿐이었다. 느지막이 일어나 옷을 폐의류 수거함에 버리고 어디서 저녁을 대충 때운 뒤 11시까지만 사무실로 가면 됐다.

눈을 뜬 것은 창밖이 어둑어둑해져서였다. 시간을 확인할 겸, 문신 사나이는 머리맡에 있던 TV 리모컨 단추의 전원을 눌렀다. 6시 뉴스가 시작되고 있었다. 아직 일어나기에는 시간이 좀 일렀다. 눈을 더 붙이려다 비몽사몽간에 문신 사나이는 살인 사건 속보를 보게 되었다. 백화점 라커룸에서 벌거벗은 신원미상의 남자아이 시체를 발견했다는 내용이었다. 남자애의 얼굴이, 신원을 아는 사람이 있으면 경찰서로 연락하라는 자막과 함께, 화면 위에 4,5초간 머물렀고, 문신 사나이는 침대에서 벌떡 일어났다.

화면 속의 얼굴은 낮에 문신 사나이가 목욕탕에서 만났던 남자애와 너무도 똑같았다. 이게 뭐야.

곧이어 백화점 내부에 설치된 감시카메라에 잡힌 용의자의 흐릿한 모습이 화면에 나왔다. 화질이 좋지 않은 화면 속에서 용의자로 지목된 남자는 고개를 숙이고, 부자연스럽게 동작이 툭툭 끊기면서 카메라를 향해 걸어오고 있었다.

내가 왜 저기에 있는 거지. 문신 사나이는 혼란스러웠다. 입 안이 바짝 말랐다. 있을 수 없는 일이었다. TV 속에서는 정확히 같은 장면이 세 번 반복되었고, 그때마다 용의자 남자는 다리를 절뚝거리며 지직거리는 흑백 화면 속에서 똑같은 행동을 반복하고 있었다. 내가 아니야. 문신 사나이는 그 단조로운 반복을 입을 벌린 채 지켜보았다. 저건, 내가 아니야. 닮은 건, 단지 옷차림뿐이잖아. 그랬다. 절름발이 용의자의 모습은, 문신 사나이가 공중목욕탕에서 남자애와 옷을 바꿔 입은 후 거울 앞에 섰을 때의 바로 그 모습이었다. 청바지와 짙은 회색의 셔츠, 야구모자와 선글라스. 문신 사나이는 벗어놓았던 야구모자와 선글라스를 쓰고 벽에 걸려 있는 거울 앞에 섰다. 일부러 절뚝거리면서 걸어보았다. 저건 나야, 저건 나지만, 그리고 닮기는 했지만, TV 속의 젊은발이는 절대 내가 아니야. 하지만 그에게는 알리바이가 없었다. 그의 알리바이를 증명해 줄 사람이 없었다.

문신 사나이는 혼란스러웠다. 문신 사나이와 열쇠를 교환했던, 동생을 꼭 닮았던 남자애는, 혹은, 그 남자애와 똑같이 생긴 또 다른 제삼의 남자애는 백화점 라커룸에서 시체로 발견되었고, 그 남자애가 입고 있었던, 열쇠 교환을 통해 문신 사나이가 입게 된 옷들과 똑같은 차림의 남자는, 결코 문신 사나이 자신일 리가 없는, 하지만 똑같은 차림의 또 다른 남자는 용의자로 지목된 채 감시카메라 안에서 실험용 쥐처럼 멍청하게 떠돌고 있었다. 거의 무의식 중에, 문신 사나이는 자리에서 일어나 현관으로 달려갔다.

다른 방도는 생각나지 않았다. 문신 사나이는 어디서부터 잘못된 건지, 어떻게 해서 이렇게 커다란 착오가 생기게 된 건지 추측조차 할 수 없었다. 일단 백화점으로 가봐야 될 것 같았다. 시체나 단서가 될 만한 것은 경찰들이 벌써 다 쓸어갔을 터였지만, 막연히 현장에 가면 뭔가 찾아낼 수 있을 것 같았다.

날은 어느새 완전히 어두워졌다. 살인 사건이 일어났다는 백화점 앞이었다. 처음 와보는 곳이었다. 문신 사나이는 도시의 중심가에서 벗어난 이런 외딴 곳에 백화점이 있다는 사실을 까맣게 모르고 있었다. 문신 사나이의 예상과는 달리 경찰이나 기자들은 전혀 보이지 않았다. 문신 사나이는 잠시 자신이 잘못 찾아온 건 아닌지 하는 걱정이 들었다. 얼마 지나지 않아 문신 사나이는 건물의 남쪽 후미진 곳에서 회전문을 발견할 수 있었다. 문에는 '닫혔음 CLOSE'라는 빨간색 명패가 달려 있었는데, 손으로 밀어보자 쉽게 돌아가기 시작했다. 너무 허술한데.

영업 중인 낮 시간처럼 실내가 훤해서, 문신 사나이는 깜짝 놀랐다. 경찰 수사를 위해 켜둔 거라고 생각할 수도 있었지만, 1층에는 경찰들도, 카메라와 수첩을 들고 바쁘게 뛰어다니고 있어야 할 기자들도 보이지 않았다. 대신, 백화점 천장에는 수백 수천 개의 풍선이 떠 있었다. 수소나 헬륨 가스 등으로 속을 채운 것인지, 살을 맞댄 색색의 풍선들은 천장에 찰싹 달라붙은 채 별 요동 없이 잠자코 자리를 지키고 있었다. 요컨대, 밤의 백화점은 낮의 백화점과 전혀 다를 바가 없었다, 사람들이 삭제되었다는 것과, 풍선들이 천장에 마치 박쥐처럼 몸을 붙이고 군집해 있다는 것만 빼면.

발소리를 죽인 채 걸어가면서 계속, 문신 사나이는 혼란스러웠다. 오전에 살인 사건이 일어난 현장치고는 모든 것이 너무 태평스러웠다. 빨간 명패가 있기는 했지만 실은 무방비 상태나 다름없었고, 관계자들도 전혀 눈에 띄지 않았고, 풍선들로 가득 찬 실내는 살인 현장보다는 축제 마당에 가까울 듯 싶었다. 혹시 내가 다른 백화점으로 잘못 찾아온 게 아닐까?

엘리베이터는 작동이 되지 않았다. 계단은 어두웠고, 고등어 비린내 같은 냄새가 났다. 천장에 달라붙은 채 꼼짝도 않고 있던 풍선을 생각해 볼 때, 이미 환기 장치는 멎은 듯했다.

계단은 어지러이 버려진 손바닥만 한 종이쪽지들로 꽉 차 있었다. 그것들은 형편없이 구겨져 있었고 또 여러 겹 구두 자국이 찍혀 있었다. 그중의 하나를 문신 사나이는 집어들었는데, 거기에는 붉은 글씨로 'FISHER HOTEL 1207'이라고 쓰여 있었다. 옅은 파란색 줄이 일정한 간격으로 그어져 있는 노트 종이였고, 가위나 칼을 사용하지 않고 손으로 급하게 찢어냈는지 가장자리가 고르지 못했다. 문신 사나이는 이것이 수사의 흔적일 수도 있다고 생각했지만, 'FISHER HOTEL 1207'과 살인 사건을 어떻게 연관 지을 수 있을지 상상할 수 없었다. 이것들은 무엇에 대한 증거일까?

여전히 모든 것이 오리무중이었다. 살해당했다는 남자애나 살인자로 의심받는 감시카메라 속의 남자에 대한 그 어떤 단서도, 아직 문신 사나이는 찾아내지 못했다. 영화 속 살인 현장에서는 주인공들이 결정적인 단서가 될 증거품들을 마치 사전에 범인들과 은닉 장소에 대해 약속이라도 한 것처럼 잘도 집어내고는 했지만, 실제는 달랐다. 문신 사나이는 싫증이 나도록 실컷 종이쪽지들과 풍선들을 만났지만, 그것들은 아무런 단서도 되지 못했다. 그것들은 문신 사나이에게 간절한 알리바이를 제공하지 못했다. 이것들은 도대체 다 어디서 온 것들일까?

시체가 발견된 라커룸이 있다는 4층 엘리베이터 옆에는 커다란 전신거울이 달려 있었다. 그제서야 문신 사나이는 자신이 목욕탕에서 바꿔 입은 그 옷차림 그대로 이곳에 왔다는 사실을 알아챘다. 문신 사나이는 감시카메라에 걸렸던 남자 흉내를 내 절룩거리면서 걸어보았지만, 좀 어색했다. 매니저가 부탁했던 것처럼, 백화점으로 오기 전에 이 옷들을 폐의류 수거함에 버렸어야 했는데, 급하게 서두르다 보니 무심코 여기까지 입고 오게 된 것이었다. 이런 바보 같으니라구. 그제서야 문신 사나이는 자신이 의심받기 딱 좋은 처지라는 걸 깨달았다. 문신 사나이는 '범인은 반드시 현장으로 돌아온다.'라는 속설을 떠올렸다. 자신이 범인이라면, 모든 게 딱 맞아떨어질 것 같다고 문신 사나이는 생각했다. 증거를 찾아야 해, 여기서 쫄아 뒤로 대책 없이 내빼면 나만 독박 쓰는 거야.

4층은 식료품 매장이었다. 아무도 보이지 않았다. 진열대 위에는, 팔려고 혹은 손님에게 맛을 보이려고 내놓은 음식들이 그득했다. 예를 들어, 유제품 코너에는 우유를 반쯤 부어놓은 소주잔 크기의 플라스틱 잔 오십 개 정도가 좁은 테이블 위에 빽빽이 놓여 있었다. 문신 사나이는 그중 하나를 집어들어 맛을 보았는데, 좀 쓰기는 했지만, 그럭저럭 시원했다. 이상한데, 이상해. 백화점 안에는 아무도 없었다. 모두 사라져버렸다. 풍선들과 종이쪽지들과 진열돼 있는 음식물들을 남기고, 사람들은 사라져버렸다, 그것도 남은 음식물들을 정리할 겨를도 없이, 아주 갑작스레, 그리고 한꺼번에. 문신 사나이는 남아 있는 흔적들을 가지고 뭔가 궁지에서 벗어날 수 있는 단서를 조합해 내야 했다. 하지만 쉽지 않은 일이었다. 문신 사나이는 초조해졌다. 멍하니 걷다가 문득 피자가 먹고 싶다는 생각이 들어 문신 사나이는 피자 코너에 놓여 있던 조각 피자 하나를 덥석 베물었다. 시큼했다. 피 냄새 같기도 했다. 그러자 갑자기 모든 것이 하나씩 기억나기 시작했다.

그때 등 뒤에서 부르릉거리는 소리가 났다. 문신 사나이는 이제 다 알 것 같았다. 오토바이 소리일 터였다. 뒤를 돌아다보았다. 노란 우비에 노란 헬멧으로 얼굴을 가린 녀석 하나가 오토바이를 타고 좁은 진열대 사이를 질주하고 있었다. 한 손에는 기다란 쇠파이프를 들고 있었다. 문신 사나이는 이제 다 알 것 같았다. 녀석의 목표물은 문신 사나이 자신이었다. 도망쳐야 했다. 이번에는 절대 당하지 않아, 절대로.

급하게, 문신 사나이는 화장실 문을 열었다. 4층 여자화장실이었다. 바닥에 고여 있던 물이 문신 사나이의 바지에 어지럽게 튀었다. 문신 사나이는 철벅거리면서 가운데 칸으로 들어갔다.

왠지 거기에 있을 것만 같았다. 변기의 물탱크 뚜껑을 바닥에 내려놓고, 문신 사나이는 소매도 걷지 않은 채 손을 더러운 물 속으로 집어넣었다. 문신 사나이의 손가락 끝에 비닐봉지가 잡혔다. 개새끼들 맛 좀 봐라. 문신 사나이는 물을 털고 테이프를 뜯고 비닐봉지 속에 있던 물건을 꺼냈다. 총이었다. 문신 사나이는 물탱크 뚜껑을 제자리에 돌려두고, 비닐봉지를 변기 속에 버리고, 변기 뚜껑을 닫은 다음 뚜껑 위에 쪼그리고 앉았다. 그리고 총의 안전장치를 내리고, 오른손 검지손가락을 방아쇠에 걸었다.

문이 열렸다. 문신 사나이는 기다리고 있었다. 그렇게 되리라고 예상하고 있었다. 방아쇠를 당길 준비를 하고 있었다. 문이 열린 후에 모습을 나타내게 될 노란 우비, 노란 헬멧 차림의 녀석을 기다리고 있었다. 하지만, 문이 열리기는 했지만, 문이 젖혀지고 난 뒤, 그곳은 비어 있었다. 노란 우비 녀석도, 그 누구도 거기에 없었다. 아무도 없다는 걸 문신 사나이가 깨달은 건 이미 오른손 검지 손가락에 힘이 들어간 후였다. 펑 하고 터지는 소리가 문신 사나이의 귀에 들렸다. 아주 짧은 순간 동안만 문신 사나이는 그 소리를 인지할 수 있었는데, 소리가 원체 짧게 터졌다가 사그라졌기 때문이기도 했지만, 소리가 채 끝나기도 전에 문신 사나이의 귀가, 또 귀가 붙어 있던 머리통이 사라져버렸기 때문이기도 했다.

바닥에는 수십 장의 신문지들이 서로 겹쳐진 채로 깔려 있다. 간혹 신문지들이 벌어진 사이로, 나무 합판이 보인다. 갖가지 모양과 크기의 백색 얼룩들이 신문지 위를 뒤덮고 있다. "멋진 솜씨던데." 방금 남자 한 명이 방 안으로 들어왔다. 연한 회색의 멜빵 달린 작업복 차림이다. "신문지들이 구겨지지 않도록 조심하라구. 그런데…… 뭐 말이야?" 그전에 이미 방 안에는 한 명의 남자가 있었다. 똑같은 차림의 남자. 회색 멜빵 달린 작업복에 하얀 목장갑, 종아리까지 올라오는 검정색 고무장화. "총이 터진 거 말야, 놈의 머리도 함께. 그거…… 소음기에 자네가 손을 댄 거겠지?" 방 안에 있던 남자는 큼직한 흰색 페인트 통에 털이 부숭부숭한 손잡이가 달린 굴림대를 집어넣다가 뺀다. "제발, 내게 책임을 돌리려고 하지 마. 백화점을 찾아온 것도, 여기서 총을 찾아낸 것도, 방아쇠를 당긴 것도 다 놈이라구." 처음부터 방 안에 있던 남자가 벽에다 굴림대를 문지르자, 거칠거칠한 백색의 자국이 벽에 묻어난다. 뒤늦게 방에 들어온 남자는 목장갑과 고무장화를 신고 나서도 일을 시작할 기미가 없다. “좋은 얘기야. 훌륭한 변명이야. 네겐 아무런 책임이 없고, 잘못은 모두 놈의 자유의지에 있었다는 거군. 자네 얘기가 놈에게 위안이 되면 좋겠는데.” 뒤늦게 들어온 남자가 아직 페인트가 묻지 않은 갈색의 손잡이가 달린 굴림대를 들고, 벽에 페인트칠을 하고 있는 남자 옆에 섰다. 키가 똑같다. “쓸데없는 소리 집어치우고 빨리 페인트칠이나 시작해. 내일 오픈 전에 칸막이 공사까지 끝내려면 시간이 없어…… 근데…… 처리는 잘했어?” “잘 모셔다 주고 왔지, 마루가 꺼진 은신처에, 머리통만 빼고 말이야. 니가 터뜨려버려서 가져올 수 없다고 솔직하게 말했어.” 늦게 나타난 남자가 페인트통을 두 남자 사이로 옮겨놓고 있다. “뭐래?” “맞춰 봐.” “그만둬, 귀찮아, 안 들어도 상관없어.”

• •

흰 드레스 여인은 으스스 추웠다. 겨울에는 늘 그랬다. 작년 겨울에도 그랬고, 재작년 겨울에도 그랬고, 그전에도…… 지은 지 30년이 다돼 가는 목조 건물은 여름에는 시원했지만, 겨울에는 외풍이 심했다. 흰 드레스 여인은 가끔 자신이 평생 이곳에 앉아 있기만 했던 게 아닐까 하는 착각에 잠기고는 했다. 흰 드레스 여인은 실제로 어린 시절을 잘 기억하지 못했다. 남편과 처음 만났던 일도 가물가물하기만 했다. 남편이 죽었을 때의 일은 비교적 정확하게 기억하고 있었지만, 그때 흰 드레스 여인이 느꼈던 감정은 아주 아득했다. 남편이 죽고 또 딸아이가 실종된 후로는, 흰 드레스 여인에게는 기뻐할 일도 슬퍼할 일도 더는 생기지 않았다. 매일매일이 똑같았다. 15년 동안, 수면 시간을 제외한 대부분의 시간을 흰 드레스 여인은 나무로 만든 의자에 앉아 손님이 오면 돈을 받고 열쇠를 내주는 일로 보내야 했다.

8일 전에 남자 하나가 찾아왔었다. 남자는 돈을 내지 않았다. 대신, 명함을 내밀었다. 공무원이었다. 안전검사를 나왔다고 했다. 젊고 잘생긴 얼굴이었다. 계단이 위험해 보인다고 했다. 안전규격 조항에서 벗어난다고 했다. 그런데 왜 그런 옷을 입고 있는 거죠? 흰 드레스 여인은 자신이 공무원이라고 주장하는 남자의 질문에 대답하지 않았다. 어떻게 해야 되나요? 공무원은 규정에 맞춰 영업 정지를 피하려면 꽤 큰돈이 들 거라고 했다. 그러느니 차라리 이 오래된 건물을 철거하고 다시 짓는 편이 나을 거라고 했다. 흰 드레스 여인은 공무원이 말한 큰돈이라는 게 어느 정도의 액수인지 잘 몰랐다. 그리고 흰 드레스 여인은 남편의 유품과도 같은 이 건물에 손을 대고 싶은 마음이 없었다.

자살하기 한 달 전쯤, 남편은 흰 드레스 여인에게 이 목욕탕을 보여주었다. 남편은 돈을 잘 벌었고 또 흰 드레스 여인이 살고 있는 집에는 한겨울에도 더운 물이 나오는 욕실이 있었기 때문에, 흰 드레스 여인은 공중목욕탕에 갈 일이 없었다. 남편은 이제부터 흰 드레스 여인이 이 공중목욕탕의 주인이라고 했다. 물고기 모양의 탕이 마음에 들어서 샀다고 했다. 다음날부터 흰 드레스 여인은 남편의 명령대로 목욕탕으로 출근을 했고, 난생처음 제 손으로 돈을 벌게 되었다. 그리고 다시 일 주일 뒤, 흰 드레스 여인은 남편과 이혼을 했다. 남편은 이유를 말해 주지 않았다. 다만 가족을 위한 일이라고 했다. 금세 원래대로 돌아갈 수 있을 거라고만 했다. 흰 드레스 여인은 남편을 믿었고 남편이 시킨 대로 법원에서 깨알만 한 글자들이 가득한 서류에 도장을 찍었다. 그리고 다시 3주 뒤, 남편은 부도를 내고 자살을 했다. 흰 드레스 여인은 부도가 무슨 뜻인지 잘 몰랐지만, 자살이 무얼 의미하는지는 알았다. 유언대로 남편의 시신은 해부용으로 대학병원에서 실어갔다. 이제 흰 드레스 여인은 부인도 그 무엇도 아니었으므로, 남편의 시체에 대해 아무런 권리도 가질 수 없게 되었다고 했다. 다른 미망인들처럼 소복을 입고 영안실에서 곡을 할 수도 없었다. 딸아이는 기절을 하는 바람에 병원에서 데려갔다. 흰 드레스 여인도 함께 기절하고 싶었지만 뜻대로 되지 않았다. 퇴원을 한 후 딸아이는 부쩍 말수가 줄어들었고, 흰 드레스 여인은 의자처럼 하루 종일 목욕탕 카운터에 앉아 있게 되었다.

어떻게 해야 되나요? 공무원은 흰 드레스 여인이 돌아가신 자신의 어머니를 꼭 닮았다고 했다. 하지만 흰 드레스 여인은 공무원에게도, 고인이 되었다는 공무원의 어머니에게도 관심이 없었다. 어떻게 해야 되나요? 공무원은 안전조항 같은 거야 실은 형식적인 것이고, 일괄적으로 모든 건물에다 적용하겠다는 발상 자체가 관료주의적인 탁상공론에 지나지 않는다고 했다. 흰 드레스 여인은 공무원이 사용하는 단어들이 낯설었다.

딸아이가 실종된 것은 남편이 죽은 후 육 개월 정도가 지나서였다. 그때 딸아이는 고등학생이었다. 이틀인가 사흘인가 집에 들어오지 않아 학교에 가보니, 이미 딸아이는 일 주일 전에 자퇴를 한 것으로 돼 있었다. 서류에는 죽은 남편의 도장이 찍혀 있었다. 남편은 죽었는데. 흰 드레스 여인은 이런 중대한 일을 부모에게 연락해 확인해 보지도 않은 학교측의 무성의함에 항의를 해야 했지만, 그러지 못했다. 교장은 흰 드레스 여인에게 자퇴를 한 것은 형식적인 절차일 뿐, 이미 퇴학 결정을 내려놓고 있었다고 했다. 지난주에는 딸아이가 화장실에서 담배를 피우다가 적발이 됐는데, 반성은커녕 훈육 중이던 여선생을 폭행했다고 했다. 이 지경이 될 때까지 아무것도 몰랐냐고 했다. 하긴, 흰 드레스 여인은 딸아이를 잘 몰랐다. 어떻게 해야 되나요? 교장은 흰 드레스 여인의 딸아이가 이미 학교라는 울타리를 벗어났으므로, 더 이상 학교에서 할 수 있는 일은 없다고 했다. 경찰에 맡기는 수밖에 도리가 없다고 했다. 가정에서의 대화의 중요성에 대해서도 교장은, 사환애가 가져다 준 녹차가 다 식어버릴 때까지 오랫동안 늘어놓았다. 문을 닫고 교장실을 나오면서, 흰 드레스 여인은 교장에게 뭔가 해야 할 말이 있었던 것 같았는데, 그 뭔가가 잘 떠오르지 않았다.

경찰은 이런 건은 백이면 백, 단순 가출이라고 했다. 접수해 놓으세요. 확인되는 대로 연락드릴게요. 하지만 연락은 오지 않았다.

한 번 더 경찰서로 전화를 했는데, 메마른 목소리가 담당자가 바뀌었다고 했고, 지금은 그 담당자가 휴가 중이라고 했다. 사흘 뒤에 다시 연락하라고 했다. 흰 드레스 여인은 메마른 목소리가 시킨 대로 하지 않았다.

공무원의 부탁은 간단했다. 제가 보기에 실제로 계단은 아무 문제가 없어요, 단지 서류상의 문제일 뿐이죠. 하지만 흰 드레스 여인 자신도 늘 계단이 위험하다고 생각하고 있었다. 흰 드레스 여인은 왜 공무원이 거짓말을 늘어놓고 있는지 궁금했다. 하지만 그런 건 중요한 일이 아니었다. 교장실에서 차를 나르던 사환 아이가 유난히 슬퍼보이는 얼굴을 하고 있었다는 사실도 중요한 일이 아니었다. 어떻게 해야 되나요? 제 어머니 같아서 하는 얘긴데, 단도직입적으로 말씀드리죠. 제 편의를 하나 봐주세요, 저도 그쪽 편의를 봐드리죠.

전국공중목욕탕협회에서는 매달 둘째 주 화요일을 정기휴일로 정해 놓고 있었다. 흰 드레스 여인은 한 달에 한 번, 텅 빈 목욕탕에서 혼자 목욕을 했다. 얼굴만 내놓은 채 네 시간이고 여섯 시간이고 물고기 모양의 탕 속에 들어가 있었다. 물속에서 흰 드레스 여인은 예전에 자신에게 무슨 일이 일어났던지 되새겨보려 했다. 슬픈 일이 끔찍이도 많이 지나갔었지, 그런데 이젠 모든 게 잘 기억나지 않아, 흐릿해져 버렸어. 하지만 흰 드레스 여인의 기억에서 멀어진 건, 그녀에게 일어났던 슬픈 일들이 아니라 슬픔이란 감정 자체였다. 흰 드레스 여인은 자신이 탕 모양을 닮아 물고기처럼 변해 가고 있다고 느꼈다. 아주 오랫동안, 아니 어쩌면 처음부터, 물고기도 나도 혼자였어.

공무원은 누군가 올 거라고 했지만, 아직 아무도 오지 않았다. 흰 드레스 여인은 카운터 위에 놓인 시계를 쳐다보았다. 시계가 달려 있는 구식 라디오였다. 시계 역시 지금은 보기 힘든, 숫자판이 넘어가면서 시간이 바뀌는 구식 모델이었다. 개업 기념이라며 남편이 사준 것이었다. 하긴 흰 드레스 여인이 가진 모든 것은, 죄다 죽은 남편이 사준 것들이었다. 목욕탕도 그랬고, 흰 드레스도 그랬다. 갖고 싶다고? 네. 결혼식을 마치고, 흰 드레스 여인은 자신이 입었던 웨딩드레스를 영원히 간직하고 싶다고 했고, 신혼여행을 마친 후 남편은 식장으로 가서 그 웨딩드레스를 큰돈을 지불하고 가져왔다. 하지만 너무 오래된 얘기였다.

남자가 왔다. 공무원이 말한 대로 남자는 귀중품이라며 흰 드레스 여인에게 색을 맡겼다. 공무원은 그게 일종의 암호라고 했다. 흰 드레스 여인은 18번 열쇠를 내주었다. 간단한 일이었다. 건물에 손을 댈 수는 없었다. 흰 드레스 여인은 가급적 오래오래, 나무로 만든 의자 위에, 나무처럼 앉아 있고 싶었다.

남자가 탈의실로 사라진 후, 흰 드레스 여인은 색의 지퍼를 열고 그 속에 여고생 교복을 집어넣었다. 엊저녁, 공무원은 아무 문양도 없는 분홍색 종이봉투를 하나 들고 왔었다. 그 속에 여고생 교복이 있었다. 이걸 남자가 맡긴 색 안에 넣어주세요. 어려운 일은 아니죠? 물론 어려운 일은 아니었다. 교복은 조금 구겨져 있었다. 딸아이는 구겨져 있는 옷을 무척 싫어했고, 흰 드레스 여인은 다림질을 무척이나 싫어했다. 흰 드레스 여인은 새삼스럽게, 딸아이가 학교에서 말썽을 부렸던 이유가 자신이 다려주지 않은 구겨진 옷 때문이었을지 모른다고 생각했다. 하지만 너무 오래된 얘기였다.

흰 드레스 여인은 라디오를 듣지 않았다. 기계 조작하는 것을 흰 드레스 여인은 좋아하지 않았다. 대신, 온종일 라디오에 달린 시계의 숫자판을 쳐다봤다. 숫자판이 넘어갈 때면 짤그락 하는 아주 작은 소리가 났다. 흰 드레스 여인은 멍하니 숫자판을 쳐다보면서 과거에 그녀에게 일어났던 일들을 꼼꼼히 그려보고는 했다. 그러다가 숫자판이 넘어가는 소리에 까무룩 정신이 들기도 했다. 하루 내내 숫자판을 들여다보지만, 숫자판이 넘어가는 소리는 고작 두어 번 남짓밖에 듣지 못한 날도 있었다. 그런 날에는, 흰 드레스 여인은 과거의 한 부분을, 예를 들자면 그녀가 찾아간 딸아이가 다니던 학교의 교장실에서 차를 나르던 사환 아이의 인상착의 같은 것을 거의 완벽하게 재현해 낼 수 있었다.

시를 나타내는 숫자판이 넘어갔고, 삐걱거리는 문소리 뒤로 남자 한 명이 들어왔다. 인상이 나빴다. 옷차림도 이상했다. 남자가 움직일 때마다 옷이 번쩍거렸다. 남자는 왼쪽 약지 손톱을 손가락 한 마디 정도의 길이로 기르고 있었다. 나머지 손가락은 정상으로 보였다. 흰 드레스 여인은 거기에 무슨 특별한 의미가 있는지 궁금했다. 물어보고 싶다는 생각이 들었지만 그럴 용기가 나지 않았다. 흰 드레스 여인은 그에게 36번 열쇠를 주었다. 거기에는, 36번이라는 숫자에는, 아무런 의미도 없었다. 36번 열쇠처럼, 유독 길게 기른 왼손 약지 손톱 역시 어쩌면 아무런 의미가 없는 건지도 몰랐다.

흰 드레스 여인에게는 딱히 알고 지내는 사람이 없었다. 남편과 함께 살고 있을 때는, 남편의 여동생이자 딸아이의 고모가 되는 여자가 주말이면 자주 집으로 찾아왔었다. 흰 드레스 여인은 그 여자를 싫어하지 않았다. 단지 별로 관심이 없었을 뿐이었다. 딸아이가 실종되자 그 여자는 흰 드레스 여인에게 왜 적극적으로 딸아이를 찾으려 하지 않느냐고 물었다. 내가요? 예, 언니. 요즘에는 언니가 정말 엄마 맞나 하는 생각도 들어요. 경찰서에도, 학교에도, 청소년보호센터에도, 그렇게 그 여자에게 등이 떠밀려, 흰 드레스 여인은 딸아이의 행방을 묻기 위해 발품을 팔아야 했다. 모두들 무관심했고, 그들의 무관심은 흰 드레스 여인에게도 점차 전염되는 듯했다. 아니면, 반대로 흰 드레스 여인의 무관심이 그들에게 전염되었던 건지도 몰랐다. 어쨌건, 딸아이의 행방을 안다는 사람은 어디에도 없었다. 진짜 엄마라면 이럴 수는 없어요. 그 여자는 거의 울먹이면서 말했다. 하지만 그 여자에게는 아기가 없었고, 흰 드레스 여인은 아기도 없는 그 여자가 진짜 엄마에 대해 얘기한다는 게 맘에 들지 않았다. 흰 드레스 여인은 문득 짜증이 나 정색을 하고 소리를 질렀었다. 진짜 엄마가 뭔데? 그 후로, 흰 드레스 여인은 그 여자를 다시 보지 못했다.

처음 흰 드레스 여인에게 색을 맡겼던 남자가 탈의실에서 나왔다. 머리가 젖어 있었다. 좀 이상했다. 다른 옷을 입고 있었다. 약지 손톱을 기다랗게 기른 남자가 입고 있던, 기분 나쁘게 반짝거렸던, 그 옷 같았다. 남자는 맡겼던 색을 달라고 했다. 귀중품이라고 하던 바로 그 목소리였다. 흰 드레스 여인은 여고생 교복을 집어넣은 색을 내주었다. 남자는 허둥지둥 사라졌다. 흰 드레스 여인은 혼란스러웠다.

이번에는 약지 손톱을 기다랗게 기른 남자였다. 그도 방금 전에 나갔던 남자와 마찬가지로, 들어올 때와는 다른 옷차림 같았다. 색을 맡겼던 남자가 입고 왔던 옷 같기도 했다. 실수로 옷이 바뀔 수 있을까? 흰 드레스 여인은 혼란스러웠다. 차라리 단지 착각이었으면 했다.

그렇게 두 명이 찾아왔었고, 이제 그 두 명이 떠났다. 늘 그랬다. 손님들은 잠깐 찾아왔다가는 모두 돌아갔다. 아무도 흰 드레스 여인 곁에 남아 있지 않았다. 집에 돌아가려 하지 않은 손님이 있으면, 강제로 내보내거나 그래도 말을 듣지 않으면 경찰을 불러야 했다. 그러고 나면 다시, 완벽하게, 아무도 흰 드레스 여인 곁에 남아 있지 않게 되었다.

얼마쯤이나 지났을까, 다시 남자 한 명이 들어왔다. 눈썹이 거의 없는, 코가 긴, 피부가 약간 얽은 얼굴이었다. 짧은 순간이었지만, 흰 드레스 여인은 남자의 얼굴을 보고 오싹했다. 눈썹이 거의 없던 남자가 탈의실로 들어간 후, 흰 드레스 여인은 자신이 왜 별 특별한 데도 없는 손님을 보고 오싹해했는지 곰곰이 생각해 보았다. 이유가 잘 떠오르지 않았다. 잠시 후 오싹했던 기분을 뒤로 미루고,

흰 드레스 여인은 다시 과거로 돌아갔다.

전화가 왔다. 흰 드레스 여인은 이유 없이 놀랐다. 감이 좋지 않았다. 엄마. 야트막한 휘파람 같은 소리가 전화 속 여자의 목소리 뒤로 흘러가고 있었다. 누구시죠? 흰 드레스 여인은 자신도 모르게 경어를 썼다. 나야, 나라구, 엄마. 흰 드레스 여인은 가슴이 덜컹 내려앉는 것 같았다. 어디니? 바로 앞이야. 바로 앞이라니, 어디 말하는 거야? 여기, 목욕탕.

흰 드레스 여인은 나무로 만든 의자에서 천천히 일어났다. 무릎이 아팠다. 안 되는데, 그래선 안 되는데. 흰 드레스 여인은 반복해서 중얼거렸다. 나가봐야 한다고 생각했지만, 갑자기 무릎이 너무 아팠다. 아니, 나가보고 싶지 않았다. 이제 와서 딸아이라니, 이제 와서 뭘 더…… 그때 다시 전화가 울렸고, 흰 드레스 여인은 도망치다시피 계단으로 달려갔다. 위에서 내려다보는 계단은 가팔랐다. 위에서 두 번째 칸인가 세 번째 칸에서, 흰 드레스 여인의 몸이 붕 하고 솟구쳤다. 안 되는데, 그래선 안 되는데.

수증기가 가득한 탕 안에 남자가 하나 앉아 있다. 휴대전화기를 귀에 대고 있다. "잘 끝났지? 안 내려가 봐도 되는 거지?" 상대방의 목소리는 들리지 않는다. "응…… 응…… 그런데 계단에 쳤던 줄은 걷었어?…… 표시 안 나게 잘해." 남자의 머리는 물에 젖어 머리통에 찰싹 달라붙어 있다. "뭐라고?…… 그래…… 딸애 목소리를 흉내냈다고?…… 참…… 너답게 치사한 방법이군 그래……

그냥 불이 났다고 해도 됐잖아…… 알았어…… 그랬으면 됐고…… 어쨌건, 내가 늘 잔소리 하지만, 완벽함하고, 잔재주는 구분하라구." 남자가 전화기를 귀에서 떼고 일어난다. 남자가 일어나자 탕 안의 물이 출렁댄다.

• •

표 파는 소녀는 영화가 싫었다. 아주 옛날, 표 파는 소녀가 고아원에서 자랄 때는 그렇지 않았다. 영화가 싫어진 건, 아니 영화를 보러 오는 사람들이 싫어진 건, 아저씨가 표 파는 소녀를 입양한 후, 그가 사장으로 있는 영화관 매표소에 처박아둔 후부터였다. 1년 365일 영화가 상영되는 낮 시간 동안에 표 파는 소녀는 매표소 안에 갇혀 있어야 했다. 그리고 9시가 약간 넘어 영화 상영이 끝나면 자정까지 영화관 구석구석을 청소해야 했다. 매일매일 죽으라고 청소를 해도 쓰레기는 자가번식을 하는 박테리아들처럼 계속 생겨났고, 언젠가부터 표 파는 소녀는 사람들이 영화관에 오는 이유가 쓰레기를 버리기 위해서일 거라고 믿게 되었다.

그래도 니 팔자가 젤로 좋은 줄 알어. 아저씨가 열일곱 번째 딸을 두메산골의 고아원에서 입양해 온 날, 입양해 온 순서로 따져 아저씨의 세 번째 딸이 되는 가슴이 큰 언니 하나가 표 파는 소녀에게 그렇게 말했다. 아저씨에게 입양된 열일곱 명의 여자애 중, 열네 명은 창녀였다. 예외는 단 세 명이었다. 두 명은 그 짓을 하기에는 너무 어렸다. 마지막 애는 아직 생리가 뭔지도 모르는 나이였다. 그리고 러키세븐, 아저씨가 일곱 번째로 입양한 딸, 바로 표 파는 소녀가 그 세 명의 예외 중 하나였다. 생리를 시작한 지 5년이 지났지만, 아저씨의 다른 딸들과는 달리 표 파는 소녀는 몸을 파는 대신, 표를 팔았다.

영화관은 지하에 있었고 지상은 5층짜리 여관이었는데, 여관 역시 아저씨가 사장이었다. 열네 명의 아이들은 아침 9시부터 저녁 9시까지 아저씨의 영화관에서 상영하는 삼류 에로영화를 보고 흥분한 남자들을 유혹해서 지상으로 끌고 올라가 여관에 처넣고 화대를 받고 다리를 벌렸다. 열네 명의 아이들은 낮 동안 지상에 있는 여관에서 몸을 팔았고, 표 파는 소녀는 지하 영화관 매표소에서 표를 팔았다. 손님이 뜸하면 틈틈이 동네 도서관에서 빌린 문고판 추리소설을 읽었다. 아저씨의 친딸이라서 특별대우를 받는 거라느니, 먼 친척뻘이라느니, 질투 섞인 헛소문도 많았지만, 어쨌든 정작 그 이유가 궁금했던 건 표 파는 소녀 자신이었다. 표 파는 소녀 역시 왜 아저씨가 유독 자신에게는 몸 팔 것을 강요하지 않는지 잘 몰랐다. 내 얼굴이 그렇게 못생긴 건가?

표 파는 소녀가 보기에, 영화관 화장실 거울에 비친 자신의 얼굴은 예뻤다. 거울 속의 여자애는 커다란 마대자루를 들고 있었다. 단정한 단발머리가 얇실하게 빠진 소녀의 창백한 얼굴과 잘 어울렸다. 있는 애들처럼 돈만 좀 들인다면 어디 가도 빠지지 않을 얼굴, 이라고 표 파는 소녀는 생각했다. 거울은 왼쪽 아래쪽 귀퉁이가 사분의 일쯤 떨어져 나가 있었다. 지난주에 일어났던 원인 불명의 작은 폭파 사고가 남긴 상처였다.

화장실 청소는 표 파는 소녀에게는 하루의 마지막 일과들 중 하나였다. 화장실 청소가 끝나면 지상에서 지하 영화관으로 내려오는 계단 벽에 붙어 있는 포스터들을 일일이 마른 걸레로 닦아야 했다. 그것들은 단 한 편의 예외도 없이 개봉관에는 결코 걸리는 일이 없는 삼류 에로영화들이었다. 제목도 유치했고, 구도도 형편없었고, 색상도 조잡했고, 배우들의 표정 또한 어설프기 짝이 없었다.

화장실은 쓰레기가 가장 많이 나오는 곳이기도 했다. 똥 묻은 휴지나 생리대 등을 치우는 일은 정말 참기 힘들었지만, 표 파는 소녀는 몸을 파는 것보다는 화장실 청소를 하는 것이 낫다고 생각했다. 그렇다고 아저씨의 딸 아닌 딸 노릇을 하며 지하 영화관에 하루 종일 파묻혀 있는 생활이 마음에 든다는 뜻은 아니었다. 간절히, 표 파는 소녀는 그곳에서 간절히, 벗어나고 싶었다. 그래도 니 팔자가 젤로 좋은 줄 알어. 하지만 표 파는 소녀는 결코 그렇게 생각하지 않았다. 그렇게 생각하지 않았지만, 표 파는 소녀는 돈이 없었고, 달아날 돈이 없었고, 달아날 수 없었기 때문에 달아나는 대신, 달아날 수 없는 비참한 현실에서 지치지도 않고 달아나려는 허망한 범죄자들로 가득 찬 추리소설에 금세 중독되었다.

낮에 한 남자가 왔었다. 잘생긴 얼굴이었다. 점심 먹기 전이었다. 남자는 표 파는 소녀에게 '여긴 왜 이렇게 춥죠?'라고 했다. 잘생긴 얼굴이었다. 하지만 그곳은 전혀 춥지 않았다. 표 파는 소녀의 겨드랑이에 땀이 고였다. 아저씨는 암호라고 했다. 암호를 대는 놈이 있으면 SN06 좌석을 줘. 그리고 SN07은 찢어버려. 시키는 대로 했다. SN06은 소위 말하는 A급 좌석이 아니었기 때문에, 표 파는 소녀는 사장의 의도를 이해할 수 없었다.

여긴 왜 이렇게 춥죠, 라니. 표 파는 소녀는 암호치고는 엉성하다고 생각했다. 표 파는 소녀가 읽었던 추리소설들 속에는 그보다 훨씬 멋지고 복잡하고 미묘한 암호들이 잔뜩 나왔다. 어쨌든 남자는 퍽이나 잘생긴 얼굴이었다. 어딘가 범죄의 냄새가 나는 것 같기도 했다. 옷차림부터 특이했다. 초록색 반짝이가 달린 양복이라니. 최소한 평범한 직업을 가진 남자들이 입는 옷은 아니었다. 하지만 표 파는 소녀는 이 지긋지긋한 영화관에서 벗어날 수만 있다면 설사 범죄에 말려든다 해도 상관없을 것 같았다.

다섯 번째 칸은 깨끗했다. 변기 바깥쪽에 말라붙어 있는 똥은 없었고, 쓰레기통 역시 텅 비어 있었다. 그런데 색 하나가 떨어져 있었다. 호기심에 표 파는 소녀는 마대 자루를 세워놓고 색을 열어 보았다. 색 안에는 여고생 교복 한 벌과 초록색 반짝이가 달린 양복 한 벌이 들어 있었다. 이게 다 뭐람. 교복에는 사람의 손을 탄 흔적이 없었다. 새 것 같았다. 표 파는 소녀는 교복 상의를 몸에 대고 거울에 비춰 보았는데, 영 어색했다. 표 파는 소녀에게는 초등학교가 마지막이었고 그래서 교복을 입어본 적이 없었다. 가끔은 학생인 척, 교복을 입고 돌아다니는 것도 재미있겠다고 생각했지만, 학교를 다니고 싶다는 생각만큼은 들지 않았다.

초록색 반짝이가 달린 양복은 표 파는 소녀에게 어설픈 암호를 대었던 그 잘생긴 남자가 입고 있던 옷과 비슷해 보였다. 어떻게 된 걸까? 옷에서는 아무 냄새도 나지 않았다. 벌거벗은 채로 영화관을 빠져나가지는 않았을 거 아니야. 그렇다면, 무슨 이유에서인지는 모르지만, 남자가 이곳에서 다른 옷으로 갈아입고, 초록색 반짝이가 달린 옷을 여고생 교복과 함께 색에 넣어서 화장실에 버렸다고 생각하는 게 자연스러워 보였다. 하지만 왜? 도대체 왜? 그게 아니라면, 이 색과 여고생 교복과 초록색 반짝이가 달린 옷이, 실은 그 남자와는 전혀 무관하다는 가정을 세울 수도 있을 것 같았다. 삼류 지하 영화관에서 발견된 여고생 교복과 초록색 반짝이가 달린 양복이라. 마치 모든 것이 추리소설 같았지만, 표 파는 소녀는 탐정이 아니었다, 그저 표 파는 소녀였다. 이제 어떻게 해야 하는 거지?

표 파는 소녀가 초록색 반짝이가 달린 옷을 두 손에 들고 멍하니 서 있는데, 무언가 바닥으로 툭 떨어졌다. 검은색 명함이었다. 거기에는 멋 부린 금색 글씨로,

> 피시 나이트클럽(Fish Night Club) 전속 밴드 레드 소냐
>
> 메인 기타리스트 쟈니 기타.

라고 쓰여 있었다. 검은색 바탕이라 선명하지는 않았지만 귀퉁이에 흐릿하게 핏자국 같은 것이 비쳤다. 시간이 많이 지나서인지 묻

어나지는 않았다. 표 파는 소녀는 손가락에 침을 묻혀 핏자국을 문지른 다음 혀에 대보았다. 틀림없이 피였다. 피다, 쓰고 짜고 떫은 피.

여전히 표 파는 소녀는 화장실 안에 있었다. 생각을 해보자구. 이 옷은 분명히 내게 암호를 얘기했던 그 남자가 입었던 옷이야. 열두 시간 동안 반짝이가 달린 옷이 두 벌이나 영화관에서 발견된다는 건 아무래도 자연스럽지 않아. 남자는 이 옷을 입고 극장으로 왔어. 남자는 기타리스트고, 그래서 이런 옷을 입고 있었던 거지. 그리고 뭣 때문인지는 몰라도 여기 화장실에서 옷을 갈아입었어. 그냥 단지 손을 베인 건지, 칼에 찔려 살해라도 당한 건지는 알 수 없지만 갈아입는 도중에 피가 났던 거야. 그래, 그게 자연스러워. 그러다 그 피가 우연히 명함에 묻게 된 거고. 그런데…… 그런데 왜 색 안에 여고생 교복이 함께 들어 있었던 거지? 표 파는 소녀는 거기서 딱 막혔다. 아무리 생각해 봐도 기타리스트일 것으로 추측되는 그 남자와 여고생 교복을 자연스럽게 연결 지을 수 있는 고리가 떠오르지 않았다. 그래, 내가 가진 고리는 이 피 묻은 명함뿐이야. 표 파는 소녀는 결심을 했다.

피시 나이트클럽은 이미 불이 꺼져 있는 거대 할인 매장과 고층 빌딩 사이에 샌드위치처럼 끼어 있는 3층 높이의 비교적 작은 건물이었다. 커다랗고 거친 정사각형 모양의 회색 벽돌로 쌓아올린 건물이었는데, 건물 전면에는 창문이 전혀 없었고, 단지 중앙 하단부에 금속재 출입문이 하나 있을 뿐이었다. 양 옆의 덩치가 큰 경찰 두 명에 의해 연행되어 가는, 왜소하고 입을 좀처럼 열지 않는 고집스러운 범죄자를 연상케 하는 건물이었다.

표 파는 소녀는 가슴이 큰 언니에게 피시 나이트에 대해서 물었고, 다행히 언니는 잘 알고 있었다. 근데 니가 무슨 바람이 나서? 언니는 내일이나 모레라면 자신이 함께 가줄 수도 있다고 했다. 거기에 내가 잘 아는 웨이터가 있거든. 하지만 표 파는 소녀는 한시가 급했다. 내일이라면, 모든 증거들이 깨끗이 날아가 버릴 수도 있었다. 너무 늦었다. 표 파는 소녀는 정중하게, 언니의 제안을 거절했다. 근데 너 뭘 입고 갈려구? 하긴, 표 파는 소녀에게는 나이트에 입고 갈 만한 옷이 없었다. 언니는 자신의 옷을 표 파는 소녀에게 빌려주겠다고 했다. 그렇게 입고 갔다가는 말 그대로 문전박대다, 문전박대. 언니는 콧노래를 부르면서 옷을 골랐다. 표 파는 소녀는 언니의 말에 수긍을 했지만, 한편으로는 언니가 골라주는 옷을 입었다가는 자칫 자신도 창녀처럼 보이지 않을까 걱정스러웠다. 그랬지만, 차마 언니에게 그런 얘기를 할 수는 없었다. 그런데 언니. 왜? 거기 전속밴드도 있어? 밴드? 응 밴드. 모르겠는데, 뭐 있겠지 뭐. 밴드에 아는 사람이라도 있는 거야? 아니. 표 파는 소녀는 자신이 찾은 단서들을 당분간 혼자 간직하고 있기로 했다.

문은 굳게 닫혀 있었다. 드나드는 사람이 보이지 않아 표 파는 소녀는 한 10여 분 밖에서 기다려야만 했다. 내가 잘못 찾아온 건가? 새벽 바람은 의외로 매서웠다. 표 파는 소녀는 문을 두드리기 시작했다.

잠시 후 문이 열리며 늙은 남자의 얼굴이 문 밖으로 삐죽 나왔다. 잠이 덜 깬 얼굴이었다.

"뭐야?"

"노랑목도리를 찾아 왔는데요."

노랑목도리는 언니가 잘 안다는 웨이터 이름이었다. 잘 들리지 않게 뭐라고 중얼거리며 늙은 남자는 비로소 문을 활짝 열었다. 늙은 남자는 군복 차림이었고, 발에는 슬리퍼가 신겨져 있었다.

표 파는 소녀는 군복 차림의 늙은 남자를 따라 계단을 올라갔다. 계단 양쪽 벽은 온통 거울이었다. 허리가 구부정한 남자를 따라가고 있는, 소매가 없는 빨간 원피스의 표 파는 소녀들이 거울 속에 꼬리에 꼬리를 물고 이어지고 있었다. 저것들이 나란 말인가? 표 파는 소녀를 정면으로 쳐다보고 있는 거울 속의 여자애들은 길을 잃은 듯한, 멍하면서 다소 당황한 듯한 표정을 하고 있었다. 화장을 한 얼굴은 예뻤지만 머리는 썩 영리해 보이지 않았다. 나라고? 저것들이? 짧은 치마 아래로 드러난 다리는 날씬하고 보기 시원했다. 하지만 창녀처럼 보이기도 했다. 난 창녀가 아니야, 탐정이지. 탐정은 무엇으로든 위장할 수 있어, 그게 탐정이지. 설사 창녀면 또 어때? 단지 위장일 뿐인데.

한눈에 들어온 실내는 바닥이 편평한 사발 모양이었다. 마치 중세의 원형경기장처럼, 중앙에는 춤을 출 수 있는 원형의 커다란 무대가 있었고, 경사가 진 관람석이 무대를 빙 둘러싸고 있었다. 내리막으로 된 관람석은 다섯 층으로 나누어져 있었는데, 각각의 층마다 테이블들이 일정한 간격을 두고 놓여 있었다.

군복 차림의 늙은 남자는 표 파는 소녀를 비어 있는 테이블로 안내하더니, 잠시 후 맥주 두 병과 잔 하나, 그리고 아몬드가 들어 있는 작은 바구니 하나를 테이블 위에 내려놓고 자리를 뜨려 했다.

"노랑목도리는요?"

"기다려."

여고생 교복과 초록색 반짝이가 달린 옷, 그리고 피 묻은 검은 명함이 들어 있는 색을 발치에 내려놓고 표 파는 소녀는 잠시 기다리기로 했다. 술은 썼고 사방은 시끄러웠다. 무대 위에는 적어도 백 명은 되어 보이는 젊은 남녀가 모여 있었다. 천장에 붙어 있는 거울은 무대 위에 빽빽이 모인 수많은 사람들의 머리를 그대로 비추고 있었다. 성냥곽에 들어 있는 성냥알들 같다고 표 파는 소녀는 생각했다. 노랑목도리는 아직 보이지 않았다.

무대 중앙에는 밝게 빛나는 거대한 투명 기둥 하나가 세워져 있었다. 천장까지 닿는 그 기다란 기둥은 손바닥만 한 크기의 물고기들로 가득 차 있었다. 어항이라기에는, 협소한 공간에 물고기들이 너무 많았다. 물고기들은 헤엄을 칠 공간도 없이, 그저 쌓여 있는 것처럼 보였다. 기둥 아래쪽에 있는 물고기들이 위에 쌓여 있는 물고기들의 무게에 눌려 터지지나 않을까 표 파는 소녀는 걱정스러웠다. 어쩌면 벌써 다 죽어버렸는지도 몰라.

그때 젊은 남자 하나가 불쑥 표 파는 소녀 옆에 앉았다. 물어볼 필요도 없었다. 노랑목도리였다. 젊은 남자는 노랑목도리를 목에

다 친친 감고 있었다. 좋은 감각은 아냐, 절대. 표 파는 소녀의 귀에 입을 바짝 대고 말을 건네왔다.

"저를 찾으셨다구요."

엉망인 패션 감각과는 딴판으로 노랑목도리의 목소리는 근사했다.

"아, 예. 그런데 저건 다 뭐죠?"

"물고기탑 말인가요?"

"아, 저걸 물고기탑이라고 부르나 보죠? 그런데, 물고기들은 괜찮은 건가요? 상당히 괴로울 것 같은데."

노랑목도리는 얼굴을 찌푸리며 표 파는 소녀를 쳐다봤다.

"물고기들은 걱정 마세요. 영업 시간 동안에만 저러고 있으면 되니까. 그것 때문에, 저를 부른 건가요?"

표 파는 소녀는 퍼뜩 정신이 들었다. 내 정신 좀 봐. 웬 물고기 타령이람.

"그건 아니구…… 저 오늘은 밴드가 안 나오나요?"

"예."

노랑목도리는 더 이상 표 파는 소녀와의 대화에 흥미를 잃은 것처럼 보였다. 표 파는 소녀는 이럴 때 탐정이 어떻게 해야 하는지 잘 알고 있었다. 지갑에서 3만 원을 꺼내서 테이블 위에 얹어놓고는 약간은 고압적인 목소리로 표 파는 소녀는 말했다.

"밴드에 대해 더 듣고 싶은데요."

"멤버 중에 하나가 아파서 오늘은 쉰답니다…… 뭘 더 알고 싶은 거죠?"

여전히 심드렁한 목소리로 말하면서도 노랑목도리는 테이블 위에 얹어놓은 돈을 주머니에 집어넣었다.

"쟈니 기타."

표 파는 소녀는 바로 본론으로 들어가는 게 낫겠다고 판단했고, 실제 그 효과는 대단했다. 지나칠 정도였다. 노랑목도리는 두 눈을 휘둥그레 치켜뜨며 표 파는 소녀에게서 한 발짝 물러났다. 제대로 짚은 거지? 그렇지?

"쟈니 기타한테 무슨 일이 일어난 거죠? 맞죠?"

노랑목도리는 짧은 신음소리를 뱉어내더니 자리에서 비틀비틀 일어났다.

"뭔 얘기를 들었는지는 몰라도, 더 캐려 하지 마…… 잘못하다간 예쁜 얼굴에 줄이 갈 수도 있어."

"그렇겐 못하겠는데."

갑자기 노랑목도리가 관람석 아래쪽으로 달아나기 시작했다. 표 파는 소녀도 황급히 색을 챙기고 언니가 준 하이힐을 벗어 던진 다음 노랑목도리를 쫓기 시작했다. 관람석 계단을 두세 단씩 겅중겅중 뛰어 내려가는데, 누군가 표 파는 소녀의 팔을 잡았다.

"아가씨. 시간 있으면 나한테도 기회를 줄 수 있을까?"

술에 취한 남자였다. 혀가 꼬여 가고 있었다. 수작을 부리려는 것 같았다.

"전 바빠요."

"바쁜 여자들일수록 더 매력이 있는 법이지. 내겐 코트와 모자와 권총이 있고 말이지."

표 파는 소녀에게는 매력은 있었지만 시간이 없었고, 팔을 움켜쥔 남자의 손은 억셌다. 표 파는 소녀는 엉겁결에 테이블 위에 있던 빈 병을 들어 남자의 머리를 후려쳤다. 병이 깨졌고, 상쾌한 소리가 났고, 남자의 손아귀에서 힘이 빠졌다.

노랑목도리는 막 무대 근처에 있는 작은 문을 열고 있었다. 다행히 목에 두른 노랑목도리는 멀리서도 눈에 잘 띄었다. 넌 오늘 나한테 딱 걸렸어.

노랑목도리를 삼킨 복도는 너무 어둡고 또 끝없이 길어 보였다. 노랑목도리가 보이지는 않았지만, 어둠 저편에서 급하게 바닥을 차는, 차츰 멀어져 가는 발소리가 들렸다. 엉뚱하게도 표 파는 소녀는 물고기들의 복수를 해줘야겠다는 생각이 들었다.

복도 양편에는 책들로 꽉 차 있는 책장들이 일렬로 서 있었다. 신기하게도, 정신없이 뛰고 있는 표 파는 소녀의 눈에 책장에 꽂힌 책들의 제목이 뚜렷하게 들어왔다. 그것들은 거의 다 추리소설들인 것처럼 보였다. 대부분은 표 파는 소녀가 읽지 못했던 것들이었다. 거기 있는 책장 한 개만 영화관 매표소로 옮겨놓더라도 적어도 두세 달은 책 속에 푹 파묻혀 지낼 수 있을 것 같았다. 이렇게 대단한 컬렉션을 수집하고 있다니, 얼마나 좋을까? 표 파는 소녀는 멈춰 서서 책들을 찬찬히 살펴보고 싶었지만, 시간이 없었다. 우선은 노랑목도리가 먼저야. 그리구 그 다음이 쟈니 기타구. 그리구 그 다음은…… 표 파는 소녀는 거기서 딱 막혔다.

수많은 책장들을 지나쳐 드디어 표 파는 소녀는 복도의 끝, 막다른 곳에 도달했다. 거기에는 작은 문이 또 하나 있었고, 그 앞에는 커다란 덩치의 남자 하나가 서 있었다. 남자의 왼손에는 갈고리 모양의 의수가 달려 있었다.

"노랑목도리를 한 남자가 이곳으로 지나가지 않았나요?"

"그런 질문에 대답하라는 지시는 없었는데."

표 파는 소녀에게는, 더 이상 낯선 남자의 입을 벌리게 할 지폐가 없었다. 표 파는 소녀가 애써 갈고리 사내의 존재를 무시하고 문을 통해 밖으로 나가려 하자, 사내는 번쩍이는 갈고리를 들어 길을 막았다.

"저도 밖으로 나가고 싶은데요."

"넌 안 돼. 이 문은 교복을 입은 사람만이 통과할 수 있어."

번뜩, 색에 들어 있는 여고생 교복에 생각이 미쳤다. 그래, 그거야.

"제가 교복을 입고 오면은요?"

승낙의 뜻으로 갈고리 사내는 어깨를 으쓱해 보였다. 역겹군 정말.

표 파는 소녀는 주위를 둘러보았다. 과연 옷을 갈아입는 동안 몸을 가릴 만한 곳이 있었다. 더러 복도에 놓인 책장과 책장 사이에 틈이 있었는데, 그곳에서라면 갈고리 사내의 시선으로부터 차단된 채 교복으로 갈아입을 수 있을 것 같았다. 훔쳐볼 테면 보라지.

색의 지퍼를 열면서 표 파는 소녀는 뭔가 좀 께름칙했다. 모든 게 순서대로 너무 잘 들어맞았다, 마치 누군가에 의해 사전에 주도면밀하게 계획된 것처럼. 교복만 해도 그랬다. 우연이라고 보기에는, 너무도 절묘하게 맞아떨어졌다. 쓸데없는 생각은 집어치워. 노랑목도리를 만나, 또 쟈니 기타를 만나 멱살이라도 잡고 처음부터 끝까지 다 물어보면 될 게 아니야.

급한 마음에 서둘러 옷을 벗다가 치맛단에 발이 걸리는 바람에 언니가 빌려준 빨간 원피스의 허리춤이 부욱 하는 소리를 내며 뜯어져 버렸다. 이래저래 집으로 돌아가면 언니에게 한 소리 듣겠군. 하이힐은 잃어버리고, 치마는 찢어놓고.

그때였다. 갑자기 귀청을 흔드는 시끄러운 소리가 들렸다. 총소리였다. 총소리란 걸 표 파는 소녀는 금세 알 수 있었다. 급히 교복 단추를 꿰며 표 파는 소녀는 복도로 나왔다.

문은 열려 있었고, 갈고리 사내는 쓰러져 있었다. 열린 문으로 들어온 환한 햇빛이 쓰러져 있는 사내의 커다란 몸뚱아리를 핥고 있었다.

"노랑목도리는요?"

갈고리 사내는 아직 숨이 붙어 있었다. 피 묻은 갈고리로 문 밖을 가리켰다. 쉴 새 없이 입을 웅얼거리기는 했지만, 표 파는 소녀는 무슨 말인지 알아듣지 못했다.

"쟈니 기타는요?"

노랑목도리에게 그랬던 것처럼, 갈고리 사내에게도 표 파는 소녀의 대사는 확실히 효과가 있었다. 갈고리 사내는 눈알이 튀어나와라 눈을 부릅뜨며 잠시 마지막 용을 쓰더니 고개를 떨궈 버렸다. 갈고리 사내의 시체 근처에 권총이 떨어져 있었다. 이제 내겐 권총이 있어, 코트와 모자까진 아니라도 말이지. 표 파는 소녀는 총을 든 채로, 여고생 교복을 입은 채로, 맨발로, 문 밖으로 나섰다.

바깥은 훤했다. 벌써 동이 텄나? 총소리는 완전히 멎었다. 영화에서나 볼 법한 화려한 정원이었다. 오밀조밀하게 배치된 정원수도, 바닥에 깔린 일정한 크기의 자갈도, 물감을 푼 듯한 파란 물을 담고 있는 초승달 모양의 수영장도, 구름 한 점 없이 짙푸른 하늘도 더할 나위 없이 아름다웠다. 바라보는 것만으로도 표 파는 소녀의 눈이 다 시원해졌다. 눈에 거슬리는 게 있다면, 바닥에 아무렇게나 널린 피 묻은 주검들이었다. 어서 하인들이 나와서 좀 치워준다면 좋겠는데. 표 파는 소녀는 총을 든 채로, 여고생 교복을 입은 채로, 맨발로, 시체들이 수북이 쌓인 부잣집 정원 한복판을 걷고 있었고, 그곳이 왠지 맘에 들었다. 마치 물고기들의 시체 같군 그래.

노랑목도리를 발견하는 데에는 그리 시간이 많이 걸리지 않았다. 노랑목도리는 초승달 모양의 수영장 가장자리에 허리를 구부린 채 누워 있었다. 총을 맞은 듯했다. 죽은 척하고 있는 것 같지는 않았다.

"쟈니 기타는?"

노랑목도리와 표 파는 소녀의 눈이 마주쳤다. 노랑목도리의 눈은 마치 적목(赤目) 현상이 나타난 사진 속의 눈처럼 벌겠다. 노랑목도리는 말을 할 수 없는 상태인 듯했다. 벌려진 입 속으로 잔뜩 고인 피가 보였다. 노랑목도리는 가까스로 손을 들어 어딘가를 가리켰다.

"저 서류가방 말이야?"

노랑목도리는 천천히 고개를 끄덕이고는 쿨럭쿨럭대기 시작했다. 너무 괴로워 보였다.

"총을 쏴줄까? 그럼 편해질 텐데."

노랑목도리는 고개를 가로로 절레절레 흔들었다. 총소리가 났다. 표 파는 소녀는 두 손으로부터 울려오는 진동에 몸을 흠칫했다.

서류가방은 노랑목도리의 발치에서 한 2미터 정도 떨어진 곳에 버려져 있었다. 그것은 직육면체형의 하드케이스였고, 거죽을 뒤덮은 밤색 천은 요란하지 않게 고급스러운 티가 났다. 표 파는 소녀는 걸쇠를 벗기고 가방을 열었다. 노랑목도리를 쏠 때 피가 튀었는지 손에 피가 묻어 있었다.

서류가방 안에는 사진 한 장과 털실로 뜬 빨간 털모자가 들어 있었다. 표 파는 소녀는 그 속에서 뭐가 나와도 놀라지 않을 준비가 되어 있었지만, 조금 실망스럽기는 했다. 사진 속에는 빨간 털모자에 교복 차림의 소녀가 푸른 잔디밭 위에 서서 양 팔을 하늘로 치켜들고 서 있었다. 내가 왜 여기에 있는 거지? 표 파는 소녀는 총을 든 채로, 여고생 교복을 입은 채로, 맨발로, 쟈니 기타의 흔적을 찾아 이곳까지 왔는데, 결국에 만난 것은 쟈니 기타가 아니라 자신도 모르게 자신이 찍혀 있는 한 장의 폴라로이드 사진이었다. 뭐가 잘못된 거야. 사진 속의 소녀는 활짝 웃고 있었다. 넌 누구니.

표 파는 소녀는 총을 내려놓고 빨간 털모자를 머리에 썼다. 이제 코트만 있으면 되겠구나. 사진 속의 소녀는, 마치 그것이 임무이기라도 한 듯 여전히 싱글거리며 웃고 있었다. 얘가 나일 수는 없어. 표 파는 소녀는 양 손으로 초승달 모양의 수영장 난간을 짚고 수면에 얼굴을 비춰 보았다. 물빛과 구분되지 않는 푸른 하늘을 배경으로 빨간 털모자를 쓴 얼굴 하나가 물 위에서 가볍게 흔들거리고 있었다. 넌 누구니.

너무나 짧은 순간이었다. 수면 위에 떠 있는 빨간 털모자 위로 기다란 몽둥이 그림자 하나가 내리 찍혔다. 표 파는 소녀는 몸을 피하지도, 소리를 지르지도 않았다. 빨간 털모자가 아플 것 같다는 생각을 했다. 노랑목도리에게 그랬던 것처럼, 또 갈고리 사내에게 그랬던 것처럼 왜 깔끔하게 총으로 처리하지 않고 저런 방식을 사용하는지 궁금했다. 그렇게 아주 잠깐 동안 궁금해하다가, 표 파는 소녀의 얼굴과 물 위에 떠 있던 빨간 털모자의 얼굴이 맞닿았다. 수면을 산산이 부서뜨리며 표 파는 소녀의 얼굴이, 상체가, 치마 밖으로 튀어나온 두 다리가, 빨간 털모자를 비춰주던 푸른색 화면 속으로 빨려 들어갔다.

두 남자가 수영장 난간에 서 있다. 두 남자는 약속이라도 한 듯, 양 손을 주머니에 찔러넣고 있다. 여자 하나가 등을 하늘로 향한 채 물 위에 떠 있다. 치마가 말려 올라가서 허벅다리가 보인다. "언제까지 이 일을 해야 하는 거지?" 두 남자의 기다란 그림자가, 두 개의 기둥처럼 물 위에 늘어뜨려져 있다. "완전히 끝날 때까지." "……완전한 끝이라…… 그런 게 있을 수 있다고 생각해?" "있을 수도 있지…… 더 이상 되돌아갈 수 없는 곳까지 가게 되면." 별안간 둘 중 하나가 크게 웃기 시작한다. 잠시 후 다른 남자의 웃음소리가 먼저 터져 나온 웃음소리 속으로 섞인다. 구별이 불가능한 방식으로.

소멸 직전 Ⅳ

나는 눈을 떴다. 손목시계가 6시 2분을 가리키고 있었다. 나쁘지는 않았다. 일어나서 커튼을 열었다. 이른 아침이라 낮처럼 훤하지는 않았지만, 연 삼 일째 화창한 아침이었다.

나는 자명종을 쓰지 않는다. 건전지보다 내 자신을 더 신뢰한다. 언젠가부터 나는 일어나야 하는 시간에 자동적으로 눈이 떠지는, 그런 습관이 혹은 능력이 생겼다. 오차는 기껏해야 더하기 빼기 5분 정도. 가령 잠들기 전에 내일 아침 5시 30분에 일어나야겠다고 마음을 먹으면 5시 25분에서 35분 사이에는 어김없이 눈이 떠지는 것이다. 대체로 컨디션이 좋지 않은 날일수록 마음속으로 정한 시간보다 일찍 눈이 떠지는 편이었다. 그런 의미에서 2분 초과라는 것은 좋은 징조였다. 과장하자면 철인 5종 경기라도 출전할 수 있는 몸 상태인 것이었다.

'그게 바로 인체시계라는 거 아닌가?' 2년 전인가 짧게 사귀었던 여자애는—그때 여자애는 생물학과 석사 과정이었다. 그녀는 실험실에서 하루 종일 쥐를 괴롭힌다고 했고 나는 쥐의 복수를 대신하는 기분으로 그녀를 괴롭혔다—그렇게 말하면서 내가 좋은 연구 대상이 될 거라는 말을 덧붙였었다. 여자애는 싫지 않았지만, 연구 대상이란 말은 질색이었다. 남들이 나를 연구하도록 내버려 두고 싶은 마음은 조금도 없다.

어젯밤에 호텔 근처 편의점에서 사온 베이컨 샌드위치와 오렌지 주스를 아침 삼아 방에서 먹어치웠다. 이런 싸구려 음식으로 아침을 때우는 것도 오늘이 마지막이다, 라고 생각하니 기분이 한결 좋아졌다.

샤워를 마치고 나서, 의자를 목욕탕으로 옮겨놓고 이번에는 머리카락을 진한 갈색으로 물들였다. 면도기로 콧수염을 싹 민 다음에 준비해 온 푸른색 콘택트렌즈를 꼈다. 어제 했던 것처럼 거울 앞에서 걸어보았다. 조금 더 단호하게 보이기 위해 걸을 때 발끝을 쳐들었다. 일이 끝나고 다시 어제의 모습으로, 배낭여행을 온 외국인으로 돌아가기 전까지는, 이 모습을 그대로 유지해야 했다.

속옷만 입은 채로 가방에서 사진들을 꺼냈다. 의뢰인의 손에서 장에게, 다시 장에게서 내게 넘겨진 것들이었다. 폴라로이드로 찍은 인물 사진들이었다. 지금 막 인생의 마지막 날을 보내고 있을 중년 여자의 사진이 여섯 장, 그리고 함께 일하게 된 처음 보는 사람들—살인을 생산해 낼 기계 속 톱니바퀴들의 사진이 여덟 장,

그렇게 총 열네 장이었다. 몇 장의 사진 속에서 중년 여자는 한 번도 정면을 쳐다보지 않았다. 여자는 그녀의 목을 죄게 될 카메라의 존재를 몰랐던 것이었다. 좋은 솜씨였다. 피사체 몰래 찍은 사진치고는 얼굴의 크기도 적당했고, 초점도 흔들림 없이 뚜렷했다. 하여튼 작업을 시작하는 마당에 그것들을 더 가지고 있을 이유는 없어졌다. 잘못하면 되레 내 목을 죄는 용도로 사용될 수도 있었다. 나는 마지막으로 사진들을 훑어보고, 불에 태울 수가 없었으므로 가위로 잘게 잘라 양변기 안에 버리고 물 내리기를 몇 차례 반복했다.

'이 집 그림은 뭐야?' 나는 장에게 그렇게 물었었다. 사진 좌측 하단부에는 대충 봐서는 눈에 잘 띄지 않는 작은 집 모양의 그림이 있었다. 처음에는 미세한 얼룩이려니 하고 별 신경을 쓰지 않았는데, 나중에 우연찮게 열네 장의 사진에 모두 똑같은 모양의 그림이 똑같은 위치에 있다는 것을 발견했다. 새끼손톱보다 작은 그 그림은 아주 희미한 회색 윤곽선으로 그려진, 언뜻 단층집처럼 보이는 매우 정교한 문양이었다. '관찰력은 녹슬지 않았군 그래. 나도 전문가들에게 알아봤는데, 그런 무늬에 대해 알고 있는 사람은 없더군. 간혹 현상할 때 인위적인 조작을 통해 일종의 낙관(落款) 같은 걸 집어넣는 전문가도 있다지만, 흔한 일은 아니래.' 우연은 아니라는 얘기였다. 입맛이 썼다. '이게 의미하는 게 뭘까?' 장은 대답 대신 어깨를 으쓱해 보였다. '자네가 보기에는 뭐처럼 보여?' '은신처.' 장은 뜬금없이 그렇게 대답했다. '은신처?' '응, 은신처.' 더 물어봤자 나올 게 없다는 게 뻔했으므로, 나도 그쯤에서 그만뒀다.

사진을 다 흘려버리고 방으로 들어와 전동 드라이버로 냉장고를 분해했다. 그저께 저녁, 나는 머리카락 두 올을 냉장고 뒤판을 고정하는 나사와 몸체 사이에 집어넣고 다시 냉장고를 조립했었다. 머리카락은 그때 그대로였다. 객실을 비운 사이, 냉장고에 손을 댄 사람은 없다는 얘기였다. 확실히 해둘 겸, 다시 한 번 총기를 분해해서 이상 유무를 점검했다. 아무런 이상이 없었다. 장의 말마따나 이곳은 이상적인 은신처였다. 검은 가죽장갑을 끼고 휴지로 권총 표면에 혹시 묻었을지도 모르는 지문들을 꼼꼼히 닦아냈다.

거울 앞에서 검은 바바리를 걸치고 염색한 진한 갈색 머리 위에 중절모를 올려놓았다. 권총은 왼쪽 주머니에 집어넣었다. 주머니가 깊은 바바리를 골랐기 때문에 소음기까지 문제 없이 가려졌다. 양 손을 주머니에 쑤셔 넣고 거울을 보았다. 원체 바바리의 품이 넉넉해서 권총이 들어 있는 왼쪽 주머니가 별나게 불룩해 보이거나 하지는 않았다.

8시 35분이었다. 출발 예정 시간까지 약 10분이 남아 있었다. 쓸데없는 긴장감도 쫓을 겸, 나는 객실 안을 천천히 맴돌았다. 정면을 쳐다볼 수 없었던, 이제는 하수구로 쓸려 내려간 여자의 얼굴을 다시 더듬었는데, 대신, 사진 속 한 귀퉁이에 박혀 있던 집의 그림이—은신처의 그림이 확대되어 자꾸 머릿속에 나타났다. 정확히 8시 45분에 객실 문을 나섰다.

어제와 달리, H 역까지 가는 길은 사람들로 붐볐다. 대부분의 사람들은 잠이 덜 깬 얼굴이었고, 무표정했고, 또 무턱대고 빨리 걸었다. 아무도 나를 특별히 주시하지 않았고, 나도 특별히 누군가를 찍어 주시하지 않았다. 타인에 대한 무관심이라는 하나의 공감대가 모두에게 전염되어 있었다. 무관심의 푹신푹신한 벽 속에서 나는 편안했다.

갑자기 첸이 내게 던졌던 질문이 떠올랐다. '자네에겐 살아 있는 사람들을 영혼만 가진 존재로 만드는 특별한 재주가 있다고 들었네만…… 자네에게 그럴 권리가 있다고 생각하나?' 첸은 이미 커다란 위스키 병을 반 정도 비운 후였고, 그래서 나는 한 번씩 웃어 주기만 했다. 나는 다시, 오늘 내게 그 여자를 죽일 권리가 있는가, 하고 스스로에게 질문을 던져보았지만, 그다지 진지한 울림을 주지 못했다. 그런 질문을 한다는 것 자체가 바보스럽게 느껴졌다.

H 역에 도달하자 사람들의 밀도는 더 높아졌다. 주머니 속에 들어 있는 권총을 조심해 가며 어제 미리 봐두었던 북쪽 계단을 통해 플랫폼으로 내려왔다. 가까스로 문이 닫히기 전에 기차 안으로 구겨넣어진 다음, 손목시계로 시간을 확인했다. 예정보다 2,3분 빨랐다. 사람들로 꽉 차서 그런지 기차 안은 좀 더웠다.

어렴풋이 생각했던 것보다, 계획은 훨씬 치밀했다. 치밀해서 나쁠 건 없었지만, 내 손으로 짠 계획이 아니라는 것이 문제였다. 나는 그저 큼직한 설계도 속 작은 부품에 불과했다. 나는 계획의 전체를 종잡을 수 없었고, 계획을 작성한 쪽에서는 내가 그러지 않기를 바라는 눈치였다. 아니, 나라는 존재가 너무 미미해 그들이 나에 대해 알고나 있는지조차 의문이었다. 계획은 치밀했고 또 무색

무취했다. 마치 거울 속의 내 얼굴을 쳐다볼 때처럼, 계획을 작성한 자의 개성이 전혀 느껴지지 않았다. 사진 속에 남아 있던 희미하기만 한 얼룩, 은신처만이 유일한 개성의 흔적이었다. 물론 단서로 삼기에는 너무 빈약했다.

K 역 밖으로 나왔다. 사람의 수는 한결 희박해졌지만, 햇빛의 농도는 숨쉬기가 곤란할 만큼 빽빽해졌다. 이제 기껏해야 17분 정도가 남았다. 17분 후면, 첸이 말한 대로 또 한 명의 여자가 영혼만 남아 있는 존재로 변하게 된다. 내게 주어진 혹은 주어지지 않은 권리 같은 건 생각하고 싶지 않았다.

멀리 물고기 모형을 뒤집어쓴 사람 하나가 보였다. 내게 봉투를 건네주기로 한 또 하나의 톱니바퀴였다. 비늘이 과장되게 그려진 종이 모형 밖으로 사지가 툭 튀어나와 있는 모습이 기괴했다. 물고기 뒤로 해물전문식당이 보였다. 물고기는 행인들에게 식당의 홍보를 위해 기념품이나 전단지를 나눠주고 있었다. 물고기의 발치에 종이상자가 하나 보였다.

장이 건네준 사진 속에 물고기도 있었다. '뭐야, 무방비 상태의 여자 하나를 제거하는데, 물고기의 도움까지 필요하다는 건가?' 나는 어이가 없었다. '외뢰인이 수족관이라도 경영하나 봐.' 장은 재미있다는 듯이 그렇게 말했지만, 나는 하나도 재미가 없었다.

"꼭 한번 찾아주십시오."

의외로 앳된 사내아이의 목소리였다. 물고기 소년은 내게 종이 봉투를 하나 건네주었다. 거기에는 아무것도 들어 있지 않았다. 내가 아는 한도 안에서는, 물고기 소년의 역할은 거기까지였다. 물고기 소년이 알고 있는 것이 어디까지일지 궁금했지만, 그가 알고 있는 내용 역시 아주 단편적인 것에 불과할 것만 같은 예감이 들었다. 예를 들어, 그에게는 단 한 장의 사진만이—역시 정면을 보고 있지 않은 내 얼굴이 찍혀 있는, 그리고 좌측 하단부에 집 그림이 박혀 있는—주어졌는지도 모른다. 은신처의 상징을 자신의 낙관으로 삼는 자가 내 사진을 나도 몰래 찍었을지 모른다 생각하니, 기분이 나빠졌다.

마침내 여자가 보였다. 버스정류장 앞에 서 있었다. 금세 알아볼 수 있었다. 이 낯선 도시로 오기 전, 한 일 주일 정도 여자의 사진들을 확대해서 침실 벽에 붙여놓았었다. 그래서인지 너무 익숙했다. 여자도 나를 알아볼 것만 같았다. 여자가 나를 쳐다보기 전에 여자를 제거해야겠다는 생각이 들었다. 다행히 행인은 보이지 않았다.

그것은 첸의 작품에 전혀 떨어지지 않는 소음기였다. 인정하고 싶지는 않았지만, 의뢰자 쪽에서 권총을 브로닝 8mm로 선정한 것 역시 꽤나 현명한 판단인 것 같았다. 브로닝은 걸어다니면서 쏘기에도 전혀 지장이 없을 정도로 반동이 적었고, 또 가벼웠다. 낮은 파괴력이 흠이라고는 하지만, 채 1미터도 안 되는 거리였다. 내기를 한다면 총탄이 여자의 머리를 관통했다는 쪽에 걸고 싶었다. 여자는 소리 한 번 지르지 못하고 옆으로 넘어졌다. 나는 마치 내 일처럼 씁쓸했다. 나는 걸어가면서 태연하게 권총과 중절모를 물고기 소년이 준 종이봉투 속에 집어넣었다. 어젯밤에 연습한 대로였다. 나는 뒤돌아보지 않았다. 나는 뛰지 않았다. 아침에 거울 속에서 보았던 그 자세를 그대로 유지하려고 했다. 등 뒤로 아무 소리도 들리지 않았고, 내 앞쪽으로 걸어오는 사람도 없었다.

계단을 통해 J 역 안쪽으로 들어갔다. 계단 아래쪽에서 또 다른 톱니바퀴가 올라오고 있었다. 여자였고, 분홍색 종이봉투를 들고 계단을 올라오고 있었다. 역시 사진 속에서 본 얼굴이었고, 실물이 사진보다 나았다. 등 뒤에서 누군가 나를 쫓아와 목덜미를 낚아채기 전에 모든 걸 다 마쳐야 했다.

마치 미리 만나서 연습이라도 한 것처럼 모든 게 매끄러웠다. 여자는 권총과 중절모가 들어 있는, 물고기 소년이 준 종이봉투를 내 손에서 채어갔고, 나는 여자가 들고 있던 분홍색 종이봉투를 뺏어왔다. 아무도 눈치 채지 못한 것 같았다. 뻔뻔스러울 정도로 대담한 계획이었지만, 모든 게 착착 맞아떨어져 갔다. 계단을 내려가면서 나는 급히 입고 있던 검정 바바리를 벗었다.

계단에서 매표소로 이어지는 기다란 복도의 끄트머리에서 나는 다시 또 한 명의 톱니바퀴를 만났다. 거지였다. 나는 여전히 뒤를 돌아볼 수가 없었다. 의뢰자의 지시대로 나는 벗어든 바바리를 거지에게 집어던졌다. 나는 여전히 뒤를 돌아볼 수가 없었고, 저 거지도 내 사진을 가지고 있는지 궁금했다. 나를 찍은 사진이 몇 장이나 되는지, 그리고 그게 누구의 손에 들어가 있는지 도무지 알 수 없다는 사실에 분통이 터졌다.

플랫폼으로 내려가면서 나는 여자에게서 받은 종이봉투에서 모자를 꺼내 썼다. 내 머리에 딱 맞았다. 또 다른 톱니바퀴 한 명이 내가 잠든 사이 침실로 몰래 들어와 머리 둘레를 측정해 갔는지도 몰랐다. 어처구니없는 상상이었지만, 실제로 그런 일이 일어났다 해도 별로 놀라지 않을 것 같았다. 나는 이 일을 마치면 강제로라도 장에게서 의뢰자의 신원을 얻어내고 싶었다. 정신병자일 것이 틀림없는 의뢰자의 입에 권총을 쑤셔 박고, 평범한 여자 하나를 해치우는데 왜 이런 호들갑을 떨어야 했는지 묻고 싶었다. 톱니바퀴들의 손에 들어간 내 사진들을 모두 찾아내서—필요하다면 톱니바퀴들을 모조리 삭제하고—한데 모아 불 질러 버리고 싶었다.

플랫폼에 닿자마자 열차가 들어왔다. 문이 열리자 재빨리 열차에 올라탄 후, 다음 칸으로 건너가서 문이 닫히기 전에 밖으로 나왔다. 나는 여전히 뒤돌아보지 않았다. 여태껏 누군가 나를 추적하고 있다고는 생각되지 않았다. 하지만 한편으로는 내 뒤에 아무도 없다는 사실을 구태여 확인하고 싶지는 않았다. 그러지 않기 위해서라도 나는 뒤를 돌아다볼 수가 없었다.

재빨리 계단을 올라가며 종이봉투에서 색을 꺼내 등에 메고 선글라스를 꺼내 썼다. 여학생 몇 명이 계단을 내려오다 나를 쳐다보며 킥 하고 지네들끼리 눈웃음을 주고 받았다. 혹시나 해서 손으로 더듬어보니 바지 지퍼가 열려 있었다. 당혹스러웠다. 언제부터 그랬던 것인지 기억이 나지 않았다. 바바리를 입고 다니느라 몰랐던 것 같았다. 화가 치밀어 올랐다. 점점 바보가 되고 있는 것 같았다.

연극은 막바지로 치닫고 있었다. 나는 장에게서 건네받은 동선 계획서에 마지막으로 언급된 톱니바퀴를 복도에서 만났다. 역에서 일하는 사람 같아 보였다. 연한 푸른색 유니폼을 입고 있었다. 나는 그를 따라갔다. 그의 뒷모습은 느긋해 보였지만, 나는 그렇지 못했다. 나는 약간 조급했고, 화가 난 상태였다. 그는 벽에 붙어 있던, 눈에 잘 띄지 않던 문 하나를 열쇠로 땄다. 문이 낮아서 고개를 숙여야 했다. 그가 벽을 더듬어 불을 켰다. 방 안은 좁았고 시큼한 냄새가 났다. 그는 아무 말 없이 벽을 향해 등을 돌리고, 옷을 벗기 시작했다. 나도 옷을 벗었다. 그가 옷을 벗어 방 가운데에 내려놓았고, 나도 벗은 옷을 내려놓고는 그가 벗어놓은 옷을 주워서 다시 벽 쪽으로 돌아가 입었다. 마지막 톱니바퀴가 벗어놓은 옷은 따뜻했다. 그것으로 지긋지긋한 분업도, 연극도 끝이었다. 그렇게 생각되었다, 그랬으면 했다.

마루가 꺼진 은신처

서두르지 않으면서, 문을 열고 나는 복도로 나왔다. 나와 옷을 바꿔 입은 남자는 보이지 않았다. 실은 복도에는 아무도 없었다. 그 남자가 나로 가장했듯이, 나 역시 그 남자로 가장해야 했다. 나는 모자를 깊게 눌러 쓰고 걸었다. 새로운 발소리들은, 지나간 발소리들 위에 겹치며, 걷고 있는, 이제 단수(單數)가 돼버린 나를, 거센 바람에도 굴하지 않고 피곤하게 따라왔다. 그랬다, 복도에는 매서운 바람이 불고 있었다. 신문지와 정체를 알 수 없는 작은 종이쪽지들, 그리고 축축한 흑백의 잎사귀들이 바람에 어지럽게 날리고 있었다. 또, 시끄럽고 귀에 거슬리고 뭐라 표현하기 힘든 소리가 간헐적으로 들렸다. 나는 그 소리의 정체가 무엇인지 알고 싶지 않았다.

나는 지하철역 안에서 아무도 만나지 않았으면 했다. 지금 나로 가장하고 있을, 벌써 아주 멀리 가버린 것이 틀림없을, 그 남자를 알고 있는 어떤 사람도 만나지 않았으면 했다. 그리하여 모자를 눌러 썼고, 시야가 거의 가려질 만큼 모자를 깊게 눌러 썼고, 하지만, 걷는 데 불편이 없을 만큼만 눌러 썼고, 그리고, 그래서인지, 내가 지하철을 탈 때까지 아무도 나를 붙들어 세우지 않았다.

지하철 안에서 물이 뚝뚝 떨어지는 노란 우비를 입고 있는 소년을 만났다. 처음에 우리는 만나지 않았다. 그저 내가 소년을 보았을 따름이었다. 최소한 내가 소년을 보는 동안, 소년은 나를 보지 않았고, 그래서 우리는 만났다고 할 수 없었다. 대체로, 나에게는 모두에 대한 관심이 결여되어 있었다. 그러나 승객들이 내게, 역무원 복장을 하고 있는 내게, 역무원이라고 너무도 간단히 단정지어 버리고는 내게, 기차의 바닥을 더러운 물로 적시고 있는 소년을 어떻게 해달라고 요청을 해왔다. 어떻게 해달라니요, 나는 승객들에게 제법 비수같이 날카로운 질문을 던졌으나, 그들은 나를 보며 노골적으로 혀를 끌끌 찼다. 가장을 지속하려면, 그들이 원하는 걸 해주어야 했다. 나는 어떻게 해야 할지 잘 몰랐지만, 어떻게든 하기로 했다. 나는 소년에게 다가가—소년의 몸에서는 검붉은 고등어 냄새가 났다—승객들이 싫어한다고 점잖게 말해 주었다. 뭘요. 너를. 우비를 입은 소년은 슬픈 눈알을 가지고 있었다. 내 말이 끝나자, 아무런 대답도 없이, 소년은 울먹거리는 머리카락과 순순한 걸음으로 의자로 다가가 창을 열어 올리고는 달리는 열차 밖 어둠 저편으로 뛰어내렸다. 우려와 달리 비명소리는 들리지 않았고,

피나 체액이 창문에 튀지도 않았다. 깔끔한 뒤처리였고, 승객 몇은 나의 용기 있는 행동에 박수를 쳐주기까지 했지만, 나는 소년에게나 내게 그것이 불명예스러운 일이라고 생각했다. 돌연한 두통이 나를 엄습했다.

지하철역 밖으로 나왔다. 두통은 갑작스럽게 시들해졌다. 사전에 기억해 두었듯이, 역 앞에는 백화점이 있었다. 백화점은 내게 낯익은 존재가 되고 싶어하는 듯했다. 하지만 나는 거절하고 싶은 마음이 들었다.

나는 노란 우비를 입은 소년이 내일 학교에 갈 수 있을지 걱정이 되었다가, 잠시 후 내일이 토요일이라는 사실을 떠올리고 잠깐 안도했지만, 토요일에도 여전히 학교에 가고 싶어하는 학생들이 있다는, 그리고 노란 우비를 입은 소년이 그런 예외적인 범주에 속하지 말라는 법이 없다는 엄연한 가능성을 고려하지 않을 수 없었다. 그러자 모든 것이 눈처럼 말개졌다.

미리 합의되었던 것처럼, 아니, 미리 지시되었던 것처럼, 나는 택시를 타야 했다. 택시 승강장에는 택시를 기다리는 승객도, 승객을 기다리는 택시도 없었다. 대신 등받이도 없는 스테인리스 봉으로 만든 벤치가 있었고, 그 위에는 단정하게 개켜진, 주인이 실종된 신문 한 장이 버려져 있었다. 섬뜩하게도 굵은 제목이 눈에 띄었다.

121살 할머니의 장수 비결 전격 고백 — 주식은 하루에 쌀밥 네

끼 / 과도한 양치질의 가급적 자제 / 소금의 규칙적 장복(長服)

아무래도 그건 부주의한 처사로 여겨졌고, 그러나 동시에, 말할 필요도 없이, 내게는 관심 밖의 일이었다. 신문지 위에는 손으로 만지면 묻어날 것 같은, 깨알만 한 붉은 반점들이 고르게 분포되어 있었는데, 차마 만져보고 싶다는 의지는 확인되지 않았다.

내가 차도로 내려서자, 숨 돌릴 겨를도 없이, 택시 한 대가 비명을 지르며 발치에 급정거했다. 타이어 타는 매캐한 냄새가 코를 후볐다. 뒷자리 문이 열리지 않아, 내키지는 않았지만 나는 택시 기사 옆 자리에 앉았다. 기사는 황급한 동작으로 기어를 넣었으나, 반면 택시는 느릿느릿 움직였다. 기사는 코가 길고 눈이 가늘고 눈썹이 거의 없고, 마침내 피부까지 약간 얽은, 기분 나쁜 인상의 남자였다. 자리에 앉은 나는, 마치 음식물과 함께 잘못 삼킨 미세한 못이 머리로 올라가 신경 조직들을 타고 돌아다니면서 대뇌의 껍질 안쪽을 건드리는 것처럼, 그렇게 머리가 아팠다, 마치 계시처럼. 게다가 나는, 귀 바깥이 아니라, 귀 안쪽에서 만들어진 것이 틀림없는, 쿵쾅대는 소리를 듣기 시작했다, 역시 계시처럼. 그러나, 나는 미세한 못을 삼킨 추억이 없었고, 귓속에 도청 장치를 심은 기록도 없었다.

10미터나 갔을까, 택시가 섰다. 합승을 하겠다는 남자가 있었다. 남자는 뒷자리에 탔고 택시는 출발했다. 이상하게도, 합승을 한 손님은 자신의 행선지를 말하지 않았고, 기사도 그걸 묻지 않았다.

이상하게도, 합승을 한 남자의 얼굴은 기사의 얼굴과 판박이처럼 닮아 보였다. 이상하게도, 나는 약간 뒤늦게, 즉, 합승을 한 남자가 뒷자리에 앉은 다음 몇 초 뒤에, 그 사실을 깨우쳤다. 이상하게도, 이상한 것의 과잉이었다. 터무니없는 얘기로 들렸지만, 모든 게 계시 같았다, 내가 궁지에 빠졌다는 혹은 빠지기 직전이라는. 더더욱 터무니없는 얘기 같았지만, 나는 재빨리, 문 손잡이를 당겨도 문이 열리지 않는다는 사실을 확인했다. 틀림없는, 단단한 궁지라는 결론에 나는 도착했다. 기사가 채 이단 기어를 넣기도 전, 영화를 떠올리며 나는 두 발로 힘껏 문을 걷어찼다. 의외로 문은 쉽게 부서져 나가 도로 위에 망가진 과일 상자처럼 나뒹굴었다. 경첩 부분이 녹이 슬어 있었던 것 같았다. 잠시 후 나도 궁지를 뛰쳐나와 도로 위를 나뒹굴었다.

머리가 울렸고 속이 메슥거렸지만, 아무도 눈치 채지 못하는 사이, 두통과 귀울음은 사라졌다. 헛구역질을 꾹 누르며 나는 백화점 앞 광장을 달렸다. 내가 살고 있는 고장에서는 모두들 백화점이라면 환장을 했지만, 여기 백화점 앞 광장에는 인적이 드물었다. 하다못해, 흔해빠진, 오토바이를 조련하는 폭주족들도 여기에는 없었다. 뛰면서, 뛰다가, 뛰는 것을 멈추지 않고, 나는 뒤돌아보았다. 마치 미리 예정되었던 것처럼, 멀리서 남자 둘이 나를 쫓아오고 있었다.

막연히, 백화점 안에 은신하는 편이 좋겠다고 생각했다. 그야말로 막연한 생각이었다. 막상 백화점 안으로 들어서려 하니, 마음이 설레었다. 처음부터 회전문은 지나치게 빽빽했는데, 밖에서 보는 겉모습과 달리, 기대했던 것보다 백화점 안은 초라했다. 거무튀튀한 회색 시멘트 바닥이었고, 바닥에는 오래된 시장통처럼 군데군데 누런 흙탕물이 고여 있었고, 그 바닥 위로 드문드문 역시 거친 회색 시멘트의 사각 기둥이 솟아 있었는데, 그 위에는 조악한 색깔의 전단지들이 여러 장 지저분하게 겹친 채 다닥다닥 붙어 있었고, 또 더러는 기둥에서 떨어져 바닥에 구겨져 있었다.

다시 막연히, 높은 곳으로 올라가는 것이 좋겠다고 생각했다. 엘리베이터 앞에는 지팡이를 들고 있거나, 목발을 짚고 있거나, 휠체어에 앉아 있는 불우 남녀 노인들이 너무 많았다. 할 수 없이, 계단으로 올라가기로 했다. 모든 일이 너무 막연한 방식으로 결정되는 게 아닌가, 하고 자책했으나, 동시에 그런 막연한 방식이 현재로서는 최선이라는 생각이, 다시 막연하나마 들었다.

진흙 묻은 발자국이 어지러이 찍힌 수백 수천 장의 조그만 종이쪽지들이 나선형 계단을 빈틈없이 덮고 있었다. 그것들은 특수 형광 처리라도 된 듯, 환하게 빛나고 있었다. 계단에는 조명도 창도 없었고, 조명도 창도 없었기 때문에 더더욱 그것들은 감탄할 만한 장면을 연출하고 있었지만, 종이쪽지들이 깔려 있는 계단을 추적자들을 피해 전력으로 올라가는 것은 절대로 쉬운 일이 아니었다. 나는 문득 나로 가장하고 있을 남자가 어디쯤 가고 있을지 궁금했다. 그런 생각을 하다가 종이쪽지 때문에 몇 번이나 미끄러져 턱이 부서질 뻔했다.

이윽고 나는, 막다른 골목, 아니 막다른 계단과 맞부딪쳤다. 나는 좀 피곤했고, 또 한편으로 다소 기분이 유순해졌으므로, 앉아서 쉬기로 했다. 막다른 계단의 벽에는 철제 문이 있었지만, 기다란 쇠꼬챙이로 질러져 있었다. 흔들어보지는 않았다. 아무 득 없이, 손에 시커먼 녹만 묻힐 것이 뻔했다. 반면에 나는 철제 문 아래 떨어져 있던 종이성냥 하나를 주웠다. 사용하지 않은 성냥은 세 개밖에 남아 있지 않았지만, 나중에 도움이 될지도 모른다는 생각에, 주머니 깊숙이 찔러넣었다.

그때 나의 예민한 귀에 심상찮은 물소리가 걸렸다. 이번에는 결코 귀울음이 아니었다. 그것은 아래쪽에서부터 위로 치올라오는 소리였다. 나는 계단 난간 밖으로 고개를 내밀고 아래를 응시했다. 내가 밟고 올라온 나선형의 궤적이 장난감 기차처럼 똬리를 틀며 끝도 없이 깊어 보이는 아래로 이어지고 있었고, 똬리의 중앙, 계단이 둘러싸고 있는 원형 부분으로 하얀 거품을 내며 물이 차오르고 있었다. 문자 그대로 맹렬한 기세였다. 시계가 없어 정확한 측정은 불가능했지만, 대략 초당 1미터 이상의 속도로 수면은 상승하고 있었다. 아직은 까마득한 아래였지만, 내가 있는 곳까지 물이 차는 데 그리 오랜 시간이 걸리지 않으리라는 것은 기꺼이 예측할 수 있었다. 왠지 나는 생각을 멈추지 말자고 다짐했다. 우선, 초당 1미터 이상의 수면 상승 속도는 정상적인 수면의 운동과는 거리가 멀다는 판단을 내렸다. 다음으로, 거품의 색상을 토대로 수온이 20도 이하일 것으로 예측했다. 결정적으로 두 명의 남자가 나를 함정에 몰아넣기 위해서 벌인 사건으로 추정되었다. 생각이 꼬리에 꼬리를 무는 동안, 신발이 젖어 왔다. 무모하게도, 생각의 꼬리를 물어 끊고, 나는 막 가슴까지 차 올라온, 시리도록 짙푸른 물속으로 난생 처음의 자맥질을 시도했다.

빛나는 종이쪽지들은 무리를 지어 물속에서 이리저리 방향을 바꿔 가며 헤엄을 치고 있었다. 나도 모르게 볼 위로 따뜻한 눈물이 흐를 만큼 아름다운 광경이었다. 물속에서 지속적으로 눈을 뜨고 있기란 확실히 괴로운 일이었지만, 종이쪽지 무리의 예측 불가능한 움직임으로부터 도저히 눈을 뗄 수가 없었다. 덕분에 어두컴컴한 물속에서도 방향을 잃지 않을 수 있었다. 그렇지만, 방향을 잃지 않을 수는 있었지만, 잃을 방향마저 내게 없다는 게 내가 처한 문제의 요지였고, 그 부분에 있어서는, 빛나는 종이쪽지들도 도움이 되지 못했다. 요컨대, 나는 어디로 가야 할지 몰랐고, 물어볼 사람도 근처에 없었고, 있다 해도 물속에서의 대화는 근본적으로 지극히 희박할 수밖에 없었다.

아무리 고민해 봐도, 1층으로 내려가야 했다, 그 길밖에는 없었다. 당분간은 그럭저럭 수중에서 버틸 수 있다 하더라도, 며칠씩 놈들의 눈을 피해 물속에 숨어 살 수는 없었다. 단백질 공급원도 완벽한 결핍 지경이었다. 나는 점점 더 수압이 상승하는 것을 느끼면서 아래로 아래로 계단을 따라 헤엄쳐 내려갔다. 낯선 백화점에서의, 그것도 어두운 물속에서의 수영은 점점 더 나의 영육(靈肉)을 지치게 했다.

3층에서 2층으로 이어지는 계단 층계참에서 나는 거대어(巨大魚) 한 마리를 만났다. 비늘 하나가 내 손바닥보다 큰, 엄청난 크기의 물고기였다. 물고기가 그것을 의도했는지 아닌지 알 도리는 없었지만, 결정적으로 그 커다란 물고기는 나의 진로를 가로막고 있었다. 나는 용기를 내어 물고기에게 말을 걸어보았지만, 답은 돌아오지 않았고, 다시 용기를 짜내어 아가미 근처를 발끝으로 툭 건드려보았는데, 나는 그제야 물고기가 죽어 있다는 것을 알아챘다. 잦은 사고와 죽음 때문에 나는 점점 더 깊숙이 피로해졌고, 때마침, 피로해진 머리에서만 튀어나올 수 있는 심해어를 닮은 짙은 파랑빛의 생각이 떠올랐다.

즉시 아가미와 가슴지느러미 사이에 손을 대고 맥을 확인했다. 사망은 돌이킬 수 없는 사실로 선고되었다. 피를 흘리지 않고 죽어주어서 고맙다는 생각이 들었다. 이빨은 날 선 풍뎅이의 뿔처럼 날카로웠다. 주머니에서 손수건을 꺼내 반으로 찢어 각각을 양손에 감고, 이빨에 찔리지 않도록 조심하면서 물고기의 입을 벌렸다. 아주 고된 일이었지만, 물고기의 입은 서서히 벌어졌고, 서서히 벌어지는 그 틈에서 뿜어져 나온 수많은 공기방울들이 나를 공격해, 그 일은 더욱 아주 고된 일이 되었다. 아주 고된 일이었지만, 내게는 충분한 시간이 없었다, 아니, 적어도 막연하나마 그렇게 여겨졌고, 그리하여 나는 더욱 서두르게 되었고, 그러다 보니, 필연적으로 일은 더욱 고된 일이 되고 말았다. 언제나 그렇듯이, 물속에서는 시간관념이 슬그머니 희박해지기 마련이고, 그래서 어느 정도 시간이 걸렸는지 정확히 말할 수는 없었지만, 꽤나 오랜 시간이 걸린 후, 나는 내 몸이 간신히 들어갈 수 있을 만큼의 공간을 물고기의 두부(頭部) 최전방에 확보할 수 있었다.

텅 비어 있었고, 또 그곳은 아늑했다. 약간 끈적대기는 했지만, 물고기의 내부를 덮고 있는 벽은 푹신푹신했고, 동시에 적절한 수준의 내구성을 갖추고 있기도 했다. 권투를 하듯이, 툭툭 몇 차례 벽을 주먹으로 쳐보았는데, 그 반동이 흡족했다. 어쨌건 내게는 마치 산소가 그런 것처럼 시간이 결핍되어 있었고, 장난이나 치고 있을 여유가 없었다. 이전과 반대로, 물고기의 입을 닫았다. 역시 아주 고된 일이었고, 서서히 입이 닫히면서 어둠의 양은 점점 더 증가했고, 어둠의 양에 비례해서, 또는 벌려져 있는 입의 면적과 반비례해서, 일의 고됨은 지수함수적(指數函數的)으로 증가했다. 벌려진 최적 각도와 길이를 결정하는 것도 간단한 일은 아니었다. 입을 너무 좁게 벌리면 바깥을 관찰하기가 쉽지 않을 터였고, 너무 넓게 벌린 채 방치해 둔다면, 추적자들의 눈에 띌 수도 있었다. 한편으로, 중력의 영향인지, 물고기의 위턱이 서서히 아래로 가라앉는 것 같았다. 나는 주머니에서 볼펜을 꺼내, 위턱과 아래턱 사이에 고였다. 그러자 모든 것이 허망할 만큼 침착해졌다.

내 양 손에 붕대가 감겨져 있다는 사실을, 나는 뒤늦게 발견했다. 그것은 내 손수건 같기도 했다. 이상한 일이었다. 누가 언제 이런 일을 시도한 건지 잘 기억이 나지 않았다. 붕대를 풀자 오른손 엄지손가락과 집게손가락 사이에 반달 모양의 상처가 있었다. 물고기의 이빨 자국 같기도 했다. 하지만, 그 상처는 이미 아물어버린 상처였다. 나는 나중에 쓸모가 있을지도 모른다는 생각에 붕대 두 쪽, 혹은 찢어진 손수건 두 장을 주머니에 잘 보관했다.

나는 본능적으로, 마치 상의를 입을 때 소매 속으로 팔을 끼워 넣듯, 양쪽 가슴지느러미 속으로 두 팔을 쑤셔 넣었다. 포근했다. 노를 젓는 것처럼 팔을 움직이자, 처음에는 천천히 나중에는 가속도가 붙어 매우 신속하게, 물고기와 나는 움직이기 시작했다. 잠시 후, 나는 물고기의 머리나 몸체가 벽에 부딪치지 않도록 속도를 맘대로 조절할 수도, 상하좌우 360도 자유자재로 방향을 바꿀 수도, 지나친 가속도에 멀미가 나려고 하면 물고기를 돌연 멈추게 할 수도 있게 되었다. 심지어 마음만 먹는다면 물고기와 혹은 물고기의 내벽과 친근한 대화를 나눌 수도 있을 것 같았지만, 그동안 내내, 물고기는 어떤 일에도 무관심하게 대처했고, 그런 물고기의 취향을 나는 존중해 주어야겠다고 다짐했다.

계단에서도 1층에서도 물고기와 나는 아무도 만나지 못했다. 우리는 호흡이 잘 맞는 나무랄 데 없는 짝패였지만, 아무도 그 사실을 인정해 줄 수 없었다, 아무도 없었으므로. 나는 그것이 서운했는데, 반면에 물고기는 그러한 세간의 평가에 대해 초연해 보였다. 어쨌건, 물고기와 나는 물로 지어진 어둠 속에서, 환하게 빛나는 종이쪽지 무리들의 도움을 받아, 1층 서쪽 재고가전긴급처리 매장 뒤편에서, 마침내 출구를 찾아낼 수 있었다. 출구 쪽으로 접근하자 물살이 느닷없이 빨라졌다. 가슴지느러미를 뒤로 있는 힘껏 휘저어 보았지만 이번에는 소용없었다. 종이쪽지 무리, 재고 냉장고, 재고 삼단분리 휠체어 등과 함께, 마치 먼지 알갱이들이 진공청소기가 만드는 상대적 저기압 영역으로 빨려 들어가는 것처럼, 물고기와 나는 출구 쪽으로 빨려 들어갔다.

물로 지어진 어둠이 걷히고, 물고기의 입 사이로 보이는 바깥은 신선한 산소로 환하게 빛났다. 몇 대의 소방차와 앰뷸런스가 출구에서 좀 떨어진 곳에 서 있는 것이 물고기 입 사이로 확인되었다. 알 수 없는 사람들의 목소리도 들렸다. '행방불명자의 행방은 사전에 보고되었는가?', '여전한 오리무중', '필연적인 묘연한 실종', '배수 펌프 15기 가동 진행 중 심대한 점검 요망 상태 발생' 등의 알아들을 수 없는 대화들이 단편적으로 들렸다. 나를 쫓아오던 추적자들인 것 같았다. 물고기와 나는 죽은 척하고 있었다, 아니 물고기는 이미 죽었으므로 죽은 척할 필요가 없었다. 그랬다, 물고기는 죽어 있었고, 나는 살아 있었지만, 사람들은 죽어 있는 물고기의 존재만을 고집스럽게 인정하고 있었다. 그쪽이 내게는 좋았다. 그들은 물살에 쓸려 출구로 빠져나온 것들을 일일이 확인하는 것 같았지만, 물고기와 나에게는 도통 관심이 없었다. 한참 후, 먼데서 '물고기는 어떻게 하지?'라는 불평이 들렸고, 나는 누군가 우리에게, 물고기와 나에게 관심을 가져주는 것이 기뻤는데, 바로 곧 이어 '동물원 양서류관으로 직송'이라는 차가운 말소리가 내 작은 기쁨을 앗아갔다. 잠시 후, 기중기가 물고기와 나를 트럭 짐칸에 올려놓았고, 물고기와 나와 그리고 트럭은 그제서야 백화점 앞을 떠

날 수 있었다.

트럭 짐칸에서, 하지만 물고기의 입을 통해 나는 바깥을 주시하고 있었다. 길은 내 눈 앞에서 끝없이 연속되는 흰 금을 펼쳐보이며 뒤로 뒤로 달아나고 있었다. 그것은 자못 현기증 나는 광경이었고, 그 현기증 나는 광경의 힘을 빌려 나는 위장과 폐와 횡격막과 비강과 인두 속에 들어 있던 위액에 젖어 축 늘어진 종이쪽지들을 지속적으로 길 위에 토해냈다.

나는 그렇게 함정에서 벗어난 것 같았다. 비로소 나는 왜 내가 함정에 빠지게 되었던 건지 생각해 볼 마음이 들었다. 우선 그 함정이라는 것이 진즉부터 나를 위해 설계되었던 것이었는지, 아니면 불특정 다수를 향해 장치되었던 것인지, 그도 아니면 다른 누군가를 위해 고안되었던 것인데, 내가 우연찮게, 의도되지 않은 실수의 가느다란 길을 따라 걸려들게 되었던 것인지 알아야 했다. 이유는 알 수 없었지만, 막연히 그것을 알아내야 한다는 죄책감이 가슴을 옥죄었고, 당연한 결과였지만 물고기와 나는 그것을 알아낼 수 없었다. 무엇보다 과거로부터의 단서가 불충분했기 때문이었다.

물고기와 나는 모든 것이 혼란스럽기만 했고, 또한 다소간 의기소침해 있었는데, 차가 멈춰 섰고, 나는 차도 위에 누워 있는 여자 하나를 발견했다. 흰 드레스를 입은 여인이 붉은색으로 물든 도로 위에 누워 있었다. 하반신은 이제 막 맨홀 속으로 아주 조금씩 가라앉고 있었다. 차도 위에는 나와 물고기와 트럭 이외에는 아무도 보이지 않았고, 그래서, 아무도 호응하지 않았다, 은빛 광택의 딱정벌레 브로치가 흰 드레스의 가슴에서 번쩍대고 있었는데도 불구하고.

되풀이되는 황급히 도지는 두통이었다. 나는 아픔을 참으며, 아픔을 참는다는 사실을 잊으려고 노력하며, 그것이 계시라는 생각을 간신히 해낼 수 있었다. 아쉬웠지만, 물속에서라면 몰라도, 물고기와 함께 길 위를 걸어다닐 수는 없었다. 물고기는 입을 순순히 벌렸다. 나는 몸에 묻어 있던 끈적끈적한 점액들을 주머니에 들어 있던 손수건으로 닦고 나서 차도 위로 뛰어내렸다. 그러자 물고기를 실은 트럭이 출발했고, 나는 그렇게 물고기를 떠나보냈다. 동물원 인부들이 물고기를 장광설로 괴롭히지나 않을까 하는 걱정이 들었다.

나는 맨홀 속으로 가라앉고 있는 붉은색 도로 위의 흰 드레스를 향해 다가갔다. 지치지도 않고 은빛 광택의 딱정벌레 브로치는 반짝거리고 있었다. 나는 무엇을 해야 할지, 어떻게 호응을 해야 할지 몰랐지만, 소중한 단서에게 어떻게든, 무엇이든, 해야 했다.

그때, 서늘한 서치라이트가 나를 핥았다. 나는 막 흰 드레스의 상반신을 끌어안고 하반신을 맨홀 밖으로 끄집어내고 있는 중이었다. 나는 차마 흰 드레스의 얼굴을 정면으로 쳐다볼 엄두가 나지 않았고, 그러므로 채 흰 드레스의 얼굴을 확인하기 전이었다. 그때, 서늘한 서치라이트가 나를 때렸고, 나는 깜짝 놀라, 흰 드레스를 손에서 놓치고 말았다. 황급히, 흰 드레스는 맨홀 속으로 가라앉고 말았고, 그 와중에 나는 은빛 광택의 딱정벌레 브로치에 손등을 긁혔다. 게다가, 나는 내 두 손이 피범벅이 되어 있다는 사실을 알아챘다. 중대할 수도 있는 혹은 중대하지 않은 발견이었다. 그리고 그때, 조악한 사이렌 소리가 들렸다.

그것은 소형 피자 배달 차량이었다. 추적자들인 듯했다. 나는 트럭을 타고 오는 도중, 쉬지 않고 길 위에 구토를 했던 일을 추억했다. 추적자들은 그 드문드문 지저분한 구토의 길을 따라 나를 쫓아온 것으로 예견되었다. 되물리칠 수 없는 실착이었다.

나는 백화점 앞 광장에서처럼 달리기 시작했다. 그들을 만난 이후, 나는 반복되는 이유가 모호한 죽음과 사고에 익숙해져야 했고, 수영과 달리기는 생존을 위한 필수 덕목이 되어버렸다. 뚜렷한 행선지도 없이 나는 정처 없이 달렸고, 피자 배달 차량은 끈질기게 나를 따라붙었다.

나는 거미줄같이 좁고 복잡한, 희뿌연 그늘이 바닥에 채색된 오르막길로 접어들었다. 그곳은 두통도 귀울음도, 자동차의 날카로운 엔진 소음도 없는 한결 조용한 곳이었다. 그렇다고 추적자들이 나를 잡는 일을 포기했다고 결론 내릴 수는 없었다. 드디어 나는 언덕 위에서 납작한 철제 비누 곽 모양의 성당을 발견했다. 추적자들로부터 몸을 숨길 수 있는, 틀림없는 튼튼한 은신처로 여겨졌다, 역시 막연한 방식으로. 나는 일말의 기대를 품고 달과 별이 새겨진 번쩍거리는 금속 문을 두드렸는데, 안에서는 아무런 대답도 없었다. 잠시 후 나는 문을 열었다.

지독히 혼돈스러운 광경이었다. 한동안 나는 그 광경이 의미하는 바를 이해할 수가 없었다. 문을 열자마자 발 디딜 만한 곳도 없이 약 3미터 정도 높이의 깎아지른 절벽이었고, 놀랍게도 바닥에는 물이 차 있었고, 그 물은 마치 특별히 제조된 밀도가 희박한 물처럼, 그렇게 푸르스름하게 너무도 투명했고, 바람도 없는데 수면은 가볍게 출렁거리고 있었다. 반면에 천장은 매우 낮았는데, 거기에는 기다란 검정 나무 의자 수십 개가 행과 열을 가지런히 맞춰, 등받이가 바닥으로 향하도록 놓여 있었고, 그럼에도 불구하고 의자에 앉아 있는 사람은 아무도 없었는데, 사실, 엉덩이에 접착제라도 바르지 않는 이상 천장에 붙어 있는 의자에 앉아 있는다는 것은 불가능했다.

약 1분 후, 나는 그 광경을 이해할 수가 있었다, 아니, 전체를 다 이해했다는 것은 아니었지만, 그 광경의 일부분, 혹은 그 광경의 창조자의 대뇌의 회백질의 극히 일부분을 이해해 낼 수 있었다. 그것은 말하자면 위아래가 거꾸로 뒤집혀진 성당 내부였다. 그것은 전체에 비하면 어쩌면 미량의, 빵 부스러기 같은 양에 불과할지도 몰랐지만, 그것으로 충분했다. 그것으로도 충분히 황홀한 광경이었다. 나는 입술 끝으로, 오늘은 황홀한 광경이 평균 이상으로 남발되는군, 하고 자못 냉정하게 중얼거려 보았지만, 그 황홀함은 전혀 상처받지 못했다.

그야말로 철저하게 뒤집혀진 성당의 내부였다. 바닥은, 뒤집히기 전에는 천장이었을 것이 틀림없는 현재의 바닥은, 쐐기가 누른 것처럼 삼각형으로 패여 있었고, 믿어지지 않을 만큼의 투명한 물로 채워져 있었다. 내부에서 보아 맞각지붕의 중심이었을, 현재는 아래로 패인 삼각형의 정점인 그 가운데 부분은, 수심이 가장 깊었는데, 대략 5,6미터는 족히 넘어 보였고, 수심이 비교적 얕은 가장자리도 2,3미터는 되어 보였다. 물론 물에서와 대기 중에서의 빛의 굴절률 차이를 염두에 두지 않은 대충의 어림짐작이었다. 뒤집혀져 있지 않은 성당에서라면 천장에서 아래로 늘어뜨려져 있어야 할 하얀 구형의 등은, 여기에서는 철제 봉을 그 받침대로 하여 바닥에, 그러니까 뒤집혀지기 전의 천장에 세워져 있었다. 마치 빛나는 막대사탕 여러 개가 비스듬히 기울어진 바닥에 꽂혀 있는 모습이었다. 수심이 깊은 부분에 세워진 등은 완전히 물에 잠겨 있었고, 수심이 비교적 얕은 부분에 세워진 등은 빛나는 대가리 부분과 지지봉의 일부가 물 위로 드러나 있었다. 물속에 잠긴 등은, 등의 작열하는 백색도, 물의 푸르스름함도 아닌, 묘하게 차분한 연두색으로 주변의 물을 오염시키고 있었다. 간혹, 물주름을 타고 그 연두색 오염은 멀리까지 밀려나고는 했지만, 물의 자정 작용 때문인지, 다시 투명한 푸르스름함으로 희석되고는 했다.

정면으로는 십자가가 보였는데, 그 역시 뒤집혀져 있었다. 나는 십자가에 달려 있는 남자의 머리 쪽에 지나치게 피가 몰릴까 은근히 걱정이 되었고, 그 걱정이 꼭 근거가 없는 것만도 아닌 것이, 십자가에 달려 있는 남자의 얼굴이 유난히 홍조를 띠고 있기도 했는데, 다행스럽게도 물고기처럼 그 역시 이미 죽어 있는 것 같았다. 나는 백화점에서처럼 수면이 상승하여 그의 뒤집힌 시체가 물에 잠기는 일은 없었으면 했다.

나는 정신을 차렸다. 뒤집힌 광경으로부터 깨어나 정신을 차리고, 등 뒤의 문을 닫았다. 문 닫히는 소리가 물속에 작은 돌이 떨어지는 소리처럼 은은하게 퍼졌다. 나는 언제 들이닥칠지 모르는 추적자들로부터 몸을 숨기기 위해 이곳으로 은신했다는 사실을 되새겼다. 그때 나는 고해소를 보았다. 왠지 절박하게, 고해소로 몸을 숨겨야 한다는 절박한 생각이 들었다.

고해소는 문에서 보았을 때 우측 벽에, 뒤집히기 전이었다면 문에서 보아 좌측 벽이었을 현재의 우측 벽에 붙어 있었다. 고해소 또한 현재의 천장에서 시작되어 아래쪽으로 거꾸로 자라나 있었다. 문제는, 어떻게 고해소가 위치한 좌측 벽까지 이동하느냐 하는 것이었는데, 마침, 뒤집혀진 벽에는 한 뼘 정도 두께의 단차가 드문드문 나 있었다. 나는 그 단차의 고유한 용도가, 즉, 뒤집히기 전의 용도가 궁금했지만, 계속해서 궁금해하는 대신, 절박한 심정에서 기어코, 절벽에 난 가느다란 길을 따라 전진하는 산악영화의 주인공처럼, 기어코 드문드문한 단차를 밟으며, 동시에 아래를, 푸르스름한 수면을 외면하면서, 기어코 옆으로 걸어나갔다. 고해소에 도착하자, 나는 주머니에서 찢어진 손수건 반쪽을 꺼내 왼손에 감고, 손수건을 감은 왼손으로 고해소의 귀퉁이를 잡고 몸을 지탱한 채, 오른손으로 주머니에서 손수건 나머지 반쪽을 꺼내 이마에 맺힌 땀을 닦았다.

고해소 안에는 더 비참할 것도 없는 또 하나의 죽음이 나를 기다리고 있었다. 사제복을 입은 키가 작고 뚱뚱한 신부 하나가 고해소 바닥에, 뒤집히기 전이라면 고해소 천장이었을 현재의 고해소 바닥에, 구겨진 채 그림처럼 멈춰져 있었다. 그가 이미 죽었다는 사실에는 논박의 여지가 없어 보였다. 나는 습관성이 되어버린 죽음을 담담하게 받아들일 수 있었지만, 신부가 쓰고 있는 선글라스는 별로 탐탁지 않았다.

나는 내가 은신할 공간을 확보하기 위해 신부를 움직여야 했는데, 그러다가 그가 의수로 된 왼손에 폴라로이드 사진을 움켜쥐고 있다는 것을 발견했다. 채 사진 속의 얼굴을 목격하기도 전에, 신부의 잔뜩 구겨진 몸뚱아리가 중력을 이기지 못하고 뒤집히기 전이라면 천장이었을 현재의 성당 바닥에 가득 차 있는 푸르스름하고도 투명한 물속으로 빠져버렸다. 요란한 물보라가 나의 뺨을 때렸다.

언뜻 보았을 뿐이었지만, 나는 신부가 들고 있던 그 사진 속의 인물이 나일 것이라는 저릿한 확신에 빠져버렸다. 나는 나의 부주의함에 다시 한 번 화가 치밀어 올랐지만, 이미 물에 빠져버린 신부와 사진이었고, 확신은 점진적으로 짙어만 갔다. 나는 더 기다리지 못하고 물속으로 뛰어내렸다.

난생 두 번째의 자맥질이었다. 귓속으로 물이 차 들어왔고, 그러자 아무 소리도 들리지 않게, 주위가 일순 먹먹해졌다. 그러는 동안 신부의 시체는 조류를 타고, 십자가가 달려 있는 벽과 마주보는 벽에 위치한, 뒤집히기 전이라면 2층이었을, 지금은 물속에 잠겨 있는 차단벽 아래의 지하공간으로 떠내려갔다. 나는 거기서 거꾸로 뒤집혀 있는 파이프오르간 한 대를 만났다. 바닥을 향한 수십 개의 파이프 기둥에서는 계란만 한 크기의 동그란 거품들이 일정한 간격을 두고 빠져나오고 있었다. 거품을 터뜨리면 음악 소리가 날 것도 같아 건드려보았는데, 잘 터지지 않았다. 상당히 질긴 거품이었다.

신부의 몸은 형편없이 젖어 있었다. 내가 필요했던 것은 단지 사진뿐이었지만, 젖어버린 신부의 의수의 악력은 생각보다 강력했다. 필사적으로 나는, 완강하게 저항하는 젖어버린 시체의 손아귀에서 사진을 빼낸 다음, 똑똑히 보기 위해 수면으로 치솟았다. 나는 왼손으로 벽을 잡은 채, 물 위에 떠서 사진을 보았다. 사진을 보기 전에 나는 나의 왼손을 보았는데, 거기에는 놀랍게도 하얀 붕대가 감겨져 있었다. 나는 그 이유를 똑바로 추정할 수가 없었고, 그러므로 조금 당황스러웠지만, 정작 더 당황스러웠던 것은 내 오른손에 들려 있던 사진이 하얀 백지 상태라는 것이었다. 사진의 잉크가 수용성이라 물속에서 지워진 것인지도 몰랐다.

나는 하얗게 탈색된 사진을 손에 쥐고 있었고, 내 머리도 따라서 하얗게 변해 가는 것만 같았다. 게다가 때마침, 서치라이트가 또 한 번 내 시야를 하얗게 색칠했다. 눈이 멀 것 같은 하양이었다. 다행히, 추적자들이다, 라는 생각이 찡길 틈은 머릿속에 남아 있었다. 성당 역시 안전한 은신처는 아니었다, 설사 모든 것이 온통 뒤집혀져 있다 해도, 설사 천장에 물이 차 있다 해도. 나는 황급히 숨을 들이마신 후 서치라이트를 피해 물속으로 다시 한 번 잠수했다.

이번에는 거대어는커녕, 어떤 종류의 수서동물도 만날 수 없었다. 아마 내 행운은 물고기를 떠나보내면서 모두 동이 나버린 듯했다. 심각한 상황이었다. 또 물은 너무 투명했다. 일단 나는 몸을 숨기기 위해 성가대석이 있는 2층으로 헤엄쳐 갔다. 나는 위기를 모면하는 데 거꾸로 매달려 있는 파이프오르간을 어떤 식으로든 사용할 수 있지 않을까 하고 여러모로 궁리해 봤지만, 참으로 무뚝뚝하게도 파이프오르간은 찬송가 연주 외의 용도로 사용되기를 거부했다. 모면해야 할 위기는 참으로 지긋지긋하게 되풀이되었고, 우려했던 것처럼 산소 결핍으로 인하여 점점 더 뭉툭해져만 가는 나의 맥박이었다.

성가대석 뒤쪽 벽에 나 있는 스테인드글라스를 발견한 건, 자꾸 감겨오는 나의 두 눈이었다. 거기에는, 등에 자그마한 날개가 달린 남자가 넘어져 있는 남자의 어깨에 손을 대는 장면이 그려져 있었다. 날개가 달린 남자의 두 발은 공중에 떠 있었는데, 아무리 오래 전 얘기라 해도 나는 그 장면을 불신하지 않을 수 없었다. 나는 그것을 믿고 싶지 않았지만, 결국 녹슨 걸쇠를 벗기고 삐걱거리는 스테인드글라스를 열었고, 때마침 등 뒤에서 물 부서지는 소리가 강렬하게 들려왔다. 추적자들의 자맥질로 추정되었지만, 나는 돌아보고 싶지 않았다. 얼른, 스테인드글라스 뒤편, 기다랗고 좁고 어두컴컴하고 구불구불한, 여전히 물에 잠겨 있는 좁은 통로로 몸을 구겨넣고, 발가락으로 어렵사리 다시 스테인드글라스를 제자리로 돌려놓았다.

한 번도 이전에 경험한 적은 없었지만, 그것은 마치 거대한 동물의 장기(臟器) 내부 같았다. 물속에서는 역겨운 냄새가 떠돌고 있었고, 다시 한 번 구토의 흔적을 남기는 실수를 반복하지 않기 위해, 나는 한 손으로 코를 막고 헤엄쳐 나갔다. 한 500미터쯤, 그 좁고 어두컴컴하고 구불구불하고 말랑말랑하기까지 한 관을 헤엄쳐 나갔을까, 이윽고 저 멀리 하얗게 빛나는 마름모꼴의 막다른 끝이 보였다. 반가운 마름모꼴, 빨갛지 않은 다이아몬드의 축복.

내가 빠져나온 곳은 옥외 수영장 난간에 설치된 석재 물고기 조각의 벌려진 아가리였다. 조각이었기 때문에, 당연히 물고기는 살아 있는 물고기가 아니었고, 살아 있지 않은 물고기에게 언제나 허용되는 것은 아니겠지만, 입에는 금속으로 만든 두 짝의 문이 설치되어 있었다. 확실히 예외적인 경우였지만, 내게는 안성맞춤이었다. 나는 두 짝의 문을 닫고, 문고리에 달려 있는 엄지손가락만 한 크기의 자물쇠를 눌러 잠갔다. 이로써 완벽한 마지막 안전 장치로군, 하고 나는 중얼거렸다.

나는 초승달 모양의 옥외수영장에 발을 담그고 난간에 걸터앉았다. 입구가 폐쇄된 물고기 조각 바로 옆이었다. 산소는 늘 그렇듯이 살가웠고, 머리 위에 떠 있는 과장된 밝기의 태양은 금세 내 몸을 말려주었다. 나는 무척이나 지쳐 있었지만, 안도감 탓인지 아니면 뜨거운 태양 탓인지, 빠른 속도로 회복되었다. 그곳은 좀 억지스러운 데가 있기는 했지만 그럭저럭 멋진 정원이었고, 마치 정원이 그렇게 주장하는 것처럼 보이기도 했는데, 나는 반박할 마음이 나지 않았다. 나는 가볍게 물장구를 치면서 자잘한 햇빛에 부서지는 수면을 느긋하게 바라보고 있었다. 아무도 없었다. 모두 바쁜가 보군, 하고 나는 생각했다.

나는 누구에게도 방해받지 않을 수 있다는 사실이 행복했다, 적어도, 물 위에 엎드린 채 둥둥 떠 있는 소녀 하나가 발가락을 건드릴 때까지는. 소녀는 수영장에 어울리는 차림이 아니었다. 교복을 입은 채였고, 한 손에 서류가방을 들고 있었고, 머리에는 빨간 털모자를 쓰고 있었다. 소녀는 헤엄을 치다 지친 사람처럼, 혹은 헤엄을 치다 갑자기 헤엄을 치는 법을 잊은 사람처럼, 그도 아니면 물속에서 얼마나 오래 숨을 참을 수 있는지 자신을 담금질하는 사람처럼, 그렇게 고개를 물속에 처박고 꿈쩍도 않고 있었다. 나는 친근한 목소리로 물 위에 엎드려 있는 소녀에게 말을 걸어보았지만, 소녀는 무례하게도 대답이 없었다. 성급한 시체였지만, 소녀의 책임으로 돌리기에는 나는 너무나도 소녀를 몰랐다. 나는 수영장 물에 코를 풀었고, 불현듯 잊고 있던 두통이 생각났다. 통증을 참으며 나는 오늘 하루 동안 본의 아니게 만나야 했던 시체들의 숫자를 헤아리다가 금세 포기하고 말았다. 그러는 동안, 태연스럽게, 엎드린 소녀의 익사체는 내 발 앞을 지나쳐 갔고, 나는 순식간에 그것이 또 하나의 경고 혹은 암시라는 생각에 사로잡히고 말았다. 나는 기회를 보아, 소녀에게서 갈색 서류가방을 약취했다. 소녀가 저항의 의지를 보이지 않았으므로, 그건 퍽 쉬운 일이었다.

서류가방 속에서 관찰된 것은, 소음기가 달려 있는 권총 한 정과 야간축구경기의 입장권 한 장이었다. 둘 다 교복을 입고 헤엄을 치는 소녀의 시체에게는 어울리지 않는 것들이었고, 그러므로, 나는 나의 약취에 대해 아무런 죄책감도 느끼지 못했다. 단지, 잠시의 휴지 기간을 두고 두통만이 거듭될 뿐이었다. 그리고 두통 너머, 마치 시계의 자명종 소리처럼, 경찰차의 사이렌 소리가 울리기 시작했다. 나는 놀라지 않고, 권총을 바지춤에, 입장권을 뒷주머니에 꽂고는 텅 빈 서류가방을 수영장에 던졌다. 수면이 흔들렸고, 그 바람에 소녀의 시체가 뒤집혔지만, 너무나 빨리 물속으로 가라앉았기 때문에, 또 가라앉으면서 머리카락들이 소녀의 얼굴 앞에서 엉겨버렸기 때문에, 나는 소녀의 얼굴을 잘 볼 수 없었다.

소녀의 얼굴을 보지 못한 것이 못내 아쉬웠지만, 물고기의 시체와 흰 드레스의 시체와 또 신부의 시체와 그랬던 것처럼, 나는 소녀의 시체와 내키지 않는 이별을 해야 했다. 사이렌 소리는 점점 더 신경질적으로 변질되고 있었다.

사이렌 소리가 나는 반대쪽으로 뛰어가는 중에 커다란 참나무 그늘 밑에서 나는 지름 4미터 정도의 참호 하나와 마주쳤다. 2미터 깊이의 웅덩이 주변에 모래주머니가 쌓여 있었다. 그냥 지나치려 했는데, 참호 안에 뚫려 있던 지하로 난 계단이 눈에 띄었다. 전시를 대비해 만들어진 지하통로인지도 모른다는 생각이 들었다. 하루 종일 반복되었던 것처럼, 궁지들은 연쇄적으로 내게 주어졌고, 또 궁지로부터의 탈출구 역시 연쇄적으로 공급되어 왔기 때문에, 나는 뚜렷한 의심도 단단한 기대도 없이 지하로 난 계단으로 뛰어들었다. 계단의 끝은 기다란 복도와 이어져 있었다. 지금까지 경험으로 비추어봐서, 추적자들이 이곳을 발견하기까지 긴 시간이 필요할 것 같지 않았다. 조치가 필요하다, 라는 생각을 하며 무심코 주머니에 손을 찔러넣었는데, 뜻밖에도 종이성냥 하나가 손끝에 걸려 나왔다. 나는 역시 용도를 기억할 수 없는 손에 감긴 붕대를 풀러 종이성냥으로 불을 붙인 후, 복도 벽에 일렬로 서 있는 책장에 집어던졌다. 마치 미리 휘발유라도 뿌려놓은 것처럼, 창졸히 책장 속의 책들로 불길이 옮겨 붙었다. 책에서 배웠던 것과는 달리 책은 불이 잘 붙었다. 나는 복도를 질주했고, 불길은 근접한 책장들을 연쇄적으로 집어삼키며 나를 추적했다.

복도의 끝은 조용하고 쓸쓸하고, 무엇보다도 시체들의 과잉이 인상적인 나이트클럽이었다. 시체들은 춤을 출 수 없었으므로, 가능한 모든 자세로 가능한 모든 곳에 절망적으로 누워 있었다. 대부분은 총기난사에 의한 희생물들로 보였고, 무대나 테이블 위나 통로를 지저분하게 만들고 있었다. 나는 화염에 뒤덮인 복도와 나이트클럽을 연결하는 문을 닫고, 무거워 보이는 시체 세 구를 문 앞으로 옮긴 후 큰 놈부터 작은 놈 순으로 차곡차곡 쌓았다. 작업을 끝내고 나는 피 묻은 손과 구두 밑창을 테이블 위에 널려 있는 휴지로 닦았다. 잊을 수 없는 나이트클럽, 이겠다는 생각이 들었다.

나는 나이트클럽 밖으로 나왔다. 바깥은 어느새 어두워져 있었고, 바람은 까슬까슬했다. 나는 추적자들로부터 벗어나는 일이 그다지 간단하지만은 않다는 사실을 다시금 상기했다. 되도록 빨리 누구도 예측할 수 없는 배배 꼬인 경로를 통해 먼 곳으로 신속히 이동해야 했다. 실내등을 켠 택시 두 대가 나이트클럽 입구 근처에 정차해 있었지만, 나는 더 이상 택시라는 교통수단을 신뢰할 수가 없었다. 오염되기 쉬운 존재들이라는 걸 나는 쓰라린 경험을 통해 배웠다.

나는 문득, 편도 4차선 도로로 뛰어들어 달리고 있는 버스 한 대를 세웠다. 우연치 않게도 내가 세운 버스는 '야간축구경기장'이라고 쓰여 있는 행선지를 정면 유리창에 큼직하게 붙이고 있었다. 그것은, 추적자들을 포함해서 그 누구도, 심지어는 1분 전의 나마저도, 결코 예측할 수 없는 방식이었다. 당연하게도 버스 기사 역시 나의 행동을 예측할 수 없었고, 문을 열고 차 안에 올라탄 내게 기다렸다는 듯이 심한 욕설을 잔뜩 퍼부었지만, 나는 요금표에 적혀 있는 액수의 열 배 남짓한 돈을 기사에게 쥐어주며 야간축구경기장에 도착하면 알려달라고 차분히 말했고, 그러자 기사는 조용해졌다. 게다가 기사는 눈썹이 짙었고, 피부도 매끈했다. 어디에도 오염의 자국은 보이지 않았다.

나를 셈에 넣지 않는다면 승객은 단 한 명. 그는 방석을 깔고 바닥에 앉아 있었는데, 자그마한 화분을 하나 들고 있었다. 흥미를 느끼고 내가 그에게 다가가자 그는 뻔뻔스럽게도 보란 듯이 내 눈앞에 화분을 내놓았다. 놀랍게도 화분 위에 꽂혀 있던 것은 껍질이 벗겨진, 자그마한 닭 한 마리였다. 양 날개는 열중 쉬어 자세로 다

소곳이 뒤로 돌려져 있었고, 양 발은 꼬아 모아진 상태로 화분 속의 흙에 꽂혀져 있었다. 이를테면 두 발로 바닥을 딛고 하늘로 비상이라도 하겠다는 몸을 수직으로 쭉 늘인 자세였는데, 안타깝게도, 대가리 부분이 비스듬하게 잘려져 나간 채였다, 마치 대나무를 비스듬하게 자른 것처럼. 비스듬하게 뉘어진 타원형의 암흑이, 잘려나간 대가리를 대신하여 정면을 응시하고 있었다. 얼굴이 삭제되어 있었으므로, 닭의 나이는 추정할 수가 없었지만, 화분을 들고 있는 승객은 얼굴에 주름이 가득한 노인이었다. 얼굴에 주름이 가득하다기보다는, 얼굴이 주름 위에서 기생하고 있다는 표현이 어울릴 성 싶을 정도로 과도한 주름이었다. 이거 귀한 거야. 그것이 노인의 혼잣말이었는지, 내게 한 말이었는지는 확실하지 않았지만, 나는 엉겁결에 대답을 하고 말았다. 뭐가요. 이거 말이야. 잠시 후 노인은 팔목에 찬 시계를 보고는 냉큼 튀어올라 버스 뒤편으로 가더니, 작은 플라스틱 탱크에 연결된 붉은 호스를 끌고 제자리로 돌아와서 태연스럽게 호스의 끝을 닭의 잘려진 목에 쑤셔 넣었다. 뭘 하시는 거죠. 보면 몰라, 물을 주는 거지, 물때를 잘 안 맞춰주면 금세 시들어버리거든.

나는 그 진귀한 닭-식물에 대해 혹은 그 진귀한 노인에 대해 더 알고 싶었지만, 버스 기사가 등 뒤에서 야간축구경기장이라며 몇 차례 소리치며 재촉하는 바람에 버스에서 내려야 했다.

그곳은 말로만 듣던 야간축구경기장이었다. 나는 그래야만 할 이유가 없는데도 불구하고 한쪽 발을 절면서, 하지만 절름발이로

서는 도저히 낼 수 없는 빠른 속도로, 야간축구경기장을 향해 뛰다시피 걸어갔다. 절름발이 흉내는 내게 예기치 못한 쾌감을 부여했는데, 나에게는 그 이유를 설명할 방법이 없었다. 게다가 나는, 기필코 추적자들이 이곳까지 나를 따라올 것 같다는 불길한 예감에 휩싸였는데, 거기에도 역시 설명할 수 없는 성분의 쾌감이 용해되어 있었다. 한편으로 나는 노인과 화분에 심겨져 있던 모가지를 박탈당했던 닭이 불분명한 암시의 일종이라는 분명한 확신이 들었고, 그 암시를 읽어내기 위해 더 많은 시간을 투자하지 못했던 사실을 뉘우쳤다. 나는 모호한 암시일수록 좀 더 결정적인 진실에 가깝다는 것을 잘 알고 있었지만, 도저히 그들이—노인과 닭-식물이, 어떤 형태의 진실을 암시하려고 했는지 해독할 수가 없었다. 결국 야간축구경기장 앞에서, 나는 근거 없는 불길함과 이해받을 수 없는 쾌감과 지나가버린 것들에 대한 후회로 인한 삼중의 피로함을 부담해야 했다.

나는 경기장으로의 입구를 탐색하며, 지름이 지나치게 커 자칫 직선으로 오해받을 수도 있는 야간축구경기장 건물 내부의 원주형 복도를 걷고 있었다. 그 원주형 복도는 경기장 주변을 빙 두르고 있는 것으로 여겨졌다. 야간축구경기장의 원주형 복도는 최신식 국제공항처럼 청결했고, 또 현대적인 분위기였다. 건물 외부를 향한 거대한 창만 제외한다면 모든 것이 이름을 알 수 없는 차가운 금속 재질이었다. 최신 주기율표에 새로 등재된 원소 같았다. 경기장 쪽, 그러니까 원의 중심에 가까운 벽에는 똑같은 문장을 적

은 세로방향의 종이쪽지가 일정한 간격을 두고 붙어 있었다. 거기에는,

기억할 것. 모든 평행사변형이 모두 억압받고 있지는 않다.

라고 쓰여 있었다. 나는 점점 더 모호한 암시가 많아진다고, 혹은 점점 더 암시가 모호해진다고 생각했다. 나는 절룩대며 걷기를 어느새 단념했다, 혹은 잊어버렸다. 나는 평행사변형과 사다리꼴, 둘 중의 어느 도형이 더욱 멸시당하는 존재인가에 대해 잠깐의 철학적인 궁리를 해보았지만 별무소득이었다.

소문보다 훨씬 더 울창한 짙은 어둠이었다. 경사진 관람석으로 에워싸인 중앙, 경기장이 있어야 할 직사각형의 부지는 철두철미한 암흑이었다. 나는 축구 경기에 관련된 어떠한 흔적도 그 직사각형 속에서 발견할 수 없었으므로, 축구 경기의 존재마저 의심스러웠지만, 관람석을 빈자리 없이 도배한 독실한 관중들의 환호성에는 일말의 불신도 찾아볼 수 없었다. 나는 누군가를 붙잡고 무엇을 보고 있냐고 묻고 싶었지만, 그러지 못했다. 모두들 그 불 꺼진 직사각형에 지나치게 열광하고 있었기 때문에, 나는 말을 걸 엄두를 내지 못했다.

나는 뒷주머니에서 입장권을 꺼냈다. 그러나 그것은 다시 백지였다. 처음 소녀의 오른손에 쥐어 있던 서류가방에서 입장권을 약취했을 때, 그것은 분명 백지가 아니었지만, 지금은 다시 백지였다.

자세히 보니, 희미한 잉크 자국이 보이는 것 같기도 했지만, 식별이 가능할 만큼 뚜렷하지는 않았다. 따라서, 나의 좌석번호는 영구히 지워지고 말았다. 나는 허망했다. 오늘 따라 잉크는 너무도 간단히 휘발되었고, 결정적인 것으로 판단되었던 단서들은 쉽사리 실종되고는 했다. 나는 반사적으로 허리춤에 찬 권총을 더듬었다. 다행히 그대로였다. 다행히 권총은 휘발되지도 분실되지도 않았다. 막연히, 권총을 써야 할 일이 곧 닥칠 것 같았다.

빈자리를 찾고 있었는데, 아몬드를 팔고 있는 행상이 눈에 띄었다. 그는 아몬드가 담긴 견고한 나무상자를 목에다 걸고 돌아다니면서 동전을 내미는 관중의 손에 아몬드를 한 움큼씩 쥐어주고 있었다. 하얀 마스크를 눈 바로 밑까지 치켜 쓰고 있었다. 그는 내가 서 있는 쪽으로 접근하고 있었고, 그때, 나는 고개를 오른쪽으로 돌리고 있었다. 그리고 곧 이어 그것이 무엇을 의미하는지 의식하지도 못한 채로 까닭 없이 고개를 왼쪽으로 돌렸고, 다시 똑같은 모습의 아몬드 행상을 보았다. 그 또한 마스크를 쓰고 있었고, 내가 서 있는 쪽으로 무심하게 걸어오고 있었다. 다시 습관적으로 고개를 정면으로 돌리다 나는 벼락을 맞은 것처럼 정신이 들었다.

예감은 어김없이 맞아 떨어졌다. 추적자들은 한 번도 기만되지 않았고, 한 번도 좌절하지 않았고, 늘 어디에서나 존재했다. 그들의 어김없는 편재(遍在)가 나를 소름 끼치게 했다. 나는 뒤로 냅다 내질렀다.

원주형의 복도에서 나는 나를 추적하는 몇 개의 발들이 만드는 엇박자를 들었다. 나는 필사적으로 몸을 숨길 곳을 찾았고, 필사적으로 추적자들의 정체가 궁금했다. 오히려, 왜 진작 그것이 궁금하지 않았는지 궁금했다. 그렇게 궁금해하면서, 벽에 걸린 '모든 평행사변형이 모두 억압받고 있지는 않다.'라는 반복되는 불필요한 선동을 뒤로 넘기며, 나는 다리를 절지 않으면서 필사적으로 질주했고, 점점 추적자들의 발소리는 작아졌다. 마침 화장실이 보였고, 한 올의 망설임도 없이 나는 그 속으로 들어갔다.

총은 맞춘 것처럼 내 손에 꼭 맞았다. 나는 이 총으로 추적자들의 지긋지긋한 편재를 끝장낼 생각이었다. 나는 화장실 벽에 등을 기댄 채 열려진 화장실 문을 향해 총을 겨누고 있었다, 마스크를 쓴, 목재 아몬드 상자를 목에 건 추적자들을 기대하면서.

그런데 또다시 돌연 도지는 두통과 귀울음이었다. 마치 심장이 귓속으로 이주한 것처럼 귓속에서 웅장한 고동이 반복되기 시작했다. 긴장과 함께 권총을 쥔 손이 떨려왔다. 너무 쉽군, 너무 쉬워. 나는 스스로에게 최면을 거는 마술사처럼 반복해서 중얼거리고 있었다. 너무 쉽군, 너무 쉬워. 그렇기는 했고, 찬찬히 뜯어보니 실제로 너무 쉽기는 했고, 또 너무 간단했고, 반면에 너무 쉬워서는 안 될 것 같았는데, 그러다 보니 '너무'란 단어의 너무한 반복이 왠지 수상쩍게 느껴지기 시작했다. 갑자기 잘 알려진 트릭 하나가 떠올랐다. 소음기에다 장난을 치면, 총이 격발되는 순간, 총신이 터질 수도 있다고 했다. 나는 재빨리 소음기를 살폈다. 어이없게도 소음기는 막혀 있었다. 그들의 의도대로 내가 방아쇠를 당긴다면 끝장

나는 건 추적자들의 존재가 아니라, 나일 터였다. 그러나 나는 아직 총과 함께 터져버리고 싶지 않았다.

추적자들의 발자국 소리가 좀 더 가까워졌다. 사방을 둘러보았다. 과연 내 몸 하나가 빠져나갈 만한 크기의 유리창이 뒤쪽 벽에 뚫려 있었다. 나는 벽에서 물러난 후 도움닫기를 시도했다. 세 번째 도움닫기만에 간신히 창턱으로 올라설 수 있었다.

창 바로 밑은 깊이 없는 암흑, 불 꺼진 직사각형, 무간지옥(無間地獄), 야간축구경기장이었다. 나는 암흑의 수심을 측정하려고 암흑의 중앙으로 총신이 막혀버린, 그래서 이제는 터져버리는 것 외에는 딱히 할 수 있는 게 없는 총을 던졌는데, 총은 아무런 소리도 내지 않고 별안간 암흑의 이면으로 삼켜졌다. 그렇다 해서 별로 달라질 건 없었다. 한 번도 내게는 선택의 여지라는 게 주어지지 않았고, 나는 체념을 넘어 적극적으로 그런 상황에 익숙해지고 말았다. 나는 뛰어내려야 했다, 추적자들의 총신이 막혀 있지 않은 총구가 내 뒤통수를 노려보기 전에.

그곳은 묽은 회색의 안개 자욱한, 처음 보는 골목이었다. 내 발목은, 양쪽 어깨뼈는, 골반은, 세반고리관은 부서지지 않았다. 대신 모든 것이 회색이었다. 안개도, 발밑에 씹히는 단단한 흙먼지도, 골목을 기다랗게 내달리는 3미터 높이의 거칠거칠한 양쪽 벽도, 죄다 명쾌하지 못한 회색이었다. 외부에서 관찰했던 것과는 달리 암흑은 존재하지 않았고, 대신, 안개에서는 차갑게 식힌 숭늉의 냄새가 났다. 암흑은 그저 허울 좋은 허울일 뿐이었다. 기만당한 것이

나인지, 아니면 관중석의 광신도인지가 불분명할 뿐이었다.

무작정, 그렇지만 다시 여전히 필사적으로, 나는 회색의 골목을 달렸다. 언젠가 다시 조우하게 될 것이 틀림없는 추적자들을 따돌리기 위해 혹은 모호한, 말로 설명될 수 없는 마지막을 단지 몇 겁(劫) 더 지연시키기 위해. 그러나 그 나란히 달리는 한 쌍의 회색 벽은 좌우로 심하게 구부러지면서도 결코 분기점을 보여주지 않았다. 분기점도 출입문도 없었던 이유로, 선택을 위한 하릴없는 궁싯거림 없이, 나는 두 개의 완고한 벽을 따라, 혹은 그 속에 갇힌 채 무작정 달리고 있었다. 한편으로 나는 때 이르게 막다른 골목을 만나게 되지나 않을까 두려웠는데, 그렇다고 달리는 속도를 늦출 수는 없었다. 그렇게 헛되이 시간이 지날수록 나는 그 골목이 생판 낯선 골목이 아니라, 아주 오래전에 한 번쯤 와본 적이 있는 곳이라는, 허망한 착각일 수도 있는 확신에 서서히 물들어 갔다. 그렇지만 아무것도 정확히 추억되지 않았다.

발걸음을 멈추지 않은 채로, 나는 날카로운 예각을 감싸며 왼쪽으로 구부러지는 모퉁이에서 뒤돌아보았고, 어쩔 수 없이 안개를 거슬러 오는 두 사람의 추격자를 목격하게 되었다. 나는 필사적이 되지 않을 것 같아 더욱 필사적으로 안개에 부닥쳤다. 아무것도 기억나지 않는 안개에 싸인 외길이었지만, 또 금방이라도 모든 것이 삽시간에 동시다발적으로 기억날 것 같기도 했다. 나는 추억하는 것을 저어하게 될까 봐, 더욱 필사적으로 추억하려 했지만, 아무것도 잡히지 않았고, 자꾸 들숨들이 날숨들과 부딪쳐 숨쉬기가 곤란했다.

끝끝내, 헐떡대는 호흡으로 나는 막다른 골목을 만났다. 그때까지 나는 한 번도 분기점을 만날 수 있으리라는 희망을 버리지 않았었는데, 하긴 처음부터 그 희망 자체가 오류였던 것은 아닌 듯했다. 나는 분기점을 만날 수도 있었는데, 우연히도 막다른 골목을 먼저 만나게 돼버린 것이었다. 단순한 시간상의 문제였고, 혹은 공간의 착오였고, 그렇게 생각하기로 했다.

그래도 나는 멈출 수가 없었고, 관성적으로 막다른 골목을 향해 계속 뛰었는데, 골목이 막다르기 직전, 왼쪽 벽에서 길쭉한 나무문을 발견했다. 심장이 필사적으로 두근대기 시작했다. 다시 한 번의 궁지로부터의 탈출구 혹은 은신처였다. 막연히, 막연하게나마, 이것이 진정한 마지막이다, 라는 생각이 들었다.

문을 열자, 문을 열었는데, 문을 열자마자 무언가 낯선 것이 튀어나올지도 모른다는 기대감을 내동댕이치며, 거기에서는 아무것도 일어나지 않았다. 다만, 나에 의해 열려진 문틈 사이로 비집고 들어온 약해빠진 햇빛이 누가 보고 있건 보지 않건 상관없이 바쁘게 움직이고 있던 먼지들 사이를 유영했다. 바닥이 꺼진, 아니, 더 정확하게는 마루가 꺼진 은신처, 거기에는 아무런 특별한 것도 없이, 어둡고 담담하고 메마르기만 했다. 나는 은신처 안으로 들어가야 했는데, 은신처라는 뜻에 맞게 그곳에 내 몸을 숨겼어야 했는데, 내 뒤를 따라오고 있다고 믿어지는 무언가의 시선으로부터 완벽하게 차단되어야 했는데, 그러기 위해서 은신처 안으로 들어가서 문을 닫아버려야 했는데, 그럴 수가 없었다. 모든 것이 엉망이 되어 버렸다, 수포로 돌아가 버렸다, 마루가 꺼져 있었으므로. 너무 늦었다, 라고 생각했다. 하지만, 한편으로는 나쁠 것도 없다는 생각도 들었다. 이제 어떤 일이 일어나도 괜찮을 것 같다는 생각이 뒤따랐다. 마음이 포근해졌다. 오히려 무언가가 일어나지 않는다면, 여기, 마루가 꺼진 은신처 앞에 서 있는 내 뒤통수를 향해 아무것도 일어나지 않는다면 서운할 것 같은 기분이 들었다. 마루가 꺼진 은신처 안에서는 먼지들이 크리스마스트리에 달린 알전구마냥 번쩍댔고, 나는 비스듬히 열린 문 앞에서 낙담하는 대신, 느긋한 마음으로 달리기 코스의 디테일을 추억하며, 한 번도 확답은 받지 못했지만 꼭 오고야 말 것으로 여겨지는, 한편으로는 문을 열기 직전까지는, 그리고 은신처의 마루가 꺼졌다는 것을 내 눈으로 확인하기 전까지는, 그렇게 피하려고만 했던 무언가가 내 뒤통수를 향해 전언을 날리기를 기다렸다.

발문

매력적인 악몽의 세계

강영규(출판편집인)*

한 번쯤 그런 적이 있지 않나. 분명 악몽인데 꿈속 이야기가 흥미로워 깨어나고 싶지 않았던 적이. 혹은 식은땀을 흘리며 깨어났다가도 중단된 이야기가 궁금해 다시 잠을 청했던 적이. 이치은의 소설을 내 식대로 말하자면 이런 매력적인 악몽이라고 할 수 있을 것 같다. 실제로 그는 꿈을 테마로 삼거나 주요 소재나 장치로 활용하는 작품을 여럿 쓰기도 했다. 그렇다면 왜 악몽이고 무엇이 매력적인가? 그것에 답하려면 우선 꿈 이야기에서 시작해야 하겠다.

꿈이란 그 자체로 독특한 생리 현상이자 정신 활동이다. 이성과 합리의 일과를 마치고 몸과 머리가 완전히 휴식에 들어가면 비로소 시작되는 꿈에서는 그 몸과 마음의 주인이 평소의 의식 상태라

* 2002년 민음사 입사로 출판계에 입문해 현재는 창비사에서 단행본 편집을 하고 있다. 민음사 재직 시절 이치은의 두 번째 장편 『유 대리는 어디에서, 어디로 사라졌는가』의 편집을 맡았다.

면 떠올리지 못했을 이야기가 풀려져 나온다. 그 이야기를 들려주는 이는 누구인가? 오랫동안 몸과 마음의 밖에 있는 초월적 존재를 상정했던 우리는 20세기가 되어서야 이 질문에 무의식이라는 답을 갖게 되었다. 그리고 꿈을 통해서 현실에서 억압된 여러 욕구가 가상적으로나마 해소되어 우리를 다시 정상의 삶으로 돌려보낸다는 설명도 듣게 되었다. 하지만 이러한 답은 우리의 궁금증에 비해 턱없이 부족하다.

어쩌면 인류에게 픽션(fiction)이란 일회성의 꿈을 보존하여 의식 상태에서도 경험하기 위해 만들어낸 발명품일지도 모른다. 물론 꿈꾸기와 소설 읽기는 사뭇 다른 행위다. 전자가 본인의 의지와는 무관하게 몸과 마음이 수동적인 상태에서 경험되는 것이라면 후자는 두뇌가 각성된 상태에서 여러 인식 기능이 결합되어 벌어지는 능동적인 의식 활동이다. 이치은 소설의 매력은 두 극단의 차원을 효과적으로 연결하는 데 있다. 진짜와 가짜, 참과 거짓, 실제와 허구가 뒤섞이는 그의 이야기는 편집자에게 '리얼 판타지'라는 명칭을 만들어 붙이고 싶은 마음이 들게 한다.

판타지가 현실에서는 도저히 있을 법하지 않은 일을 있음직하게 그려내는 것이라면, 그 효능은 우리의 상상력을 강화하고 개연성의 굴레에서 풀려나게 함으로써 이성과 합리의 규칙을 의심케 하고 현실 이해의 폭과 깊이를 더해 주는 것이다. 니체의 말처럼 확신이야말로 거짓보다 더 위험한 '진실의 적'이니까. 하지만 판타지가 그저 허황된 몽상에 불과하다면 혹은 말초적인 재미를 좇는데 그친다면 이는 실패한 판타지가 된다. 대체로 외양상으로 기발한 설정과 묘한 인물을 내세우지만 그 이야기의 내부는 현실 세계의 고정관념을 답보하는 경우가 그렇다.

『마루가 꺼진 은신처』는 일급 킬러 '나'가 암살 의뢰를 수행하는 사흘간의 행적을 뼈대로, 그 수행 과정에 연루된 인물들의 짧은 사연을 모자이크식으로 엮은 이야기다. 이 인물들의 사연 속에서 또 다른 인물들이 꼬리를 물며 등장해 충돌하고 굴절하며 점점 이야기의 그물코가 촘촘해진다. 우리는 서사의 결말에서 매끈하게 짜인 그물의 완성을 보고 싶게 마련이고 그것이 미스터리 장르의 관습적 규칙이다. 하지만 이 소설은 세 번의 변주와 다성음악적 구성을 통해 그물의 완성을 계속 늦춤으로써 독자의 기대를 배반한다.

주인공 킬러를 포함해 수많은 조역들은 모두 비슷한 딜레마를 갖고 있다. 1) 누군가로부터 수수께끼 같은 일을 제안받는다, 2) 그 대가는 당장의 문제를 해결하는 데 요긴한 물질적 보상이다, 3) 그 일을 수행하기 위해 분투하지만 사태는 뜻하지 않게 흘러간다. 여기서 실제의 우리 삶이 이 같은 우연과 필연, 선택과 강제, 의심과 맹목의 연쇄로 이루어져 있음을 연상하는 것이 아주 엉뚱하지는 않겠다. 이 소설이 이야기의 완성을 '목격'하려 달려나가는 우리의 욕망을 잡아끌어 다른 방향으로 '사유'하게 만드는 예술적 힘이 여기에 있다.

그 힘은 많은 부분 정교한 구성에서 연유한 것 같다. 앞서 다성음악이라는 비유를 썼지만 주제의 제시와 전개('소멸'), 이어지는 변주('시도')와 종결('은신처')은 소나타나 카논이라는 악곡 형식을 떠올리게 한다. 내친 김에 이 소설의 제목이 어어부프로젝트 사운드 2집 『개, 럭키스타』의 열다섯 번째 트랙에서 왔음을 기억해 보자. 지금 다시 꺼내 들어도 감탄할 만한 실험성으로 무장한 이 앨범의 발매와 이치은의 데뷔 연도가 겹치는 것도 독자/청자로서는 재미난 우연이다.

그 20년간 작가의 주된 관심이 꿈과 기억, 언어의 영역을 오가며 경계를 넓혀갔지만 '이치은 시그내처'라고 할 만한 독특한 문체가 일관되었음도 언급할 필요가 있겠다. 대체로 서사의 전개에 필수적인 진술 외에 부가적인 감정 표현을 자제하는 그의 문장은 묘한 리듬감과 군데군데 삽입한 잠언 투로 마치 산문시와 같은 느낌을 준다. 이는 기본적으로 추리소설의 질감을 유지하는 동시에 어느 순간 이야기가 현실의 맥락을 떠나 환상의 차원으로 이동하는 데 기여하기도 한다.

그 결과 네덜란드 화가 에셔(M.C. Escher)의 회화처럼 현실과 환상이 공존하는 장면을 보는 듯한 체험을 제공한다. 잘 알려진 '그리는 손'이나 '상승과 하강' '위와 아래' 같은 에셔의 그림은 언뜻 보면 정상적인 이미지가 곰곰이 뜯어보면 상식에 위배되는 것임을 드러낸다. 이는 상식에 기반한 우리의 관념이 얼마나 위태로운지 반어적으로 드러내기도 하고, 나아가 상식/비상식, 정상/비정상이 대립 관계가 아닌 상보 관계일 수 있음을 증명한다.

『마루가 꺼진 은신처』에서도 각각의 인물이 처한 기묘한 상황은 현실 맥락에서 그들의 절박한 사연과 더불어 환상 차원에서 전개되는 고투와 절망적 결말이 이어지면서 개연성을 뛰어넘는 한층 깊은 이해와 공감으로 다가간다. 물론 이때의 이해와 공감은 지금까지 우리가 체험했던 그런 종류의 것이 아니다. 이치은 소설에서 환상이라는 장치가 그저 이야기의 재미를 위한 수단에 그치지 않는 또 다른 예술적 힘을 가지는 이유다.

1998년 장편소설 『권태로운 자들, 소파 씨의 아파트에 모이다』로 혜성같이 등장한 이래(이 작품은 스물여덟 살의 작가에게 '오늘의 작가상'을 안겼다) 세간에 좀처럼 모습이 비치지 않았던 그는 지금까지 총 다섯 권의 장편소설과 한 권의 소설집을 냈다. 여기에 신작과 미공개 장편까지 묶여 데뷔 20주년 기념 '이치은 컬렉션'으로 우리 앞에 그 전모를 드러낸다고 한다. 그렇게 20년 전 우리를 찾아온 혜성은 거대한 타원형 궤도를 따라 조용히 그러나 맹렬히 전진하고 있다.

작가의 말

1998년에 발표된, 가장 아방가르드한 국산 밴드 어어부(漁魚父) 프로젝트 사운드의 혁명적인, 하지만 대중들의 철저한 무시를 받았던 2집 더블 앨범 「개, 럭키스타」의 열다섯 번째 싱글의 제목은 「마루가 꺼진 은신처」이다. 지옥에라도 들고 가고 싶은 훌륭한 앨범이다. 이때만 해도 '저자'라는 별명 뒤에 숨어 있었던 백현진이 썼다는 가사를 그대로 옮겨본다.

평상시처럼 너는 걸어간다

웅성대는 사고현장을 가로질러

붉은 색 도로 위에 흰 드레스

맨홀 속으로 서서히 가라앉고

온전한 곳을 기대할 수 없는

너는 설마하면서

피해보려고 할 때 니 심장에

정확히 관통된다

반복돼.

아침 유리창은 녹아내린다

피투성이 이웃의 도움 요청 소리

반복되는 초시계 박동에 놀라

현금수송 차량은 개를 또 짓이기고

너는 재빠른 총총걸음으로

막다른 골목을 향해

네 몸을 숨기려고 문을 열면

마루가 꺼진 은신처

반복돼

너는 이제 초조하다

너는 진작 초조했다

너는 도처에 있었다

너는 다 알고 있었다

반복돼

「선고/자백」의 충격적인 시작도 놀랍고 「하수구」의 노곤함도 좋고 「어항 속의 다방」도 흥겹고 「수사반장」도 혁신적이지만, 이 앨범에서 가장 아름다운 노래를 고르라면 이 노래를 고르겠다.

나는 처음 이 소설을 쓰기 전에 한동안 이 소설의 제목을 『불화의 소멸』로 할 것인지, 『마루가 꺼진 은신처』로 할 것인지 고민했었다. 누추한 소설의 제목으로 자신의 노래 제목을 쓸 수 있도록 허락해 주신 백현진 님에게 감사드린다.

2018년 11월

이치은

마루가 꺼진 은신처

1판 1쇄 발행 2018년 11월 1일

지음 | 이치은
펴낸이 | 조영남
펴낸곳 | 알렙

출판등록 | 2009년 11월 19일 제313-2010-132호
주소 | 경기도 고양시 일산서구 중앙로 1455 대우시티프라자 715호

전자우편 | alephbook@naver.com
전화 | 031-913-2018, 팩스 | 02-913-2019

ISBN 979-11-89333-05-8 03810

* 책값은 뒤표지에 있습니다. 잘못된 책은 바꾸어 드립니다.